国家出版基金项目
NATIONAL PUBLICATION FOUNDATION

大家读大家

主编 丁帆 王尧

# 局内人的写作

李洱 著

译林出版社

图书在版编目（CIP）数据

局内人的写作 / 李洱著．—南京：译林出版社，2023.9
(大家读大家 / 丁帆，王尧主编．第四辑)
ISBN 978-7-5447-9755-9

Ⅰ.①局… Ⅱ.①李… Ⅲ.①世界文学－文学评论－文集 Ⅳ.①I106-53

中国国家版本馆CIP数据核字（2023）第087880号

本书受“南京大学人文社科资助项目”资助。

局内人的写作 李 洱／著

主　　编 丁 帆 王 尧
策　　划 江苏明哲文化发展有限公司
责任编辑 魏 玮
装帧设计 吴 悠
校　　对 孙玉兰 王 敏
责任印制 闻媛媛

出版发行 译林出版社
地　　址 南京市湖南路1号A楼
邮　　箱 yilin@yilin.com
网　　址 www.yilin.com
市场热线 025-86633278
排　　版 南京展望文化发展有限公司
印　　刷 徐州绪权印刷有限公司
开　　本 850毫米 × 1168毫米 1/32
印　　张 10.5
插　　页 4
版　　次 2023年9月第1版
印　　次 2023年9月第1次印刷
书　　号 ISBN 978-7-5447-9755-9
定　　价 66.00元

# 主编序

丁帆 王尧

在整个世界疫情蔓延的时代，文学应该用大写的人性来书写人类的生活。我们和明哲文化公司策划的“大家读大家”丛书自第一辑出版始，有效促进了文学领域的“全民阅读”。第一辑中最早出版的毕飞宇的《小说课》，以及随后陆续出版的李欧梵、张炜、马原、苏童、叶兆言、王家新等诸位大家的作品成为二〇一七年一道引人瞩目的阅读风景线。在这非凡气象之后，我们又紧锣密鼓地策划了“大家读大家”丛书第二辑和第三辑。

“大家读大家”丛书的策划包含着这样两层含义：邀请当今的人文大家（包括著名作家、某个领域内的专家）深入浅出地解读中外大家的名作；让大家（指普通阅读者）来共同分享大家的阅读经验。前一个“大家”放下身段，为后一个“大家”做普及与解惑的工作，这种互动交流的目的，就是想让两个“大家”来合力推动当下的“全民阅读”，使其朝着一个既生动有趣，又使读者能轻松愉悦地获得人文核心素养的轨道前行。

在我们儿时并不丰富的阅读记忆中，《十万个为什么》或许是最重要的一套书。我们在轻松愉悦的阅读中获得了一些科普常识，萌生了探究世界的好奇心，潜移默化地养成了看世界的视角。这是曾经的“大家”读“大家”的历史。我们常与一些作家、批评家同人闲聊，谈起为科普知识，一些科学家绞尽脑汁地为非专业读者写书但并不成功的例子，很是感慨。究其缘由，我们猜度，或许就是长期以来我们培养的科学家缺少人文素养的熏陶和写作技巧的训练，理性思维发达，感性思维欠缺，甚而缺少感性的表达方式。没有自己的语言表达方式或者无法表达自己，是很大范围存在的文化危机。多年来文学教育的缺失是原因之一，没有诗和远方，国民整体文学素养凝滞，全社会人文素质缺失，这是当下亟待解决的文化危机。

我们在这样的危机中，心怀拯救危机的理想抱负。百无一用是书生，但书生有书，读书，写书。倘若中国当下杰出的人文学者，首先是一流作家和从事文学研究的专家学者，换一种思维方法和言说方式，重返文学作品的历史现场，用自身心灵的温度和对文学的独特理解来体贴经典，触摸经典，解读经典，或许会奏出不同凡响的音符；在解读经典的同时，呈现自己读书和创作中汲取古今中外文史哲大家写作营养的切身感受，为广大的普通读者提供一种阅读的鲜活经验，如此这般，作者和读者岂不快哉！于是，我们试图由文学阅读开始，约请创作领域里的著名作家和艺术家以及文史哲和艺术学科门类中术业有专攻的优秀学者，分别撰写他们对古今中外名家名著的独特解读，以期与广大的读者诸君携手徜徉于文化圣殿，去浏览和探究中国与世界瑰丽的文化精神遗产。

已经与大家见面的丛书第一辑，是一批当代著名作家的读书笔记或讲稿的结集。无疑，文学是文化最重要的基石，一个国家和民族可以缺少面包，但是不能没有文学的滋养。文学作为人们日常精神生活不可或缺的人文营养补给，是人之生存和持续发展的精神食粮。作为专家的文学教授对古今中外名著的解读固然很重要，但是，在创作第一线的作家们对名著的解读似乎更接地气，更能形象生动地感染普通的读者，这就是我们首先推出当代著名作家读经典文本的原因所在。

如今，许多大学的文学院或中文系都相继邀请了一批知名作家进入教学科研领域，打破了“中文系不是培养作家的摇篮”的学科魔咒。在大学里的作家并非只是学校的“花瓶”，他们进入课堂的功能何在？他们会在什么层面上改变文学教育的现状？他们对于大学人文教育又有什么样的意义？这些都是绕不过去的问题。其实，这是中国现代大学的一个传统，许多我们熟悉的现代文学大家同时也是著名大学的教授。这一传统在新世纪得以赓续。十年前复旦大学中文系邀请王安忆做创作专业教授的时候就开始尝试曾经行之有效的文学教育模式。近些年许多大学聘任驻校作家：北京师范大学成立了由诺贝尔文学奖得主莫言主持的国际写作中心，苏童、欧阳江河等著名作家调入北师大；阎连科、刘震云、王家新等也正式进入中国人民大学的文学殿堂授课；毕飞宇成为南京大学文学院的教授。这都是文学教育进入国民教育序列的明证。

在策划这套丛书的过程中，我们首先做了一个课堂实验，在南京大学请毕飞宇教授开设了一个读书系列讲座，他用自己独特的感受去解读中外名著，效果奇好。毕飞宇的课堂教学意趣盎然、生动入微，看似在娓娓叙述一个作家阅读文本时的独特感知，殊不知，其中却蕴含了一种从形下到形上的哲思。他开讲的第一篇就是我们几代人都在初中课本里读过学过的名作《促织》，这篇被许许多多中学、大学教师嚼烂了的课文，却在他口吐莲花的叙述中化作了一道独特的绚丽彩虹，讲稿甫一推出，就在互联网上广泛传播。仔细想来，这样的文本解读不就是替代了我们大中小学师生们都十分头疼的写作课的功能吗？不就是最好的文学鉴赏课吗？我们的很多专业教师之所以达不到这样的教学效果，最根本的原因就是他们只有生搬硬套的“文学原理”，而没有实践性的创作经验，敏悟的感性不足，空洞的理性有余，这显然是不能打动和说服学生的。反观作为作家的毕飞宇教授的作品分析，更具有形下的感悟与细节分析能力，在上升到形上的理论层面时，也不用生硬的理论术语概括，而是用具有毛茸茸质感的生动鲜活的生活语言解剖经典，在给读者审美愉悦的同时达到人文素养的教化之目的。这就是我们希望在创作第一线的作家也来“操刀解牛”的缘由。

“大家读大家”第一辑的作者，都是文学领域的著名作家。马原执教于同济大学，他在课堂上解读外国作家经典，讲稿出版后深受广大读者的欢迎。因为体例原因，王安忆老师的书稿由人民文学出版社另行出版了。哈佛荣休教授李欧梵先生，因学术的盛名，而使读者忽视了他的小说家、散文家的身份。李欧梵教授在文学之外，在电影、音乐艺术领域均有极高的造诣，其文字表达兼具知性与感性。收录在丛书中的这本书，谈文学与电影，别开生面。张炜从九十年代开始就出版了多种谈中国古典文学、中国现代文学、外国文学（尤其是俄罗斯文学）的读书笔记，他融通古今，像融入野地一样融入经典之中，学识与才情兼备。才华横溢的苏童，不仅是小说高手，他对中外小说的解读细致入微，以文学的方式解读文学，读书笔记如同他的小说和散文一样充满了诗性。叶兆言在文坛崭露头角之时，就是公认的学者型作家，即便置于专业人士之中，他也是饱学之士。叶兆言在解读作家作品时的学养、识见以及始终弥漫着的书卷气令人钦佩。王家新既是著名诗人，亦是研究国外诗歌的著名学者，他用论文和诗歌两种形式解读国外诗人，将学识、情怀与诗性融为一体。我们这些简单的评点，赢得了读者的认同。我们将陆续推出当今著名作家解读中外大作家的系列之作，以弥补文学阅读中理性分析有余而感性分析不足的遗憾，让更多的普通读者也能通过删繁就简的阅读引导走进文学的殿堂。

“大家读大家”丛书第二辑，收录了夏志清、王德威、白先勇、宇文所安、孙康宜、胡晓真、田晓菲、张小虹几位大家的书稿。无论是作家、学者，还是学者兼作家，他们几乎都是文章高手。用英文写作的宇文所安，是海外研究中国文学的大家，在他即将从哈佛大学荣休之际，出版他的大作，也是向他致敬的一种方式。值得注意的是，白先勇先生、胡晓真女士、张小虹女士，他们或有祖国宝岛台湾的生活经历，或长期在台湾的研究机构和大学从事教学研究，用一样的母语写作，但有不完全一样的表达。彼岸学者、作家的阅读经验和修辞方式，自然而然丰富了我们的表达。夏志清、王德威、孙康宜（她的部分文章是英文撰写）、田晓菲兼具中国文化和西方文化的背景，他们的阅读和写作，为我们提供了多元文化背景的参照。无疑，不少从事文学研究的学者也擅长生动的语言表达，他们对中外著名作家作品的解读、对其在文学史上的定位更有学术的权威性，这类大家读大家同样是重要的。但我们和广大读者一样，希望看到的是他们脱下学术的外衣，放下学理的身段，用文学的语言来生动地讲解中外文学史上的名人名篇。

"大家读大家"丛书第三辑，内容集中在外国文学。在解读世界文学名人名篇之时，我们不但约请学有专攻的外国文学的专家学者执牛耳，还将倚重一批著名的翻译大家担当评价和解读名家名作的工作。把他们请进这个大舞台，无疑是给这套丛书增添了一道亮丽的风景线。新文学百年来翻译的外国作家作品可谓汗牛充栋，但是，我们的普通阅读者由于缺乏历史背景知识，很难读懂那些皇皇的世界名著所表达的人文思想内涵。在茫茫译海中，人们究竟从中汲取到了多少人文主义的营养呢？抱着传播世界精神文化遗产之目的，我们在"大家读大家"丛书里将这一模块作为一个重头戏来打造，有一批重量级的学者和翻译大家做后盾，我们对此充满信心。

“大家读大家”第四辑，又成为中国著名作家言说经典的阵地，《隐匿的大师》是铁凝漫谈文学与艺术的散文随笔集，分为读人、读书、读画、读世四辑。“读人”述及作者与杨绛、孙犁、马识途、徐光耀、大江健三郎等前辈的交往，情真意切；作者分享了林风眠、丰子恺、汪曾祺等名家对她艺术与人生的滋养，娓娓道来。“读书”回顾铁凝自身的创作经验，涉及《哦，香雪》《笨花》《永远有多远》等小说名篇，同时也探讨了作家的责任感、创作的驱动力等相关文学理念。“读画”既深情回忆了一批中国画家，如张德育等对作者的艺术熏陶，又一针见血地评论了勃鲁盖尔、弗美尔、库尔贝、列宾、米勒、莫奈、雷诺阿、埃贡·席勒、夏加尔、霍珀、怀斯的绘画名作，鉴赏分析往往带有独特的女性视角，令人颇受启发。“读世”结集作者早年写作的随笔散文，从论人到论世，深具哲理性。阅读这本《隐匿的大师》，读者既可以与这些大师产生共情与共鸣，又能深切体会到文学与艺术点亮人生幽暗的意蕴。

《作家们的作家》是阎连科的文学阅读札记，全书分五辑，涉及拉美文学、俄苏文学、欧美文学、亚非文学等多个主题。在当代作家中，阎连科对外国文学的接受颇具代表性，他不断汲取经验并形成独立的文学风格。在本书中，他作为领读人，与读者分享“经典之美”：《变形记》《百年孤独》《这里的黎明静悄悄》《伊豆的舞女》《我的名字叫红》《我的米海尔》……他以小说家的视角回顾自己的阅读之路，深入浅出，讲述文学经典如何被一代代创作、解读、传承。

《文明的边界》是格非对十九世纪中叶至二十世纪的三位作家罗伯特·穆齐尔、志贺直哉与麦尔维尔的文学评论集，主要讨论了穆齐尔的《没有个性的人》、志贺直哉的《暗夜行路》以及麦尔维尔的《白鲸》等几部作品。他们是来自欧洲、亚洲、美洲不同地域的作家，生活在不同社会或时空关系中，但他们的生活和写作活动，却形成了令人不可思议的亲缘性。他们都是从传统自然过渡到现代文明的居间者，在试探文明的边界之路上踽踽独行，以各具神采的作品，为人类和文明的危机发出预警。在他们向未来眺望的目光中，我们身处其间。

《局内人的写作》是李洱的文学阅读笔记。全书分五辑：“读与写”谈论博尔赫斯、加缪、卡佛等对当代文学的启迪；“纪念”追忆巴金、钱谷融、雷达、史铁生等已故名家的文学成就；“相遇”回溯与张炜、格非、梁鸿等当代作家的交往；“由作品说开去”从《红楼梦》等典型文本出发，探讨文学的艺术性、道德感、价值观等基本问题；“对话”是作者与学者、评论家、媒体记者的对谈实录。“我讲述了我对人与事、文学与时代的一些看法，正是那样的一些看法，决定了我为什么会写出那些作品，也决定了作品的成功与失败。”本书是作者文学观、创作观的一次集中呈现，也是一堂高水准的经典文学阅读课。

《大师创造的世界》是读书达人、著名作家邱华栋多年累积、精心遴选的阅读笔记。作为深受世界文学滋养的当代文学名家，邱华栋在本书中将目光聚焦于十九世纪下半叶至今、对世界文学格局产生深刻影响的十数位大家：从乔伊斯、卡夫卡等欧洲现代主义小说大师，到海明威、索尔·贝娄等二战后美国小说巨擘，再到鲁尔福、加西亚·马尔克斯等拉美“文学爆炸”巨匠……他以丰厚广博的阅读为积淀，深入浅出，以抽丝剥茧的方式进行文本细读，细致梳理这些文学大师各异的生命之路与瞩目的文学成就。每篇后附有关于该作家详尽的阅读书目，助益普通读者亲近大师，走进他们的文学世界。

“大家读大家”丛书的策划、写作和出版，是一个长期而艰巨的工程，我们将用毕生的精力去打造它。我们希望这套丛书成为我们国家和民族人文核心素养提升的一个大平台，为普及文学的人文精神开辟一条新的航道。

非常感谢译林出版社和明哲文化公司为“大家读大家”

第四辑所付出的心血，使得本丛书顺利出版，以飨读者。向写作的大家致敬！向阅读的大家致敬！

2021 年 7 月 19 日修改

# 自序

李　洱

大约有十年时间，我比较认真地把老师当年开列的文学类必读书，从头读了一遍。这个事实首先说明，我不是一个好学生，曾经敷衍了事地应付过学业。我还记得，再次读到古希腊的悲喜剧，我的感受竟与当年大不相同。当年阅读的只是古人的作品，现在读到的却是普遍的人生，两千多年前的露天剧场仿佛移进了我的单身宿舍。朝霞初升，酒神的颂歌也缓缓奏响，而我就像剧中歌队的成员。这种阅读感受可能也同时说明了另一个事实，任何阅读都是以自己的经验为参照的，阅读仿佛就是另一种形式的写作，另一种形式的实景演出。

我能想起，自己也曾经贪婪地阅读过那些现代派和后现代派作品。有一段时间，在每一个午后，我都会走到最近的一个书店，在那里挑选一本小说，然后怀着隐秘的快感走回住地。我常常会被那些怪诞的句子、奇异的形式吸引，但很快就会昏昏欲睡。当我从午睡中醒来，我会重温那些句子。这个时候，我的情绪或如狂暴的海啸，或如宁静的水滴。我常常喃喃自语，不能自拔，然后火急火燎地坐到桌前，写下一些莫名其妙的段落，然后秘而不宣地将它收入抽屉。如今，它们当然早已杳无踪迹。

我也读些理论性书籍，带着文学的眼光。我之所以喜欢理查德·罗蒂，就是因为罗蒂试图打破文学与哲学的边界，主张从“哲学文化”走向“文学文化”。当然，他并不是要用文学去补充哲学，而是觉得哲学的整体性值得怀疑，哲学在某种意义上就是文学的一部分。所以，在罗蒂看来，文学批评可以无差别地欣赏尼采、马克思和波德莱尔，也可以将托洛茨基、奥威尔、艾略特和纳博科夫一视同仁，别管他们的作品是不是“纯文学”，只要能够为道德反省提供建议，就应该成为文学批评的对象。事实上，这也是我在《应物兄》中多次提到罗蒂的一个理由。

尽管我一直有着阅读理论性书籍的习惯，但我对写作理论性文章从未有过兴趣，也不敢去想能不能当一个学者。这当然首先是因为我还有一点自知之明，知道自己知识储备不足，脑子里多的是乱七八糟的念头，缺的是整合和分析能力。我一直认为，成为一名好的学者要比成为一个好的作家困难得多。我对我认识的好的学者从来都尊敬有加，“学识”二字可不是一般人说有就有的。

所以，我在这里写下的文字，只是阅读和写作之余，随手写下的一些感性片段，属于我们通常所说的“读后感”之类。它们也大多缘于编辑或作家朋友的约稿。写下这些文字时的感受，我大都还能记得：或带着崇敬，或带着感激，或带着惊奇，或带着叹息。当年重新阅读老师开列的那些必读书目时的感受，大概会以某种潜流的方式，作用于这些文字。其中自然也有一种可能，那就是我已把同行和朋友的文字，放在那些必读书目所构成的谱系之中了。

2021.2.21

# 目 录

## 辑五　对话

辑一

# 读与写

# 局内人的写作

## ——读加缪

今年早些时候，我又重读了加缪的《局外人》。因为写作一篇小说的缘故，这次我最关心的是作者的肺病和写作的关系。在相当长的时间里，肺结核一直是文学的潜在主题。从来没有哪种疾病像肺结核那样和文学那么亲近，它活像文学的结发妻子和情人。用一枚书签随意挑开世界文学史脆黄的册页，我们几乎都能从中看到结核病患者那艳若桃花的形象。我没有说出“痨病鬼”这个词，是因为考虑到鲁迅、郁达夫、瞿秋白、卢梭、卡夫卡、契诃夫、加缪等人都属于结核病一族；而托马斯·曼笔下的肺病患者的集散地魔山风景宜人，小仲马的茶花女和曹雪芹的林黛玉，都能使人茶饭不思。如果我说没有肺结核，整个世界文学史就得重写，这话似乎并不为过。看来，决定世界文学史目前格局的，与其说是文学大师的辛劳，倒不如说是由于小小的结核病菌的过于勤勉。结核病患者脸上的红云，就是文学天空中的朝霞和夕阳。

加缪第一次被发现患有肺病是在一九三〇年，其右肺呈现干酪样结核。在对结核病症状的描述上，除了经常提到的咳嗽和咯血令人感到不适之外，所用的词语大都带着某种优雅、温暖的气质，此处的“干酪”一词就是个例证。那年他十七岁，是哲学班的学生，兼一支业余足球队的守门员。检查出其肺病的是一家贫民区医院，这与肺病发生的境况相适宜，因为肺病的发生通常与贫穷联系在一起，就像现在的艾滋病总是被人看成饱暖思淫欲的后果。它使加缪第一次体验到了荒谬——生命的大幕刚刚拉开，死神就降临了。是的，在青霉素出现之前，肺病就是一种不治之症。你无法求助于医生，因为医生只能给你带来更为致命的疾病：胆怯、懦弱、轻信和对死亡的恐惧。《圣经·申命记》里说，在形形色色的疾病中，上帝曾挑选肺结核来惩罚人类，可见其功效等同于洪水。在早于《局外人》写成的《婚礼》一书中，加缪写道，一个年轻人“还不曾琢磨过死亡和虚空，但他却品尝到了它所带来的可怖的滋味”，“没有比疾病更可鄙的事物了，这是对付死亡的良药，它为死亡做着准备。它创造了一种见习过程，在这个见习阶段要学会自我怜悯。它支持着人为摆脱必死的命运所做的努力”。从他最早的言谈中，我或可听到与海德格尔“向死而生”相似的声音。四年之后，结核病菌再次光顾新婚不久的加缪的左肺。如果说加缪以前的自我疗养等同于西绪弗斯推巨石上山的话，那么此刻，巨石再次从山顶滚了下来，那些散乱的碎石子像结核病菌一样四下飞窜。

在苏珊·桑塔格所著的《疾病的隐喻》一书中，她引证《牛津英语词典》说明，肺结核的同义词即“耗损”：血量减少，紧接着是耗损和销蚀。词源学表明，肺结核曾被认为是一种反常的挤压，“结核”一词源于拉丁文 tuberculum，即小词缀 tuber（隆起、胀起）。“耗损”一词给人一种慢死的假象，它使得病人在时间的流程中不得不接受这种命运的安排，并不断滋生求生的欲望。我可以理解鼓胀所带给人的那种硬块的感觉，它在无限的虚空中凝聚为一种坚硬和柔软相并存的存在经验，有如一块霉变着的麦芽糖。一九三七年，即加缪开始构思并写作《局外人》的那一年的八月，他作为巴黎的一名局外人来到了巴黎。他对巴黎的印象似乎是美好的：“这里充满温情，感动人心。猫，孩子们，还有悠闲的市民。到处都是灰色，天空亦如此。那一排排的石头建筑，那些随处可见的水塘。”到了一九四〇年，即《局外人》完稿的那一年，当他来到巴黎谋生的时候，同样的景色却在他的笔下换了个模样：“巴黎像是雨中的一团巨大的雾气，大地上鼓起不成形的灰包。”成团的雾气和鼓起的灰包，与其说是阳光被云层阻隔的结果，毋宁说是结核病力量的对象化。在托尔斯泰著名的小说《伊凡·伊里奇之死》中，肾走游带给官场中主人公伊凡·伊里奇一种疑惧体验，他仿佛能摸到它走游时的步履：“他竭力在想象中捕捉这个肾脏，不让它游走，把它固定下来。”而在《局外人》中，因为作者病体的缘故，我们也可时时感受到主人公默尔索——这个名字的发音给人一种沉寂的感觉，又像水洗布一样爽净、坚实、耐脏——那种像水淹蚂蚁窝式的绝望和慢吞吞的死亡，之所以慢吞吞地死去，是为了在沉默中验明自身的真实处境。

在多种不治之症中，肺结核是少有的可以让病人知道其病情发展的疾病之一。在《魔山》里，托马斯·曼的病人们口袋里装着 X 光玻璃照片，在风景宜人的疗养院里，谈情说爱，一边消磨时间，一边讨论时间的玄妙，并在隆冬时分赏雪，看着雪地里的太阳怎样如同一个荏弱的烟球（它形似加缪笔下腾空而起的灰包），虽给难以辨认的万物的景色添上了一抹生机，但其中也夹杂着朦胧的、幽灵似的色彩。结核病患者大都先是清醒地活着，然后清醒地死去。他们可从咯血、咳嗽、虚弱的程度上，约略知道自己病情的状况。“久病成医”这个词用在结核病病人身上是再合适不过了——默尔索的死就是久病之后的医生的死。就像哮喘病人知道自己应该躲避花粉一样，所有的结核病人都知道，自己的苟延残喘有赖于躲开湿气和污浊，在阳光照耀下丈量自己的身影，在魔山上多吸上几口清新的空气——当然，鲁迅笔下的那个吃人血馒头的华小栓是个例外。这样做，仿佛是要以灵魂对付肉体，虽然灵魂必败，但不妨一试。加缪终其一生都是地中海阳光的颂祷者，而卡夫卡只要身体稍有不适，一块疥癣、一个鸡眼、一只疖子，都会促成他的一次远足，或者泛舟、游泳。作为医学的门外汉，我不知道青霉素里面是否有阳光的因素，但我可以认定，阳光和清新的空气确实为病人提供了最微弱的反抗力量，有如透过玻璃观赏玫瑰的叶片在凋零的季节舒展的一瞬。但是一个人享受多少阳光，他就得忍受多少阴影。在这样的背景下，患者和疾病的对抗虽然无力，却又显得庄严和神圣——以渎神者名目出现的默尔索的反抗，同样具有如此的性质。

我想再一次提到“玻璃”，事实上这是加缪在阐述荒谬时要用到的一个关键词。加缪把那个X光玻璃照片从医疗仪器上取出，转手就放进了《西绪弗斯神话》中，就像拿着一张IC卡接通了西绪弗斯的电话。在《西绪弗斯神话》中，加缪写道：“一个人在玻璃隔板后面打电话，别人可以看到他的手势，却不明其意。人们不禁会自问，这个人为什么活着？”

在萨特写的那篇《论〈局外人〉》当中，萨特把这个与玻璃有关的动作挑了出来："加缪的手法就在于此：在他所谈及的人物和读者之间，他插入了一层玻璃隔板。还有什么比玻璃隔板后面的人更荒诞呢？似乎，这层玻璃隔板任凭所有东西通过，它只挡住了一样东西，即人的手势的意义。有待做的就是选用玻璃隔板，而这便是局外人的意识。"但来源于X光照片的"玻璃隔板"还应该具备另外的意义。印在上面的图像一目了然，同时又如水中的月亮、镜中的花朵。它与其说是一种可以触摸到的实物，不如说是一种可以触摸到的精神现实。

事实上，肺结核给人的印象就是一种精神化的病症。按照桑塔格的说法，癌症可以发生于身体的任何器官，肺只是它赖以诞生的诸多土壤之一，这使它具有某种不便言及的特征。比如，前列腺癌、直肠癌、乳腺癌，至于新兴的艾滋病，它首先使人联想到生殖器官的病变。而肺病却只产生于人的上半部，那里距心脏最近，就像心脏的孪生姐妹，离头脑也不算太远，而且咯出的血首先要染红舌头，使味蕾得以品尝到它的滋味。说癌症和艾滋病更多地给人一种仅仅是器官性疾病的印象，似乎是可以理解的。而且它们更加速效，就像疾病的奥林匹克运动会上的百米赛跑，缺少足够的时间流程。虽然肺结核还被人看成某种液体特征的疾病，用黏痰、虚汗、血来塑造自身形象，但和那两种要命的病比起来，它顶多只算是时有间歇的喷泉，而它们却要算是瀑布了。如果说癌症是警句和格言，那么肺病就是小说和论文。据说，在英语和法语中，结核病都是“疾驰”的。但实际上，这个词用于癌症和艾滋病，可能更为合适。当一个人被宣布患上这两种疾病的时候，死神其实已经拧住了你的耳朵。肺病对人却稍微慷慨一些，它给人提供了较多的时间的土壤，使病人可以把它培育成精神的花圃——如果说癌症是强扭的瓜，那么肺结核就是瓜熟蒂落。在这方面，卡夫卡在写给情人密伦娜的信中，直接地说：“肺病，这只不过是精神病的漫溢而已。”在另一篇文章中，卡夫卡写道：“结核病的居所并不在肺部，举例来说，就像世界大战的起因并不在最后通牒一样。”从嗓子眼里咯出的那一团血，在某种程度上可以看成精神的蓓蕾。托马斯·曼在《魔山》里，将结核病看成“被掩饰起来的爱情力量的宣示；疾病是一种变形的爱情”。说到爱情，许多作家曾经把最美丽的女性拉进结核病一族。茶花女的美貌使巴黎上层社会为之心旷神怡，林黛玉一皱起细眉，那个叫作贾宝玉的情种就把大观园看成了迷宫，多年前看曹禺先生的《日出》，如果陈白露不出场，那段戏就可以略过不看。许多患有结核病的女性被写得性感迷人，那尤物仿佛不是来自尘世，而是来自天国。作家对那些尤物的描写，使人想到沙漠中的旅人对葡萄的想象，不光是酸的，而且还分外多汁，分外甜。她们每咳嗽一下，作家的胸脯都会随着起伏；她们咯出的血丝还没抵达素洁的手帕，作家的泪水就已经打湿了衣襟。这当中有多少自我怜悯的情愫在悄悄发酵，岂是批评家们所能够说清的；万千情愁，又怎忍交由那几个概念去生搬硬套。当批评家批判那些交际花的奢靡生活的时候，作家本人尽管口头上认同，但心里却像挨着针扎。让我们想一想现实生活中的林徽因的美吧，她的美使徐志摩神魂颠倒，并使一个逻辑学家金岳霖不合逻辑地终身未娶，其表现就像一个有洁癖的孩子摸过了糖果却再也不愿洗手。只因为能与林徽因擦肩而过，我本人就愿意生活在那个年代。徐志摩爱恋的另一个女作家凯瑟琳·曼斯菲尔德，也是结核病患者，她的早逝有如一缕青烟绕梁不绝。我曾看过加缪本人的一张照片，在草地、儿童的映衬下，那种男人的美能使好莱坞明星显得愈加俗不可耐。观看契诃夫本人的照片，你会发现随着肺病的加深，痞子气是怎样一点点地消失，而美是怎样一点点地从他的夹鼻眼镜后面被培育起来的。在各种幽灵似的人物当中，如果选择一个幽灵作为他们的形象大使，那么卡夫卡就是一个合适的人选。没有哪些作家比肺病作家更清醒、更美、更复杂、更有魅力，也更难以捉摸的了。在这方面，抓阄似的随便拉来一个人都是现成的例子。所以，当纪德在《背德者》的题记中引用《诗篇》里的诗句，说“天主啊，我颂扬你，是你把我造就成如此卓异之人”的时候，我们不应该觉得他矫情，因为那实在是恰如其分。

默尔索就是《诗篇》中提到的“如此卓异之人”之一。他最后的独白，是我读到的最感人的篇章。他部分地实现了加缪的梦想：自由、反抗和激情。用加缪的话来说，“自由只有一种，与死亡携手共赴纯净之境”。或许是因肺病作家最后都脱离了贫困，所以，他们笔下的主人公死时，大都与脏乱差无关，显得体面优雅。耗损的结果是作者的身体像书籍一样单薄，灵魂浸润在那些文字之中，像穿花蛱蝶一样飞出。蛱蝶的翅膀与他们的身体也有某种相似性：透明，轻盈，绯红，像盛开在泉边的花朵上的叶脉。结核病患者卢梭说：“死亡和疾病常常是美丽的，就像肺痨的红光。”这样一种将肺病美学化的言谈，似乎要给人这样一种荒谬的印象，即那时刻都会降临的灭顶之灾，带给他们的倒像是某种令人钦羡的恩惠。

但是，轻松地谈论肺病作家不能不说是一种罪过，因为这容易忽略残酷而真实的另一面。肺病作家的作品首先是一种痛苦的质疑性表达。如果它呈现出来的是忧郁，那是因为作者独上高楼之时，已将栏杆拍遍。如果它是一次慈航，那首先是苦海无边，回头无岸。如果主人公已经服罪，那是因为罪早已深入骨髓。如果有谁要反抗，那是因为西绪弗斯虚空的内心最需要石头的重量。茶花女之所以夜夜笙歌，那是因为她内心举目无亲。

是的，我不想让轻松的谈论掩盖住命运的伤口。这样的伤口放到一个人身上，比如，放到卡夫卡《乡村医生》里面的那个少年的臀部，就“比碗口还要大”。那样一个伤口之所以能够出现在那个少年的臀部，是因为它首先出现在卡夫卡的肺叶。在一篇日记中，卡夫卡写到了这个伤口：“如果真像你所断言的，肺部的伤口是一个象征，伤口的象征，F.（菲利斯）是它的炎症，辩护是它的深处，那么医生的建议（光线，空气，太阳，安静）就也是象征了。正视这个象征吧。”我们从肺结核作家的作品中，可以看到许多创伤性记忆，以及各种复杂的悖论关系。鲁迅终其一生都纠缠在激进与保守、遗忘与记忆、存在与虚妄、中心与边缘的巨大旋涡之中，这当中的每一次选择，都永劫不复地带来更大的创伤性记忆。“目光虽有，却无路可循；我们谓之路者，不过是彷徨而已。”如果谁对我说，这是鲁迅的言论我肯定不会怀疑，但这话却是摘自卡夫卡的《对罪愆、苦难、希望和真正道路的观察》。当一只小兽从阳光下的雪地里走过的时候，我们不仅要注意它留下的花朵般的蹄印，还应该注意到那蹄印中的血迹。默尔索（法文：Meursault）这个名字中的Meur与“谋杀”为同一词根。这个名字是从加缪的另一篇小说《幸福的死亡》中的梅尔索变化而来的。而梅尔索（Mersault）这个名字又可分解为Mer（海）和sault，sault发音近似太阳。仅从名字上，我们就可以约略知道《局外人》的主题。在《局外人》中，有一个关于人和狗关系的段落，这个段落颇能表示小说是如何植根于某种创伤性记忆的：一个名叫萨拉玛诺的老人一直在寻找他丢失的一条狗，在狗还很小的时候，老人像喂婴儿似的拿着奶瓶给它喂奶，现在它丢掉了，老人的魂也就丢失了。这个老人年轻的时候，本来打算做话剧演员，这与加缪一生对话剧的痴迷是合拍的。小说用较大的篇幅来写人与狗的关系，对加缪来说并不奇怪。加缪总是愿意挤出篇幅，把人与人之间的关系让位给人与自然的关系，就像把秋收时的繁忙景象让给秋后广袤的原野。当他在人与人和人与狗之间做选择的时候，他当然要选择人与狗：“那一身漂亮的皮毛，真是天下无敌。”我上面曾提到，肺病患者总是喜欢阳光和清新的空气，并说那是一种最微弱的反抗力量的源泉，但急于奔向阳光和空气的举动，在肺病患者那里其实首先是对创伤的注脚。加缪对阳光和沙滩，对物的描写，与后来的法国新小说之间有着某种扯不断的亲缘关系。在《怀疑的时代》一文中，萨洛特在加缪的“客观描写”中，看到了复杂的心理因素："加缪的境遇很容易让人联想到李尔王被女儿中最失宠的那一个所收留的情景。他曾细致入微地设法铲除这种'心理剖析'（是吗？李注），但它却像黑麦草一样到处生长。"

肺病因为拖时较长，所以最亲近的人也容易产生厌倦情绪，如果患者是一位老人，那么床前无孝子几乎是可以断定的。患者是一位年轻人又会怎么样呢？加缪在随笔中曾经写下他患病之后他母亲的态度。虽然母亲在见到他咯血之后，顿感不安，但她并没有照料他，而是把他送到了舅舅那里。送是遣送，也是最早的流放。而当他们相遇的时候，"她便默不作声，两人面对面，绞尽脑汁找些话来说，有人告诉他（加缪）曾见她哭过，但是，他对此将信将疑。更令人奇怪的是，他不曾有责备她的想法。某种默契把他们联系在一起了"。这样的描写，不能不使人想起《局外人》中的默尔索的奔丧。法官、神父可以指责默尔索的冷漠，但他们绝不会指责默尔索死去的母亲。与卡夫卡的父与子之间的强烈冲突不同，加缪笔下的母与子，在沉默的时候其实带着某种温情："当母亲在家时，总是静悄悄地望着我。"那并非一般意义上的和解，而是认识到了存在的困境，以及解脱的不能。在《局外人》的结尾，默尔索在夜间醒来时，看见头顶上满天星斗，"我又听到了郊区的声音。夜晚的气息，土地和盐的气息，清醒了我的头脑……汽笛响了起来，它宣告有些人走进一个永远不再和我有任何联系的世界。很久以来，我又一次想起了母亲”。想到母亲临死，他反而感到了解放，想重新过一种生活。如果说，卡夫卡的“父亲”是某种权力、专制的象征物的话，那么，加缪却宁愿回到事物本身，回到最普通的伦理关系上来，并从那里表达他对世界的体认。我这样说，似乎是要强调《局外人》的自传因素。是的，又有谁能否认所有伟大的作品首先是作家的灵与肉的自传。

“他的热情之多一如他的苦难之大。”在讲述西绪弗斯这个荒谬英雄的故事时，加缪这样写道。与推巨石上山的故事相比，我倒更喜欢发生在这个英雄身上的另一个小小的插曲，正是由于这个插曲，西绪弗斯才会去推那个巨石，他踏着沉重的步伐，永远不知道何时才能结束自己的苦难——据说，作为凡人的西绪弗斯临死的时候，决定考验一下妻子对自己的爱情。他叫她把他的尸体扔到广场上。西绪弗斯从冥间醒来，却对妻子的顺从感到恼火。于是他又再次来到人间，欲惩罚妻子。他又见到了温暖的石头、金色的沙滩、闪烁的海水，以及海湾那优美的曲线，并深深地迷恋于此，连冥王的召唤也被他当成了耳旁风。他胆大妄为地在人间又活了几年，惹得神祇们不得不对他进行处罚。他们逮住了他，攫去了他的欢乐，把他扭送到了下界。在那里，一块巨石正等着他推向山顶。除了赢得那荒谬英雄的美名外，他似乎别无选择。是的，除了“肺结核”三个字没有出现之外，我们在这里可以看到所有肺病作家的宿命：他们的自由，他们的反抗，他们的激情。

# 它来到我们中间寻找骑手

一九八五年的暑假，我带着一本《百年孤独》从上海返回中原老家。它奇异的叙述方式一方面引起我强烈的兴趣，另一方面又使我昏昏欲睡。在返乡的硬座车厢里，我再一次将它打开，再一次从开头读起。马孔多村边的那条清澈的河流，河心的那些有如史前动物留下的巨蛋似的卵石，给人一种天地初开的清新之感。用埃利蒂斯的话来说，仿佛有一只鸟，站在时间的零点，用它的红喙散发着它的香甜。

但加西亚·马尔克斯叙述的速度是如此之快，有如飓风将尘土吹成天上的云团：他很快就把吉卜赛人带进了村子，各种现代化设施迅疾布满了大街小巷，民族国家的神话与后殖民理论转眼间就展开了一场拉锯战。《裸者与死者》的作者梅勒曾经感叹，他费了几十页的笔墨才让尼罗河拐了一个弯，而马尔克斯只用一段文字就可以写出一个家族的兴衰，并且让它的子嗣长上了尾巴。这样一种写法，与《金瓶梅》《红楼梦》所构筑的中国式的家族小说迥然不同。在中国小说中，我们要经过多少回廊才能抵达潘金莲的卧室，要有多少儿女情长的铺垫才能看见林黛玉葬花的一幕。当时我并不知道，一场文学上的“寻根革命”因为这本书的启发正在酝酿，并在当年稍晚一些时候蔚成大观。

捧读着《百年孤独》，窗外是细雨霏霏的南方水乡，我再次感到了昏昏欲睡。我被马尔克斯的速度拖垮了，被那些需要换上第二口气才能读完的长句子累倒了。多天以后，当我读到韩少功的《爸爸爸》的时候，我甚至觉得它比《百年孤独》还要好看，那是因为韩少功的句子很短，速度很慢，掺杂了东方的智慧。可能正是由于这个原因，当时有些最激进的批评家甚至认为，《爸爸爸》可以与《百年孤独》比肩，如果稍矮了一头，那也只是因为《爸爸爸》是个中篇小说。我还记得，芝加哥大学的李欧梵先生来华东师大演讲的时候，有些批评家就是这么提问的。李欧梵先生的回答非常干脆，他说，不，它们还不能相提并论。如果《百年孤独》是受《爸爸爸》的影响写出来的，那就可以说《爸爸爸》足以和《百年孤独》比肩。这个回答非常吊诡，我记得台下一片叹息。

我的老家济源，常使我想起《百年孤独》开头时提到的场景。在我家祖居的村边有一条名叫沁水的河流，“沁园春”这个词牌名就来自这条河流，河心的那些巨石当然也如同史前动物的蛋。每年夏天涨水的时候，河面上就会有成群的牲畜和人的尸体。那些牲畜被排空的浊浪抛起，仿佛又恢复了它的灵性，奔腾于波峰浪谷。而那些死人也常常突然站起，仿佛正在水田里劳作。这与“沁园春”这个词牌所包含的意境自然南辕北辙。我在中国的小说中并没有看到过关于此类情景的描述，也就是说，我从《百年孤独》中找到了类似的经验。我还必须提到“济源”这个地名。济水，曾经是与黄河、长江、淮河并列的四条大河之一，史称“四渎”，即从发源到入海，潋滟万里，自成一体。济源就是济水的发源地，但它现在已经干涸，在它的源头只剩下一条窄窄的臭水沟，一丛蒲公英就可以从河的这一岸蔓延到另一岸。站在一条已经消失了的河流的源头，当年百舸争流、渔歌唱晚的景象真是比梦幻还要虚幻，一个初学写作者紧蹙的眉头仿佛在表示他有话要说。

事实上，在漫长的假期里，我真的雄心勃勃地以《百年孤独》为摹本，写下了几万字的小说。我虚构了一支船队顺河漂流，它穿越时空，从宋朝一直来到八十年代，有如我后来在卡尔维诺的一篇小说《恐龙》里看到的，一只恐龙穿越时空，穿越那么多的平原和山谷，径直来到二十世纪的一个小火车站。但这样一篇小说，却因为我祖父的话而有始无终了。

假期的一个午后，我的祖父来找我谈心，他手中拿着一本书。他把那本书轻轻地放到床头，然后问我这本书是从哪里搞到的。就是那本《百年孤独》。我说是从图书馆借来的。我还告诉他，我正要模仿它写一部小说。我的祖父立即大惊失色。这位延安时期的马列学员，到了老年仍然记得很多英文和俄文单词的老人，此刻脸涨得通红，在房间里不停地踱着步子。他告诉我，他已经看完了这本书，而且看了两遍。我问他写得好不好，他说，写得太好了，这个人好像来过中国，这本书简直就是为中国人写的。但是随后他又告诉我，这个作家幸好是个外国人，他若是中国人，肯定是个“大右派”，因为他天生长有反骨，站在组织的对立面；如果他生活在延安，他就要比“托派”还要“托派”。“延安”“托派”“马尔克斯”“诺贝尔文学奖”“反骨”“组织”，当你把这些词串到一起的时候，一种魔幻现实主义的味道就像芥末一样直呛鼻子了。

“把你爸爸叫来。”他对我说。我的父亲来到的时候，我的祖父把他刚才说过的话重新讲了一遍。我父亲将信将疑地拿起那本书翻了起来，但他拿起来就没有放下，很快就津津有味地看了进去。我父亲与知青作家同龄，早年也写过几篇小说，丰富的生活一定使他从中看到了更多的经验，也就是说，在他读那本书的时候，他是身心俱往的，并且像祖父一样目夺神移。不像我，因为经验的欠缺，注意的只是文学技巧和叙述方式。我的祖父对我父亲的不置一词显然非常恼火。祖父几乎吼了起来，他对我父亲说："他竟然还要模仿人家写小说，太吓人了。他要敢写这样一部小说，咱们全家都不得安宁，都要跟着他倒大霉了。"

祖父将那本书没收了，并顺手带走了我刚写下的几页小说。第二天，祖父对我说："你写的小说我看了，跟人家没法比。不过，这也好，它不会惹是生非。"我的爷爷呀，你可知道，这是我迄今为止听到的对我的小说最为恶劣的评价？祖父又说："尽管这样，你还是换个东西写吧。比如，你可以写写发大水的时候，人们是怎样顶着太阳维修河堤的。"我当然不可能写那样的小说，因为就我所知，在洪水漫过堤坝的那一刻，人们纷纷抱头鼠窜。

当然，有些事情我倒是很想写一写的，那就是洪水过去之后，天上乱云飞渡，地上烂泥腥臭，河滩上的尸体在烈日下会发出沉闷的爆炸声，不是"轰"的一声响，而是带着很长的尾音，"噗——"。奥登在一首诗里说，这是世界毁灭的真实方式：它不是"砰"的一声，而是"噗——"。两年以后，我的祖父去世了。我记得合上棺盖之前，我父亲把一个黄河牌收音机放在了祖父的耳边。从家里到山间墓地，收音机里一直在播放党的十三大即将召开的消息，农民们挥汗如雨要用秋天的果实向十三大献礼，工人们夜以继日战斗在井架旁边为祖国建设提供新鲜血液。广播员激昂的声音伴随着乐曲穿过棺材在崎岖的山路上播散，与林中乌鸦呱呱乱叫的声音相起伏——这一切，多么像是小说里的情景，它甚至使我可耻地忘记了哭泣。但是二十年过去了，关于这些场景，我至今没写过一个字。当各种真实的变革在谎言的掩饰下悄悄进行的时候，我的注意力慢慢集中到另外的方面。但我想，或许有那么一天，我会写下这一切，将它献给沉睡中的祖父。而墓穴中的祖父，会像马尔克斯曾经描述过的那样，头发和指甲还在生长吗？

据说马尔克斯不管走到哪里都要带上博尔赫斯的小说。马尔克斯是用文学介入现实的代表，而博尔赫斯是用文学逃避现实的象征。但无论是介入还是逃避，他们和现实的紧张关系都是显而易见的。在这一点上，中国读书界或许存在着普遍的误读。马尔克斯和博尔赫斯，对二十世纪八十年代中期以后的中国文学，产生了巨大的影响。对知青文学和稍后的先锋文学来说，它们是两尊现代和后现代之神。但这种影响主要是叙述技巧上的。就像用麦芽糖吹糖人似的，对他们的模仿使“八五新潮”以后的中国小说迅速成形，为后来的小说提供了较为稳固的“物质基础”。但令人遗憾的是，马尔克斯和博尔赫斯与现实的紧张关系，即他们作品中的那种反抗性，并没有在模仿者的作品中得到充分的表现。

当博尔赫斯说，玫瑰就存在于玫瑰的字母之内，而尼罗河就在这个词语里滚滚流淌的时候，“玫瑰”就在舟楫上开放，沉舟侧畔病树枯死。而说博尔赫斯的小说具有反抗性，这似乎让人难以理解，但是，那一尘不染的文字未尝不是出于对现实的拒绝和反抗，那精心构筑的迷宫未尝不是出于对现实的绝望，它是否定的启示，是从迷宫的窗户中伸向黑夜的一只手，是薄暮中从一炷香的顶端袅袅升起的烟雾。也就是说，在博尔赫斯笔下，“玫瑰”这个词语如同里尔克的墓志铭里所提到的那样，是“纯粹的矛盾”，是用介入的形式逃避，用逃避的形式介入。

这也就可以理解，博尔赫斯为什么向往边界生活；经常在博尔赫斯的玫瑰街角出现的，为什么会是捉对厮杀的硬汉；硬汉手中舞动的为什么会是带着血槽的匕首。我非常喜欢的诗人帕斯也曾说过，“博尔赫斯以炉火纯青的技巧、清晰明白的结构，对拉丁美洲的分散、暴力和动乱提出了强烈的谴责”。如果博尔赫斯的小说是当代文学史上的第一只陶罐，那么它本来也是用来装粮食的，但后来者往往把这只陶罐当成了纯粹的手工艺品。还是帕斯说得最好，他说一个伟大的诗人必须让我们记住，我们是弓手，是箭，同时也是靶子，而博尔赫斯就是这样一位伟大的诗人。

我曾经是博尔赫斯的忠实信徒，并模仿博尔赫斯写过一些小说。除了一篇小说，别的都没能发表出来，它们大概早已被编辑们扔进了废纸篓。虽然后来的写作与博尔赫斯几乎没有更多的关系，但我还是乐于承认自己从博尔赫斯的小说里学到了一些基本的小说技巧。对初学写作者来说，博尔赫斯有可能为你铺就一条光明大道，他朴实而奇崛的写作风格，他那极强的属于小说的逻辑思维能力，都可以增加你对小说的认识，并使你的语言尽可能简洁有力，故事尽可能有条不紊。

但是，对于没有博尔赫斯那样的智力的人来说，他的成功也可能为你设下一个万劫不复的陷阱，使你在误读他的同时放弃跟当代复杂的精神生活的联系，在行动和玄想之间不由自主地选择不着边际的玄想，从而成为一个不伦不类的人。我有时候想，博尔赫斯其实是不可模仿的，博尔赫斯只有一个。你读了他的书，然后离开，只是偶尔回头再看他一眼，就是对他最大的尊重。我还时常想起，在一九八六年秋天发生的一件小事。中国的先锋派作家的代表人物马原先生来上海讲课。当时，我还是一个在校学生，我小心翼翼地向马原先生提了一个问题，问博尔赫斯在何种程度上影响了他的写作，他对博尔赫斯的小说有着怎样的看法。我记得马原先生说，他从来没有听说过博尔赫斯这个人。当时小说家格非先生已经留校任教，他在几天之后对我说，马原在课下承认自己说了谎。或许在那个时候，博览群书的马原先生已经意识到，博尔赫斯有可能是一个巨大的陷阱。

韩少功先生翻译的《生命中不能承受之轻》在相当长的时间里曾经是文学青年的必读书。但时过境迁，我已经不再喜欢米兰·昆德拉的饶舌和扬扬自得，因为我从他的饶舌与扬扬自得之中读出了那么一些——我干脆直说了吧，读出了一些轻佻。在消极自由的名义下，与其说“轻”是不可承受的，不如说是乐于承受的。而在“重”的那一面，你从他的小说中甚至可以读出某种“感恩”，那是欢乐的空前释放，有如穿短裙的姑娘吃了摇头丸之后在街边摇头摆尾——与其相关，我甚至在昆德拉的小说中读出了某种“女里女气”的味道。更重要的是，所谓的“道德延期审判”甚至有可能给类似语境中的写作者提供某种巧妙的说辞，一种美妙的陈词滥调。

但我仍然对昆德拉保留着某种敬意。经由韩少功先生，昆德拉在中国的及时出现，确实提醒中国作家关注自身的语境问题。如果考虑那个时候的中国作家正丢车保卒般地学习罗伯·格里耶和博尔赫斯的形式迷宫，即如何把罗伯·格里耶对物象的描写转变为单纯的不及物动词，把隐藏在博尔赫斯的“玫瑰”那个词当中的尼罗河那滚滚波涛转变为寸草不生的水泥迷宫，我们就有必要对昆德拉的出现表示感激。而且据我所知，关于“个人真实性”的问题，即便在此之前有过哲学上的讨论，那也仅仅是在哲学领域悄悄进行，与文学和社会学没有更多的关联。因为昆德拉的出现，个人真实性及其必要的限度问题，才在中国有了公共空间之内的讨论、交流和文学表达的可能。

昆德拉还是一个重要的跳板，一个重要的跷跷板。他的同胞哈韦尔经由崔卫平女士的翻译在稍晚一些时候进入中国读者的视域。当然，哈韦尔在一九八九年的“天鹅绒革命”中的粉墨登场——如同约瑟夫·K进入了城堡，戈多突然出现在了流浪汉面前——也加速了他在中国的传播。虽然伊凡·克里玛说过“政治”一直是哈韦尔激情的重心，但我并不认为哈韦尔在此之前的写作、演讲和被审讯，是围绕着那个重心翩翩而起的天鹅舞。我读过能找到的哈韦尔的所有作品，他的随笔和戏剧。与贝克特等人的戏剧相比，他的戏剧的原创性自然要大打折扣，但我感兴趣的是他对特殊的语境的辨析能力，以及辨析之后思想的行动能力。在失去发展的原动力而只是以僵硬的惯性向前滑动的后极权制度下，恐怕很少有人能像哈韦尔那样如此集中地体会到生活的荒诞性。

吃盐不成，不吃盐也不成；走快了要出汗，走慢了要着凉；招供是一种背叛，不招供却意味着更多的牺牲——这是自加缪的《正义者》问世以来，文学经验的一个隐蔽传统。哈韦尔自然深知其味。人性的脆弱、体制的谎言性质以及反抗的无能，共同酿就了那杯窖藏多年的慢性毒酒——更多的时候，人们有如身处埃舍尔绘画中的楼梯而不能自拔。哈韦尔品尝到了这杯慢性毒酒的滋味。他并没有因为上帝发笑就停止思索，也没有因为自己发笑就再次宣布上帝死了。他致力于像刺穿脓包似的穿透其中的荒诞感，并坚持使用正常和严肃的方式来对待这个世界。然而，令人感到奇怪的是，昆德拉的小说可以在中国大行其道，并塞满出版商的腰包，但一个以正常和严肃的行为方式对待世界的哈韦尔却只能以“地下”的方式传播。我知道许多人会说这是因为哈韦尔后来在世俗意义上的“成功”使然，但我们不妨换个方式来思考这个问题：对一个越来越不严肃的时代来说，严肃的思维和行为方式仿佛就是不赦之罪。

卡夫卡与荒诞派戏剧所造就的文学经验，在哈韦尔的随笔和戏剧中得到了传承。对后来的写作者来说，哈韦尔其实开辟了另外一条道路，即对复杂语境中的日常生活事实的精妙分析。路边的标语牌，水果店老板门前的条幅，啤酒店老板的絮语，这些日常生活中常见的景象，都成了哈韦尔表达和分析的对象。当恐惧成为悬在人们头上的达摩克利斯之剑，公众的注意力就会集中在水果、蔬菜等消费品上面，公众的道德水准就会降低到“生物学的蔬菜的水平”。哈韦尔提请我们注意店前的那幅标语牌，上面写的往往是不着边际的主流话语，是一种指向乌托邦的不切实际的宏大叙事，而水果店的老板和前来购买美国苹果的人，谁都不会朝这条标语多看一眼。当一种约定俗成的虚假社会规范或者说“潜规则”大行其道的时候，个人生活的真实性就被吸尘器抽空了。

哈韦尔的文字只要能看到的，我几乎都喜欢。这并不是因为哈韦尔不光解释了世界而且部分地改变了世界，而是我从他的文字中能够看到一种贴己的经验，包括与个人经验保持距离的经验。随着中国式市场经济的发展，我们会越来越清楚地感受到哈韦尔身上所存在的某种预言性质。至少在目前这个如此含混、暧昧和复杂的历史性时刻，在反抗者要么走向妥协，要么与他所反抗的对象变得如孪生兄弟般相像的时刻，哈韦尔的意义只会更加凸显。

虽然在中国的语境中，历史尚未终结，历史的活力依然存在，但是故事的消失却似乎已经成了必然。完整地讲述一个故事所必须依赖的人物的主体性以及主体性支配下的行动，在当代社会中已经不再具备典型意义，故事只能显得虚假和做作，充其量只配当作肥皂剧的脚本。即便是哈韦尔这样传奇的人，他戏剧中的故事也不再像莎士比亚的故事那样跌宕起伏——我们都像布罗茨基所说的那样，生活在一个二流的时代，要么是二流时代的忠实臣子，要么是它的逆臣。

当代小说，与其说是在讲述故事的发生过程，不如说是在探究故事的消失过程。传统小说对人性的善与恶的表现，在当代小说中被置换成对人性的脆弱和无能的展示，而在这个过程中，叙述人与他试图描述的经验之间，往往构成一种复杂的内省式的批判关系。无论是昆德拉还是哈韦尔，无论是索尔·贝娄还是库切，概莫能外。

当然，这并不是说马尔克斯式的讲述传奇式故事的小说已经失效，拉什迪的横空出世其实已经证明，这种讲述故事的方式在当代社会中仍然有它的价值。但只要稍加辨别，就可以发现马尔克斯和拉什迪这些滔滔不绝地讲述故事的大师，笔下的故事也发生了悄悄的转换。在他们的故事当中，有着更多的更复杂的文化元素。以拉什迪为例，在其精妙绝伦的短篇小说《金口玉言》中，虽然讲述故事的方式似乎并无太多新意，但故事讲述的却是多元文化相交融的那一刻带给主人公的复杂感受。在马尔克斯的小说中，美国种植园主与吉卜赛人以及西班牙的后裔之间也有着复杂的关联，急剧的社会动乱、多元文化之间的巨大落差、在全球化时代的宗教纠纷，使他们笔下的主人公天然地具备了某种行动的能力，个人的主体性并没有完全塌陷。他们所处的文化现实既是历时性的，又是共时性的；既是民族国家的神话崩溃的那一刻，又是受钟摆的牵引试图重建民族国家神话的那一刻。而这几乎本能地构成了马尔克斯和拉什迪传奇式的日常经验。

我个人倾向于认为，可能存在着两种基本的文学潮流，一种是马尔克斯、拉什迪式的对日常经验进行传奇式表达的文学，一种是哈韦尔、索尔·贝娄式的对日常经验进行分析式表达的文学。近几年，我的阅读兴趣主要集中在后一类作家身上。我所喜欢的俄罗斯作家马卡宁显然也属于此类作家，奇怪的是，这位作家并没有在中国获得应有的回应。在这些作家身上，人类的一切经验都将再次得到评判，甚至连公认的自明的真理也将面临着重新的审视。他们虽然写的是没有故事的生活，但没有故事何尝不是另一种故事？或许，在马尔克斯看来，这种没有故事的生活正是一种传奇性的生活。谁知道呢？我最关心的问题是，是否存在着两种文学潮流相交会的写作，即一种综合性的写作？我或许已经在索尔·贝娄和库切的小说中看到了这样一种写作趋向。而对中国的写作者来说，由于历史的活力尚未消失殆尽，各种层出不穷的新鲜的经验也正在寻求着一种有力的表达，如布罗茨基所说，“它来到我们中间寻找骑手”，我们是否可以说有一种新的写作很可能正在酝酿之中？关于这个话题，我可能会有更多的话想说，因为它在相当长一段时间内成了我思维交织的中心，最近对库切小说的阅读也加深了我的这种感受。但这已经是另外一个话题了，是另一篇文章的开头。我只是在想，这样一种写作无疑是非常艰苦的，对写作者一定提出了更高的要求。面对着这样一种艰苦的写作，从世界文学那里所获得的诸多启示，或许会给我们带来必要的勇气和智慧。

我再一次想起了从祖父的棺材里传出来的声音，听到了山林中的鸟叫。我仿佛也再次站到了一条河流的源头，那河流行将消失，但它的波涛却已在另外的山谷回响。它是一种讲述，也是一种探究；是在时间的缝隙中回忆，也是在空间的一隅流连。

# 博尔赫斯的意义

不谈博尔赫斯很多年了，虽然我谈过多年博尔赫斯。最近一次谈论博尔赫斯是在上个月的二十五号，与阿根廷作家谈论博尔赫斯对中国当代文学的影响。在相当长的时间里，博尔赫斯是在中国影响最大的两个阿根廷人之一，另外一个人是马拉多纳。事实上，他们也几乎是同时被中国人所了解的，那是在一九八六年。如今，马拉多纳早已挂靴，已经成为足坛神话，对当代足坛的影响微乎其微，但博尔赫斯的影响却似乎将同文字一样万古长存。这当然就是文学的魅力所在，杰出的作家就像一只鸟，能够在文学史的天空永远翱翔，并在地面投下它飞翔的身影。在不同的场合，我仍然能够听到人们在谈论博尔赫斯。我不止一次听到一个说法：不读博尔赫斯作品的人，甚至没有资格充当文学青年。

人们常常把马尔克斯和博尔赫斯放到一起来谈。奇怪的是，这两个同时代的拉美作家似乎从不谈论对方。除了都在使用西班牙语写作之外，你甚至很难找到他们的共同之处。博尔赫斯的文字就像宁静的港湾，而马尔克斯的文字却像是喧闹的街道。不同版本的马尔克斯传记都曾经披露，马尔克斯不管走到哪里都要带上博尔赫斯的一本小说，但博尔赫斯对马尔克斯的小说却不感兴趣，理由是他的眼睛瞎了，无法阅读。我完全相信这个说法：对于写过《阿莱夫》的博尔赫斯来说，马尔克斯的小说可能太简单了，马尔克斯写的是百年孤独，而博尔赫斯的孤独却贯穿古今。或许在博尔赫斯看来，马尔克斯的小说只是他的《巴别图书馆》里的一本小册子。

但我并不是要比较马尔克斯和博尔赫斯的小说。我想说的是，博尔赫斯对别的语种的作家可能会具有哪些启示。对于任何一个作家来说，当他的作品被翻译成另外一种文字的时候，他就变成了两个作家，母语中的作家和其他语种中的作家。这两个作家的意义往往大相径庭：一个在母语中并不成功的作家，当他以另外一个语种出现的时候，却可能是一个杰出的作家；同样道理，一个在母语中非常成功的作家，在另外一个语种中却可能变得平庸。这样的例子在文学史上屡见不鲜，至今依然常见，不需要大惊小怪。只有极少数的作家，才会在不同的语种里获得认同，而博尔赫斯就是这样的作家。尽管如此，就我所知，在西班牙语中的博尔赫斯和在汉语中的博尔赫斯，他们的意义仍然有着不小的差异。在西班牙语中，博尔赫斯的意义要远远大于汉语中的博尔赫斯。类似的例子是普希金。中国人可能无法想象，俄罗斯人对普希金的评价不亚于托尔斯泰。

诗人帕斯对博尔赫斯的评价，可能道出了博尔赫斯对于西班牙语世界的伟大意义。他认为，博尔赫斯以炉火纯青的技巧、清晰明白的结构，对拉丁美洲的分散、暴力和动乱提出了强烈的谴责。博尔赫斯精致、准确的语言是对冗长、夸张的西班牙语的有力矫正。这样的一个西班牙语作家，在中文世界里，或许只有一个人可以与之相提并论，那就是鲁迅。汉语中的博尔赫斯，就像一只精致的陶罐。但这只陶罐并不仅仅是一个用作摆设的手工艺品，最初也是用来装粮食的，它非常实用。还是帕斯说得最好，他说一个伟大的诗人必须让我们记住，我们是弓手，是箭，也是靶子。一个诗人，必须从历史和现实中汲取力量，然后张弓搭箭，给现实以致命一击，同时又反躬自省。帕斯说，博尔赫斯就是一个伟大的诗人。

几乎没有疑问：在中国，被一代代文学青年所熟悉和模仿的博尔赫斯，只是一个大打折扣的博尔赫斯。但我们或许有必要记住博尔赫斯的一句名言："玫瑰就存在于玫瑰的字母之内，而尼罗河就在这个词语里滚滚流淌。"博尔赫斯小说中的玫瑰从来不仅仅是一朵献给中国文学青年的花。在博尔赫斯笔下，"玫瑰"这个词语如同里尔克的墓志铭里所提到的那样，是"纯粹的矛盾"，是否定的启示。如此，我们也就可以理解，博尔赫斯为什么向往边界生活？经常在博尔赫斯的玫瑰街角出现的，为什么会是捉对厮杀的硬汉？硬汉手中舞动的为什么会是带着H型血槽的匕首？如果不理解这一点，那么博尔赫斯对你来说，就可能只是一个巨大的陷阱。我们与其学习博尔赫斯的小说，不如学习博尔赫斯的方法，学习他怎样处理现实经验，理解他的文学与世界如何构成了紧张关系。

# 卡佛的玫瑰与香槟

读过不少作家写的创作谈似的文字，早些年读得多，近几年读得少了些。在读过的创作谈中，印象最深的是美国作家卡佛写的。卡佛的小说近年在国内渐受瞩目。一些人喜欢，一些人不喜欢，有人觉得很重要，也有人不以为然。不管怎么说，他虽然死了，可人们还在议论他，虽然这和他本人已经没有什么关系了，但我们还是可以说，这就是他作为一个作家的成功。

卡佛的那篇创作谈，题目就叫《谈创作》。我在高校教书时，曾拿它作为范文在课堂上给学生们读过，它本来就是卡佛在写作班讲课时的一篇讲稿。它很短，约有三千字，写得非常朴素，又很感人，和卡佛小说的风格是一致的。我曾把它推荐给许多朋友看过，并认真地征求过他们的意见。不管我们对卡佛的小说做出怎样的评价，我觉得看看那篇短文并没有什么不好，至少，我们可以知道，一个诚实的人，一个热爱文学的人，应该像他那样时刻都是诚恳的，有一就说一，有二就说二。正是由于读了卡佛的那篇文字，我才觉得有不少人在写创作谈的时候，没少作秀。要么是在无情地抬高自己，要么是在无情地贬低自己——当然，贬低是为了让别人觉得应该抬高，是一种曲线拔高。我们什么时候，能彻底扔掉面具呢？既扔掉正人君子的面具，也扔掉流氓的面具。既不当老爷，也不装孙子。如果这个毛病改不掉，那就说明这并不是个小毛病。

我看过卡佛的一幅照片，有点笨头笨脑的，就像一个干粗活的。我甚至能想象到他额头的皱纹里积聚着锯末似的灰尘，当孩子们在木头的粉堆里玩的时候，他停下手中的活计，在一边悄悄观望。我还看过卡佛的一个学生写的卡佛的印象记。一看那个印象记我就笑了。我相信他是那种处处与人为善的人，是个让学生欢迎的教师。这个平时非常认真的人，在教学上一丝不苟的人，竟然给他的学生个个都打高分。他的这种做法可能不值得推广，或许还会受到许多学监的指摘。我不知道他的那些学生是否也提前感受到了生活的艰难，是否生活在水深火热之中。但有一点是毫无疑问的，他对他们每个人都很尊重，在课堂上，不管学生的作业有多么浮浅，他都难以容忍别人的发笑。我自己当过多年老师，我知道像卡佛这样的人，在中国并不多见。中国高校里的许多教师，即便在别人眼里是个笑料，也总是自认为手里握有真理。

还是那一篇印象记，它记录了两个让我很难忘怀的细节。一个是卡佛死之前的那个晚上，他长久地站在阳台上，凝望着花坛里的玫瑰。我想，隔着夜雾，他可能看不清玫瑰的枝叶，但那样一个凝望的姿态，那样一个充分体验到种种困境的人对生活的最后一瞥，真是让人感叹。第二个细节是这个学生转述的卡佛在最后一篇小说里对香槟酒的描述。卡佛的精神导师是契诃夫，契诃夫死之前，想喝香槟酒，当家人把香槟酒拿过来的时候，香槟酒的瓶塞突然自己蹦了出来，于是整个病房里自动地溢满了香槟酒的芳香。卡佛自知不久也将告别人世，他在小说里写下这样一个细节，无疑是要表明他和自己的精神导师的隐秘联系——一种感恩的情怀，像玫瑰一样，悄悄地吐放着最后的芳香。

卡佛的小说通常都是短小的。你在他的小说中看不到宗教和政治，看不到厄普代克笔下的那种丰富多彩的风俗画。厄普代克是铺展的，是挥洒的，有如一片广袤的原野，饶有情致，和厄普代克相比，卡佛是缩减的。他使人想到美国文学传统中的海明威，想起写《小城畸人》的安德森，想起写《都柏林人》的乔伊斯。他的小说的叙述空间自然也算不上有多么大，但他却在有限的空间内，表达了下层人生活的艰辛，有一种感人至深的力量。尽管他的叙述语调通常是漠然的，但他对他的主人公的深切同情，深切关爱，仍然能直抵读者心间。和乔伊斯不同，他的人物并没有进入精神的长醉，与其说他的人物是麻木的，不如说，他们是在最简单的生活中体味着细致入微的痛苦。正如贝娄的小说的标题所展示的，更多的人死于心碎。卡佛当然无法拯救他们，就像他无法拯救自己一样。

卡佛的叙事艺术达到了很高的境界。他讲求一些最基本要素的精心配置。他的小说的情节非常简单。如果我们说他的小说没有情节，那似乎也能说得过去。经过多年的刻苦训练，他的小说在阴暗与微弱的亮光之间找到了一个属于小说的地带。在最简单的生活场景的展示中，有一种影影绰绰的效果，有如潭水对悬崖的反照。而与此同时，在那反照中，我们或可听到深情和怀疑的激流。

我很赞赏写《流放者的归来》的马尔科姆·考利对卡佛小说的判断。他说过，卡佛的简单派的意思其实是绝不简单。是啊，他笔下的那些让人心碎的场景，那些无助无告的人，那个面对着电视屏幕试图描绘出教堂尖顶的盲人，正结结巴巴地向我们倾诉着什么呢？

我知道有许多朋友已经觉得卡佛不是那么过瘾。我们所生活的这个具体的世界和卡佛的世界显然有着许多差异，我们在对历史、个人和权力结构的审视中或许已经体验到了更多维的矛盾和困难，这已经超出了卡佛想象力的范围，只有更复杂、更饱满的小说才可能使我们拿起来就放不下，但这个责任也应该由卡佛来承担吗？我无意把卡佛抬到多么高的位置，卡佛本人的写作也是一种没有野心的写作，他大概很少去考虑自己在文学史上的地位。他只是一个忠于自己内心生活的写作者，早年默默无闻，后来有了点名气，然后他死了，有如庭院里一枝玫瑰的悄然凋谢，如此而已。

说来好笑，我自己也是多年没有再读卡佛了。有一个原因是卡佛的小说借出去就没能收回来。我想，我写这篇短文，并不是要说明什么。我只是想提醒自己记住那些应该记住的，那篇只有三千字的文章，那朵让卡佛凝望的玫瑰，那瓶香槟酒。

# 文学的本土性与交流

## ——在中德作家论坛上的演讲

二十世纪八十年代中后期，我正在读大学，同时开始学习写作。八十年代，是中国当代文学的黄金时代。在十年的时间里，西方现代派作品和后现代派作品大量涌入中国。中国的作家如饥似渴地阅读那些作品。西方作家对中国作家的影响是共时性的，比如，我们同时阅读了乔伊斯、安德烈·纪德、托马斯·曼、福克纳、罗布·格里耶和马尔克斯的小说，同时阅读了易卜生、萨特和贝克特的戏剧，以及T. S. 艾略特和金斯堡的诗歌。虽然这些作家的文化背景、思想倾向和政治立场各不相同，但这并没有影响我们对他们的接受。

完全可以这么说，如果没有八十年代西方文学对中国文学的影响，中国当代文学史就不会是现在的样子。当时，我的老师和朋友当中，有一大批写小说的人。我们经常夜以继日地讨论这些作品。当时的情景，我至今还记忆犹新。我记得讨论得最多的，是这些作品的艺术技巧。应该承认一个基本事实：在一九八五年之前，中国的青年作家很少意识到文学的本土性问题。当时在青年作家中流传着一句名言：如果把中国的诗人杜甫和英国的 T. S. 艾略特相比，把中国的曹雪芹和美国的海明威相比，被认为是中国诗圣的杜甫和中国最伟大的小说家曹雪芹，好像成了外国人，而 T. S. 艾略特和海明威却成了中国人。

中国作家比较早地意识到文学的本土性问题，是因为受到了马尔克斯等拉美作家的深刻刺激。按照毛泽东的划分，拉美与中国同属第三世界，一个同样来自第三世界的作家的成功，促使中国作家关注自己的小说与自己的文化传统的关系。我们甚至可以把随后出现的一批被称为寻根小说的作品，看成是对这种刺激的反应，这种反应即对自己的文化传统的重新审视。话可以说得再明白一点：大量地阅读西方小说，使我们迅速掌握了西方现代派小说和后现代派小说的技巧，它有助于我们用西方小说的技巧来表达我们的本土性。

或许有人认为，承认这一点会让人感到羞愧。我后来看到很多寻根小说作家的说法，他们举出各种例子试图证明，他们并没有受到西方作家，尤其是马尔克斯等拉美作家的影响。似乎承认了影响，他们作品的原创性就会大打折扣。有时候他们承认受到了一点点影响，但他们同时会指出，另外一些人受到的影响更大，意思是说，他们的原创性要大于另一批人。其实他们忘记了一个基本事实：那就是马尔克斯等人之所以能够写出深刻反映拉美现实的小说，一个重要的原因是他们受到了西方现代派小说的刺激。马尔克斯本人就认为，正是因为他在十七岁的时候读到了卡夫卡的《变形记》，他才知道了小说应该怎么写。马尔克斯小说里面的那个著名的猪尾巴其实是卡夫卡小说里的那只甲虫的变形。马尔克斯当然也受到了福克纳的影响，福克纳对马尔克斯的影响，甚至有可能大于福克纳对任何一个美国作家的影响。马尔克斯在谈到理想的写作环境的时候，引用的就是福克纳的说法：作家最完美的写作场所是妓院，白天寂静无声，晚上欢声笑语。卡夫卡和福克纳对马尔克斯的影响，削弱了马尔克斯小说的价值了吗？削弱了马尔克斯小说的本土性了吗？没有。同样，福克纳之所以成为福克纳，也是受到了外来文化刺激的结果：如果没有乔伊斯、伍尔夫的小说在前，哪有福克纳的小说在后啊。现在，我在此就乐于承认，我受到了托马斯·曼的小说的深刻影响。

在全球化的今天，人们对“本土性”的强调，其实饱含着文化的自尊和对抗意识。在全球化的今天，我们强调带有空间意义的“本土性”；而就在昨天，在不远的八十年代，我们强调的还是带有时间意义的“现代性”。置身于我们今天的文化环境，我能够深刻地感受到，周围的很多作家和批评家，都深陷于“本土性”的焦虑之中。其实无论在过去还是今天，任何一部作品都无法脱离别的作品而存在。中国宋代诗人黄庭坚早就说过，老杜（杜甫）作诗，无一字无来处，只是因为后人读书太少，就认为杜甫的诗都是原创。很多人都知道，《西方正典》一书的作者哈罗德·布鲁姆曾经提出，诗的影响并不一定影响到诗人的独创性，相反，诗的影响往往使诗人更加富有独创精神。他认为，自文艺复兴以来，一部西方现代诗歌史就是一代又一代诗人不断对前人的诗歌进行有意地误读、曲解和修正的产物。布鲁姆认为，任何一首诗都是一首互指诗，并且对一首诗的任何解读都是互指性解读，而所谓的诗歌批评，就是摸清一首诗通往另一首诗的隐秘道路。他的话听上去很深奥，意思其实就是黄庭坚所说的那四个字：点铁成金。

我们对自身所处的现实的认识，对我们从事的文学实践的认识，都因为文化传统和外来文化的影响而更加深刻。文化传统和外来文化，使我们看到了文化的差异性，看到了人性的丰富性，看到了时代性，只有深刻地感知到这一点，我们才能够更好地呈现本土经验，使自己的作品具有本土性。

也就是说，本土性不但不意味着保守，反而意味着开放；本土性不但不意味着要将传统和外来文化看成“他者”（the other），反而要把它看成主体性的“自我”（self）。本土性与外来文化的关系，不是对抗关系，而是共生的关系；不是互相取消的关系，而是互相发明的关系。

我当然能够意识到，我们今天强调“文学的本土性”的意义所在。在全球化的今天，一种文化的趋同性对文化构成了伤害，给人的身份认同带来了危机，“我是谁”这个现代性命题比以往任何时候都更加尖锐。但这并不能成为我们故步自封的理由。如果说全球化是一种进攻性的帝国主义，那么狭隘的本土性，则是一种更加可悲的防御性的帝国主义。对此，我们应该时刻充满警觉。在这里，我愿意引用美国艺术大师约瑟夫·科苏斯对美国文化的一段自省。约瑟夫·科苏斯说：“我们（美国）没有一种真正的国族个性，我们出口我们的地方主义，来改变其他文化，并赋予这种混乱以一种普世性的外观。我们出口了一种综合性的文化，麦当劳、可口可乐、希尔顿酒店等等，由于各国族文化纷纷把地盘退让给我们，它们最终失去了对自己有意义生活的机制的控制，由此变得在政治和经济上依附于我们。”这是一位美国艺术家对美国文化的反省。他忧虑的是美国文化只是输出，而没有引进。他错了，美国文化之所以能够不断地输出，是因为它一直在引进，从“五月花时期”对欧洲文化的引进，到二战时期对犹太文化的引进，一直到今天对中国文化的引进。

我想回到文章的开头。在八十年代我们对西方文学的引进和接受，是共时性的。那种共时性的接受可能是囫囵吞枣的，但它却有可能培养出我们的一个好的思维习惯，即可以共时性地吸收人类的各种文化，以此激发我们对文学或者文化的本土性的认识。而对我自己来说，我现在就比任何时候都更加能够充分地认识到，杜甫确实是中国的诗圣，它和世界上任何一位伟大的诗人相比都毫不逊色，而 T. S. 艾略特确实既是美国人，又是英国人；同时我也意识到，曹雪芹确实是中国伟大的小说家，但在今天，只有最不像曹雪芹的那个人，才可能是现在意义上的曹雪芹。

# 辑二

# 纪念

# 巴金的提醒

巴金先生虽以百岁高龄辞世，但我还是感到了悲伤。我们已经习惯于他活着，习惯于他顶立于天地之间，使我们得以享受他的浓荫。如果说鲁迅是现当代文学之父，巴金则是现当代文学之母。我想，即便是不孝之子，也会感受到巴金给他带来的震动。

巴金是以作品影响人，以自己的人格影响人的伟大作家。他的小说虽然大多写于二十世纪三四十年代，但他的作品并没有过时。直到今天，在二十一世纪的激流中，高老太爷依然活在人间，瑞珏和鸣凤也依然活在我们当中。如果要拍电影，导演不需要找特型演员。我感到悲哀的是，觉新这种人物在生活中很少有了。时代确实有变化，但这变化你很难说是正面的还是负面的。梅表姐和瑞珏的痛苦在这个时代都显得非常高贵。我不能矫情地说，我是读巴金的作品长大的。因为对巴金的作品的理解，确实是近几年的事情。时代给巴金的小说赋予了新的修辞，这是巴金小说的伟大意义所在，也是巴金先生和他那代人的悲哀，而且是我们所有人的悲哀。所以，对巴金小说的阅读，在今天仍然具有重要价值。恐怕没有哪个还活着的人，比巴金先生承受的痛苦更多。但是读巴金先生晚年的著作，你可能感受到，他并没有恨。我还记得我阅读《怀念萧珊》时，曾经泪流不止。以后每次重读，也都会默默流泪。你流泪了，但你依然没有恨。

这是巴金先生晚年的著作带给人的感受。巴金先生首先让人反躬自省。自省曾经是我们民族精神中的重要元素，但后来我们都忘却了。现在，巴金先生提醒我们，在自己曾经身陷其中的苦难面前，我们首先要做的是反躬自省。而今，在一种新的文化语境中，巴金的提醒仍然是一种至关重要的道德要求。它不会过时，永远不会过时。对于二十世纪八十年代以后的中国文学甚至中国文化，在相当长的时间内，如果没有巴金，其情形都很难想象。这不仅是指巴金给后来的中国文学提供了道德基石，也是指巴金以自己的伟大存在给中国文学提供了必不可少的发展空间。经历了这个时期的文学史家当然会注意到这一点，但未来的文学史家却未必会留意。从个人写作来说，我深蒙巴金先生主编的《收获》的恩惠。

我是享受这种恩惠的后辈作家中的一个。巴金先生慈祥的目光抚摸着每个人的脸庞，给人起码的血性，必要的良知。而今，即使巴金先生已经仙逝，我还是宁愿相信，因为文学的传承，因为他给文学打造的道德基石和发展空间，这种抚摸还会继续下去，并像血脉一样得以遗传。巴金先生以古迈之年辞世，他个人的痛苦得以解脱，我们应该感到欣慰。但从自私的角度说，很多人都希望他再长寿一些。对于伟大的人物，我们往往会有这种矛盾的想法。对于作家来说，辞世以后，如果能留下几本书，那是他的幸运。但巴金先生留下的，不仅是几本书。他留下了自己的形象，留下了自己的爱，也留下了他给这个民族的提醒。

# 生前是传奇，身后是传说
## ——记钱谷融先生

我第一次听到钱谷融先生的名字，是在一九八三年进入华东师大中文系读书的时候。当时学术界有“南钱北王”一说，“南钱”指的是钱谷融先生，“北王”指的则是北大的王瑶先生。这两位先生对中国现当代文学史这门学科的意义，已得到广泛承认。不久，在冉忆桥老师的中国现代文学史的课堂上，她告诉我们写论文要引用经典作家的观点。她举例提到，钱谷融先生的观点就是经典作家的观点。冉老师确实经常引用钱先生的观点，引用最多的自然是《论“文学是人学”》和《人物谈》里的话。冉忆桥老师也告诉我们，华东师大中文系教授当中，施蛰存先生、徐中玉先生、钱谷融先生、史存直先生，可以称为“先生”。我们自然能听出这句话的分量。在此之前，我们只知道“先生”是鲁迅先生的专用名词。

当时给我们上课的老师中，有钱先生的多位弟子，他们有的刚毕业留校任教。给我们上中国现代文学史课和相关选修课的，是许子东和王晓明，他们是钱先生的研究生。关于钱先生的很多观点，很多细节，我们从这些老师那里知道不少。钱先生的另一位弟子殷国明，就在我们班上实习，他上来就介绍自己是钱先生的弟子。钱先生的另一位有名的弟子李劼，当时还在读研究生，更是言必提到钱先生。如果我没有记错，李劼的硕士论文就叫《“文学是人学”新论》。龙生九子，各不相同。钱门弟子，每个人都有自己鲜明的风格。

钱先生本人，我们只能在一些学术讲座上遇到。不过，钱先生从来不讲，都是陪着别人来讲。他甚至懒得坐到讲台上，而是和学生一起坐在下面。钱先生曾陪着王瑶先生来华东师大讲课。徐中玉先生也曾陪着李泽厚先生来华东师大讲课。二十世纪八十年代的华东师大中文系，能领全国风气之先，徐先生和钱先生无疑起了极大作用。某种意义上，在相当长的时间里，钱先生和徐先生，已经成为华东师大中文系的象征。

大约在二〇一〇年，有一次我去华东师大讲课，当时的中文系主任谭帆教授约徐中玉先生和齐森华先生一起小聚，谭帆教授说，钱先生知道我回师大了，本来也要来的，临时有事来不了，托他问个好。我自然感动不已。二〇一三年夏，我去杭州讲课，路过华东师大，在逸夫楼下的咖啡馆里，有幸与钱先生闲聊，并合影留念。别人介绍说，这是李洱，他说知道知道，我们师大的学生。当时，有不少人看到钱先生，都过来与他合影。钱先生手拄拐杖，来者不拒。我还记得钱先生当时的眼睛。年过九旬的老人，眼睛还那么明亮，还那么灵动，能随时观察到周遭的一切动静，让我着实暗暗吃惊。

二〇一六年十一月，钱先生来北京出席中国作协第九次代表大会，我去看望过他，并陪他吃了两次工作餐。有一次，南帆、吴俊、杨扬和我，陪着钱先生在餐厅吃饭，我发现钱先生只吃肉，不吃青菜，钱先生解释说，这是因为青菜嚼不动。钱先生嚼不动青菜，却能嚼得动烤鸭和酱鸭，令我们感到惊奇。晚上我送了几盒茶叶给钱先生品尝，杨扬在旁边说，这是好茶啊。钱先生的一句话，给我留下深刻印象："是不是好茶，明天早上喝了就知道了。"算下来，这是我与钱先生仅有的两次近距离接触。

众所周知，在现代作家中，钱先生最喜欢的是鲁迅和周作人，手不释卷的是《世说新语》。钱先生本人写得很少，著作等脚，但这双脚走出来的路，却是一条与当代中国文人不一样的路。众人皆看到了钱先生的散淡，钱先生本人也常自称“懒惰”，但我常常觉得，这“散淡”和“懒惰”中，或有深意存焉，不然，他的文章不会写得那么好。钱先生早年曾著有一篇散文《桥》，据说那只是他二十岁出头时写的一篇作文。我至今没有看到这篇文章，听格非讲过大意：人们都说要到河的对岸去，但“我”却认为，没必要过去，那边风景跟这边是一样的，看了这边，也就可以知道那边了。不过，不久我又在另一篇文章中看到，钱先生关于“桥”还有另一种说法。钱先生认为，盈盈一水间，脉脉不得语，千古的悲剧，就是因为缺少了一座桥。钱先生无疑是有大智慧的人，这大智慧中，怎能少得了对人生苦况的深刻理解。认为千古悲剧是缺少一座桥的钱先生，晚年也把自己当成了一座桥，试图让更多的人通过文学，好走出那千古悲剧。

九月二十八日是孔子诞辰日。作为一个在现代文学馆工作的人，我或许也应该顺便提到，这一天也是中国现代文学馆竣工典礼的日子。钱先生对中国现代文学馆很关心，也是现代文学馆的学术顾问。我在替中国现代文学馆起草的唁电中说：“钱谷融先生，中国当代最杰出的文艺理论家、文艺批评家、文学教育家，他杰出的工作为中国现当代文学赢得了荣誉。钱谷融先生，生前是传奇，身后是传说。”我想，了解钱谷融先生的人，或许都认可这个说法。

一个传奇，一个留下传说的人，注定是不朽的。

# 作为一个读者纪念史铁生

## ——史铁生逝世一周年纪念活动上的发言

我不认识史铁生先生。很多年前，我曾经有机会见到史铁生先生，但我自己放弃了。我可以非常尊重一个人，但我很难成为某个人的粉丝。很多年之后，我在一个文学活动中远远地看见过史铁生先生，但我从未想过要去打扰他。我与史铁生先生的关系，就是一个读者和作者的关系。我读过他的很多作品，从他最早的作品到他晚近的长篇小说，从他被人反复传诵的作品，到他的一些很少有人提起的短篇小说。我在读到史铁生先生作品的时候，已经开始写作了，所以我又绝对不能够矫情地说，我是读史铁生先生的作品长大的。我只是他的一个读者。在这里，我愿意以一个读者的身份，来怀念一个作家。

我想先讲一下，史铁生先生去世之后，我经历的一些与史铁生先生有关的事情。二〇一〇年的最后一天，我在北京协和医院的电梯里接到了莫言先生的短信，只有一句话："兄弟，我们尊敬的兄长史铁生于凌晨三点因脑溢血去世。"我当时"哦"了一声，对亲戚低声说了一下。我说史铁生去世了。电梯里有五六个人，我们彼此并不认识，可以想象每个人的知识背景并不相同。虽然史铁生并不是一个畅销书作家，但这几位互不认识、知识背景并不相同的人，竟然全都知道史铁生，而且全都读过他的作品。电梯安静地上升，上升，电梯的门开了，却没有人下去。他们似乎想从我这里知道更多的情况。他们或许想到，我与史铁生先生是认识的。他们用探询的目光看着我，但终究没有再问。我后来经常回忆起医院那个狭小的电梯里的场景，每次都感慨不已。我想，我们可以把那个场景看成与史铁生并不认识的人，在为史铁生举行着一个短暂的纪念仪式。我也由此经常想起史铁生在纪念他的朋友周郿英时写过的一段话。史铁生说，所有的朋友都不会忘记那个简陋而温暖的小屋，因其狭小我们的膝盖碰着膝盖，因其博大，那里又连通着整个世界，在世界各地的朋友，都因失去你，心存一块难以弥补的空缺，又因你的精神永在，而感激命运慷慨的馈赠。我想，虽然我并不认识史铁生先生，但是通过阅读他的文字，所有的读者在那一瞬间，仿佛都成了朋友。

我接着往下讲。我从电梯里出来，给一个记者朋友转发了这条短信。关于史铁生去世的消息，我只转发了两个人，一个是近年来对史铁生的作品进行了深入研究的批评家，同济大学中文系主任王鸿生先生，他后来又写了多篇关于史铁生先生的文章，这些文章是我看到的关于史铁生的最为精彩的论文，最近的《十月》杂志上还刊登了他的《阅读史铁生札记》。而且据我所知，他与史铁生没有接触过。另外一个就是这位记者朋友。我这里不说这位记者的名字了，我只能告诉朋友们，他是一个非常出色的记者，一个优秀的随笔作家。我没有收到这位记者朋友的回信。几天后，我参加了在清华大学举行的史铁生先生的追思会，在这个会上见到了这位记者朋友。我此时才知道，因为他参与报道了一个著名的极有权势的文化人的丑行，而遭到了某种不公正的待遇，他和他的家人都受到了威胁。而且在我们谈话的时候，他的妻子还打来电话，提醒他应该去哪里躲避一夜。这位记者与史铁生先生倒是有过接触。他告诉我，接到短信的时候他在海边徘徊，正在想着自己的工作多么没有意义，人生是多么没有意义。但我转发的那条短信，使他及时地从那种坏情绪中跳了出来，开始重新思考人活在世上的意义。在随后的几天里，我看到他在媒体上组织了多篇关于史铁生的哀而不伤的文章。哦，请大家相信，我这里的讲述，没有一丝文学上的夸张。

我本人读过史铁生先生的很多作品。他的那些集腋成裘的随笔和小说，有一种感人至深的力量。命运将他限定在轮椅上，使他的外部生活受到极大的影响，这使他的文字发展出一种向内心行走、用思索行走的独特的文体。我最感兴趣的，是史铁生用自己非凡的创造，打开了汉语叙事的另外一个向度。正如我们已经知道的，汉语文学几乎很难去正面讲述灵魂内部发生的故事，这当然与我们的文化传统和文学传统有关，有人甚至认为与我们使用的汉字有关，尽管“吾日三省吾身”是我们祖传的哲学要义之一。按照王鸿生的说法，我们可以讲述人生的各种冒险故事，可以用小说的形式讲述时间之谜，可以讲述人在历史和现实中的命运，九十年代以后我们也学会了如何讲述正在进行中的日常生活，但我们却很少能够讲述当代中国人精神跋涉的艰辛，也就是我们真正的心灵史。

但史铁生的作品，尤其是他晚近的长篇小说《我的丁一之旅》，却在这方面进行了卓有成效的探索。这是一部讨论何为灵魂的自由的小说。一方面，自由的本性就是要突破各种限度，但另一方面，自由又必须与平等、爱统一起来，自由因为有其一定的限度而成为自由。史铁生写下的才是真正的心灵史，是他们那代人或许还包括更年轻的一代人进行精神跋涉的历史。由此，史铁生与绝大多数汉语作家区别开来了。如果说，现代作家侧重于提供知识、趣味和想象力，那么史铁生则是向我们提供了求知方法和精神维度，以及在叙事上进行精神叙事的突破性实验。我个人认为，这是他对汉语写作的最大贡献。

作为史铁生先生的一个读者，我个人认为，对史铁生先生和他的作品的研究，还有待于进一步展开。我期待着读到更多切实有效的论文，我把这看成我们在二十一世纪的今天纪念史铁生的一个重要意义所在。

# 送别雷达

清明节前，打车去八宝山送别雷达先生。我看到陈福民和孟繁华手中拿着雷达先生的新书，好像还等待着雷达先生临行前匆匆补上签名。那是雷达先生的最后一本书：《雷达观潮》。这个书名在某种意义上也说明了雷达先生四十年来的批评姿态。

雷达先生当然深度介入了新时期文学。一九八五年以前，雷达先生几乎是中国当代文学现场的新闻发言人，是主流批评家中的主流。四十年来，文学批评几经更新，后来的新潮批评和学院化批评，无疑对文学史有更深刻的影响。放在一个更广大的背景上，这是批评家自我主体的诞生以及语言学转向给文学批评带来的革命化成果。所有文学活动，无论是文学批评还是文学写作，从来都是知识、经验和表达的冲突的结果。但我想说明的是，此种情形下，雷达先生持之以恒的观潮式的、指点江山式的批评对文学生产活动的影响依然有效，他的自信、坚定和倔强，或许就源于这种自我认定。坦率地说，他的批评姿态确实容易让人联想到“别车杜”。所以，在很多场合，我能够感受到他的批评依然被很多作家所重视。

这个春天，实在凶险，夺走了那么多同道中人。现在看到那么多人从各地赶来，我还是感慨颇多。文学关乎历史，关乎情谊，关乎世道人心。雷达先生和他的著作，从此完整地进入了青史，静静地等待着后人的检阅。

辑三

# 相遇

# 高眼慈心李敬泽

一九九五年夏天，我第一次见到李敬泽。在那之前，他已经编发了我的中篇小说《加歇医生》。那篇小说书写了知识分子的罪与罚，但最后又长出来了一条光明的尾巴。那时候我年幼无知，心中洋溢着过多的善意，仿佛美好的祝愿都可能变成现实。但写完以后，我就不满意了。奇怪的是，他竟然告诉我，他认为很好，还说编辑部的人也看了，好啊。如果说我对他的判断力没有怀疑，那是假的。所以当他约我再写一个中篇的时候，我对他说，我正在写的小说可能不太适合在《人民文学》上发表。他说，你还是寄来吧，看看再说。那部小说名叫《缝隙》，至今我也认为那是一篇能让我满意的作品。但当时寄出之后，我就等着他的退稿了。我完全没有想到，他看完以后会对我说，他认为比《加歇医生》要好，要纯粹。当时我就暗想，这是碰到知音了。又过了几天，他写信告诉我，他已经给河南省作协主席田中禾先生打过电话，让老田写一篇评论，同期发出。直到我见到李敬泽，他才以朋友的身份对我说，其实他对《加歇医生》并不满意，他之所以编发了这部小说，是因为他从那篇并不成熟的小说中，看出了我的“写作能力”。从那个时候起，我就相信，我又看到了一个杰出的小说编辑。倒不是说他夸我几句我就摸不着东南西北了，就要拍马屁了。我其实是想说，一个杰出的编辑除了对文本具有敏锐的判断力以外，还要能够以文及人，看出一个写作者可能会有怎样的发展。为此，一个杰出的编辑甚至能够容忍作者某部作品的失败，并给他以适当的鼓励，所谓高眼慈心。至于这位作者对自己是否有清醒的认识，并在以后的写作实践中能否及时做出必要的调整，那就要看作者本人的造化了。也就是在一九九五年夏天的那次谈话中，他提到接下来他要编发的作家的作品。他给出了一串后来人们已经熟悉的名字，他们后来大都成了文坛的中坚力量。但在一九九五年，我对这些名字还非常陌生。李敬泽告诉我，这些人很可能会开辟一个新的时代。显然，在那个时候，他已经非常敏感地意识到，文学内部已经悄悄地发生了一些转变，文坛的秩序也处于急速变化之中。我记得稍晚一些时候，我收到了他转来的红柯的小说。红柯当时还默默无名，至少我本人对红柯还一无所知。李敬泽希望我能把那篇小说介绍到《莽原》发表。在那封信中，他告诉我红柯是新一代作家中很特别的一位，不可小觑。时到今日，红柯所取得的成就，自然已经成了重要的佐证，无须我再多言。我还记得更晚一些时候，他又转来了张生的小说，以期张生能够同时在更多的刊物上露面。而对一些已经提前走红的青年作家，他的预言却相当苛刻，说他们当中的许多人将惨遭淘汰。那些名字我就不说了，因为说出来已经没有人知道了。我的意思是说，日后的情形与他当初的预料可以说相差无几。

现在谁都相信，新一代作家的出现改变了文学的格局。人们也已经可以指认出九十年代文学与此前的不同，甚至可以大致勾勒出文学发展的脉络。但是在一九九四年、一九九五年，甚至在稍后的一个时期，我相信文学编辑、文学批评家其实和作家一样，对文学的基本走向并不清楚，大家都在“摸着石头过河”。其中最重要的原因，我想是意识形态领域某种隐蔽的转换已经完成，在一个日益多元化的文化处境当中，风车变成了碎片，变成了日常生活，堂吉诃德失去了挑战的对象，因这种挑战而出现的潮流形式的集体创作，此时变成了对那些不易察觉的碎片的个人性的表达。对这样一种文学现状做出恰当的评价，确实并非易事。除了陈晓明等少数人之外，批评家整体缺席的现象非常严重。没有缺席的那些批评家，他们关注的焦点仍然是知青作家，关注的是他们的变化和可能性。顺便说一句，虽然布鲁姆的《影响的焦虑》一文经常被人提及，但还是很少有人意识到，知青作家的变化未尝没有受到新一代作家的影响，就像后者在多年之后并非没有受到更新一代作家的影响一样。我再多说一句，倘若推远来看，九十年代以后对日常生活的书写，甚至影响到了三四十年代文学史的改写，比如人们对张爱玲和苏青的重新认识。

李敬泽是最早对新一代作家做出评判的人之一。我相信，以后谈九十年代文学，李敬泽是个无法忽略的存在。他与九十年代中后期出现的主要作家具有相同的文化背景，身在庐山，有一种可以被分离出来的共同经验。同时，作为一名编辑，他和作家之间有着一种互动关系，他甚至知道作家的构思过程，参与作家作品的修改，熟知作家创作过程中可能遇到的障碍。这使得他的文学批评几乎与文学实践同步，有着贴肤之感，又仿佛鱼在水中冷暖自知。我认为，他对一个作家的总体性把握，尤见功底。譬如谈到红柯，他认为红柯是一个“肯定性”的作家，当红柯写到骏马和雄鹰，写到群山和美丽奴羊的时候，他并非不知道世界还有另外一维。但红柯愿意把目光投向诗意的大地，仿佛在为一个消失的美丽的亡灵弹奏。他认为，在红柯的“肯定性”之中，有着对世界的更深的“否定”。当然与此相关，他认为我是一个“否定性”的作家。事实上，这也是我对自己的认知，我是一个在否定中寻求肯定的人。李敬泽曾经开玩笑但同时却是有根有据地认为，一个“肯定性”的作家与一个“否定性”的作家，在中国会有不同的命运。看来，我得相信这个宿命了。我还注意到李敬泽对海力洪的评论。海力洪也是一个我非常看重的作家，他的作品有一种奇妙的质地。他有限的几部作品总能引起我浓厚的兴趣，读他的作品就像在重温童年时代的一种游戏：变换着手指的造型，借助灯光将那图案投映到墙上，使人感到又恐怖又好奇。而灯光未及之处，世界一片幽暗。这样一个作家也未能被李敬泽遗漏。李敬泽从海力洪的小说中读到了一种“幽微难测的现象学”：不知道他是描述了重，还是描述了轻；或许海力洪的真正意图是提供轻与重之间的微妙关系。就我所知，他对毕飞宇的评论，被毕飞宇认为是少有的能切中要害的评论。在同代人中，毕飞宇已是个“庞然大物”，其作品几近佛家所说的“真俗不二”之境。这样的人，似乎是很难说谁一声好的。前年秋天，在南京秦淮河畔的一家茶馆里，毕飞宇嚼着爆米花，敛住笑，对我说，你想不到李敬泽的哪段文字会一下子击中你，让你不得不停下来想一会儿。

　　或许是因为我前面提到的那种可供分离出来的共同经

验，在评述同代作家的时候，李敬泽的文字忽如桃之夭夭，灼灼其华，忽然又瘦金成妙，如T型台上的骨感美人。当然，这并不意味着他对同代人创作中出现的问题视而不见。在庐山上待久了，透过层层云雾，庐山的真面目终究会显示出来的。在我看来，其文字如深藏于匣中的剑，时刻准备刺穿脓包。在私下的交谈中，他的一些批评意见还会更加尖锐，这样的尖锐后来在他的批评文章中不时出现，当然他还保持着他一贯的善意，侠骨柔肠，如批评家施战军所说的，那是一种"绿色批评"，一种建设性的"在肯定中寻求否定"的批评。一九九八年的秋天，我和他在云南的一个笔会上见面的时候，他对我说，他想约几个朋友就最近几年小说创作中出现的一些问题做一次对话。当时李大卫也在场，李大卫一听就来神了，舌头就大了，好像口中含着一把弹簧刀子。那年冬天，在李大卫的单身公寓里，李敬泽、李冯、邱华栋、李大卫和我做了连续两天的对话，涉及的话题包括"个人写作与宏大叙事""文学中日常生活的表达""知识分子写作""文学传统与创作实践""文学的想象力""新时代的先锋写作"。那是一次对已有的文学资源的重新检索，对文学真实图景的一次解剖，对文学新的可能性的一次小型研讨。早年的时光令人难忘，如今李大卫已经远走天涯，我偶尔会接到他的电话，听听他的美国之音，听他谈谈纽约的左派和右派。他的激情一如往昔。在国内的朋友还在写作，彼此之间在思路上已有很大的分野。这样一种分野在当时已经略有显示。不过在当时，我印象中的对话在很大程度上更像是一次批评与自我批评，有些批评相当严厉，都有些捶胸顿足了。最后整理发表出来的文字，只是对话中的一小部分。我想，如果录音带公布出来，可能会引起相当多人的不快，当中甚至可能还包括像我这样参与对话的人。我记得，在谈到小说创作的新可能性的时候，朋友们的表情顿时多云转晴，大家仿佛又看到了希望，于是大家到外面的酒馆里纷纷举杯祝贺。席间又有好事者（那个人是我吗？）提起写作的种种困难，于是大家又放下筷子，一副才下眉头又上心头的悲愁模样。明眼人可以看出，这些话题与九十年代以来的文学，有着深浅不一的关系，其中不乏九十年代文学的一些关键词。在所谓的个人写作的年代，李敬泽发起的这场对话，又意味着什么呢？我想，那份对文学的责任感是不容置疑的，还有那种对一代人写作的真正关注。更重要的是，他显示了一种难得的情怀，那就是对文化公共空间的维护。

一个批评家当然要穿越他自己所属的阶层，他自己最早的文化群落。作为一个批评家，李敬泽对王蒙、李国文那代作家，也有着自己的读解。他对阎连科在题材选择和写作过程中的“化重为轻”“化轻为重”的分析，应该是一种独到的评价。经由他的分析，我仿佛看到了一只“吊睛白额锦毛大虫”。相比较而言，我其实更看重李敬泽对出生于七十年代的一代作家的评论。我想起李敬泽的一篇文章的题目《飞鸟的谱系》。我感觉他在对一些重要作家的梳理中，及时探讨了像飞鸟一样掠过天空的那些作家之间的隐秘联系，他们的内在谱系，不同主题的演变方式，以及各自发展的可能性。我比较注意的是他对李修文、金仁顺、棉棉、周洁茹、戴来、朱文颖等更年轻的作家的评述。在这方面，他确实用力较多。我看重他的这些批评，还有一个说不出口的原因，就是我在等着他告诉我应该怎么向年轻人学习，学习哪些先进经验、先进文化。就像当年对待自己的同代作家有着更多的宽容一样，他对更新一代作家也有着自己的包容，算得上锦心绣口了。他提醒我们注意他们小说中发出的声音，一代人特有的那种声音，伤感与仇恨同在，纯真与世故并列，反抗的痛苦化为占有的乐趣，白色在灰烬之上，灰烬在废墟之中，不及物与及物有如双兔傍地而行。他告诉我们，一些固有的主题在更新一代作家笔下得到了某种程度上的转换，并被赋予了新的经验。比如关于成长，关于父与子，关于都市，关于洗脚和洗头，关于泡、被泡和反被泡。旧瓶装上了新酒，或者旧酒当中加入海马鞭和洋参，另加新的包装，等等。文人笔，美人镜，有一次吃饭的时候，一个女作家听说我认识李敬泽，马上跑到我这一桌来向我敬酒，要我一定介绍她认识认识。她告诉我，她只看李敬泽的批评。看到李敬泽表扬别人，她就以为表扬的是她自己；看到李敬泽批评别人，她就以为她早就改掉了那些毛病。

我常听人说，文学已经失去了标准，进入新世纪以后，文学就更没有标准了，差不多可以胡来了。对这样一种说法，我自然不能苟同。我相信李敬泽也不能苟同。只要人性没有大的改变，只要我们还没有变成外星人，只要这个世界允许文学存在的理由没有大的改变，文学的标准就不会有大的改变。但事情复杂就复杂在这里，世界确实又在不断地改变，文学又确实在发生着变化，文学的评价标准又确实需要不断地调整。李敬泽作为一个编辑，同时又是一个批评家，他在这方面当有更深切的感受。我注意到他近期的批评，在关注小说发展的可能性的同时，又在不断强调文学的标准、文学写作的基本规律、文学与时代之间不可割舍的联系，强调小说创作要穿越个人存在的黑暗背景，抵达一个可以共享的公共空间。只有在面对大量具体的文本的时候，你才会感到他的这些批评其实是有的放矢。

我们每个人都有着繁复的黑暗背景，不管你是身处绣楼、城楼还是桃花源中的小木屋。个人的欲望或可穿透这个背景，但更多的时候你其实又加重了这个背景，使之在繁复之中又添暧昧。在如今的现实中，高眼慈心就具有了特别的净化意义。

# 说格非

## ——在格非创作三十年研讨会上的发言

今天在座的人当中，我认识格非应该是最早的。那是一九八三年，迄今已经三十三年。时间过得很快。我在来的路上还感慨呢，这会儿见到宗仁发更是感慨万端。一九八六年春天，格非翻过华东师大文史楼前的栅栏朝我走来，我正躺在草坪上晒太阳。格非给我看了一封信，是宗仁发写给他的，说他的小说被录用了。小说题为《没有人看见草生长》，题目来自帕斯捷尔纳克，大雪覆盖之下，草尖在生长，但是没有人看见。“雪”这个意象，是格非喜欢的，多年后他又写了《雪隐鹭鸶》。《没有人看见草生长》是格非的第一个中篇。正是因为《关东文学》发表了格非的小说，后来我也把第一篇小说寄给了宗仁发。

很多刊物约过我写格非，但我一直没写。曾写过一篇短文，二十年前发表在《作家报》上，题目叫《格非，作家中的知识分子》。关于格非，我有很多话可说，或许应该写一篇长文。格非在我的写作历程中对我帮助很大。有些人可能知道，他曾经是我的大学毕业论文的指导老师。九十年代初，我曾对写作失去信心，格非当时鼓励我，说你的语言是中国最好的小说语言，怎么能放弃？应该写。这当然是鼓励了，也确实对我有很大的鼓励。我早年的很多小说，他都是第一个读者，提出过修改意见。他早年的一些小说，我也是第一个读者。我记得有一次，格非夫人打电话问，他是不是刚完成了一个短篇。她说的是《青黄》。我向她汇报了学习体会，结构，结尾，等等。我当时汇报说，这篇小说将来要传世的。来开这个会，我首先想起的是很多细节。

刚才福民和西川提到了格非的智力，我当然深有同感。他的智力水平之高，那是毫无疑问的。举个例子，有一年世界杯的时候，我从郑州来到北京，住在格非家里看球，格非当时住在东交民巷，离广场很近。我们白天蒙头睡觉，傍晚穿过广场，后半夜看球。当时我们没有电视机嘛。最后决赛是意大利对巴西。意大利的主教练是萨基。萨基本人没有踢过球，却是战术大师，是AC米兰王朝的奠基人，以智力超群著称，经常改变战术。那场球，一百二十分钟踢平了，点球大战的时刻来了。格非说，你看好了，萨基犯错的时候到了，他会让巴雷西踢第一个点球。巴雷西是队长，中后卫。他说，巴雷西踢不进，意大利就完蛋了，因为后面的人就会慌神了。他说这时候应该派毛头小伙子上去先来一脚，后面有老将助阵，小伙子的压力没那么大。巴雷西果然踢飞了，接下来的一个也踢飞了，最后巴乔也踢飞了。我当时觉得意大利队应该请格非去当教练，因为他的脑子太清楚了。格非的计算非常精确。我想，他的写作也与此有关。格非的写作习惯我当然不便多说，只能透露一点，他对小说的结构、段落的规划，对人物命运的设计，对一些关键语词的运用，都有周密的考虑，有如数学推演。虽然写作过程中会有一些变化，但事先的考虑是周详的。

今天这个论坛的主题很重要，我也很感兴趣。题目“重构或者重返中国文学叙事之路”中提到的“重构”这个词，很准确。谈到莫言，谈到格非，现在很多人都会提到大踏步撤退，提到恢复传统，提到与《红楼梦》《金瓶梅》的关系。这当然没错。格非本人也一直在谈《红楼梦》《金瓶梅》。但我认为批评界对他们可能有某种误读，传统是个伟大的幽灵，但是没有人能够回去。当代人的幸运或者不幸，其根源都是一样的，那就是我们无法回到传统。我们回不去喽。兰陵笑笑生的临济和莫言的高密，曹雪芹的大观园和格非的梅城，虽然地理位置很近，但实际上相隔甚远。时间有它的地理学，地理也有它的历史学。《金瓶梅》写作的十六世纪和我们置身其中的二十一世纪之间，在临清和高密、大观园和梅城之间，横亘着四个世纪的弥天大雾。你想回就能回去吗？所以，对于传统，我们只能够“重构”，不能够返回。

朋友们已经多次提到格非的近著《雪隐鹭鸶》。我看了《雪隐鹭鸶》，非常感兴趣。“雪隐鹭鸶”引自《金瓶梅》中的一句诗：雪隐鹭鸶飞始见，柳藏鹦鹉语方知。小说家的工作，就是发现隐藏于雪中的鹭鸶，看到栖落在柳树中的鹦鹉，找到它们在这个时代的踪迹，听到它们在这个时代的叫声。张竹坡说，读《金瓶梅》，生怜悯之心的是菩萨，生畏惧之心的是君子，生欢喜之心的是小人，生效仿之心的是禽兽。老张本人生的是什么心，我们不知道。鲁迅说《金瓶梅》写的是世情，他看到了世情。那么，格非看到了什么？

我想说，格非的《雪隐鹭鸶》可能给我们一个启示，就是当代小说家可能以另外一种方式进入写作。我们看到，格非近年有大量的研究性文章问世。有人说这是两条腿走路。对于格非的研究性文章，有些朋友评价极高，有人甚至认为比他的小说还好看，比如他的导师钱谷融先生就持这种观点。这是因为，这些文章对人有启示。小说与研究性文章齐头并进，当然首先呈现了格非的文化身份，一个知识者的文化身份，一个研究者的文化身份。知识者、研究者和写作者，在此三位一体。但更重要的是，我想说，格非是要通过考察兰陵笑笑生在十六世纪社会转型时期的写作与十六世纪政治经济学的关联，发现写作如何与转型期的社会现实构成复杂的对话关系。所以，我觉得，格非对传统的研究、对东西方叙事学的研究，是视野，是方法，同时也是情怀。它不是论文，与学位和职称无关，跟什么有关？跟写作有关。也就是说，在如此复杂的现实面前，我们无所傍依，我们需要借助对传统的考察，来创造新的传统。这样的对话关系如此重要，以至于我们不能不感觉到，只有在这种对话关系中，当代的写作才能够成立。同时，这种对话关系可能也意味着当代写作的一个重要倾向，那就是，我们其实是以个人写作的方式在完成一部集体写作，是在与传统，与各种知识，与已有的研究成果进行对话。这样一种倾向，在《江南三部曲》里得到了充分呈现。

有一个词，今天在场的陈晓明先生将它进行了重新塑造。它就是“晚郁风格”。“西马”的代表人物阿多诺提出了“晚期风格”，赛义德进行了一些阐释。陈晓明呢，把马克思主义普遍真理与中国革命具体实践做了结合，提出了“晚郁风格”的概念。如果考虑到现代汉语的历史非常短暂，考虑到中国社会现实的变化过于迅速，考虑到我们的记忆尚未成形，尚未变成可以直接呈现的有意味的形式就已经被冲得七零八落，被打击得粉碎，那么这个时代的写作尤其需要作家把才智、经历、体验、失败感整合到一起去，并为它赋形。所以有时候，我会有一种感觉，中国当代作家不到五十岁，其实没有能力去完成长篇小说。我的意思其实还是想说，你只有通过个人方式，通过你的修养、你的阅读、你对声色与虚无的体认、你与各种知识的对话、你的沉淀，最后才可能形成某种文字，才可能形成一部小说。而到了这个阶段，作家通常已是年过半百。

所以我一方面感慨时间过得很快，一方面又想说，不要紧，一切都还来得及，正是写作的好时候。朋友们刚才提到格非的转型，都用到了“生长性”这个词，我愿意在这个意义上理解这个词。五十岁之后，文学仍然有可能生长，而且是更饱满的生长和呈现。正是江南好风景，落花时节又逢君。你不能说，你对老师有期待。只能说，作为读者，我对格非未来的写作仍然抱有很强的阅读期待。

# 汉语写作的荣幸

——谈张炜

我事先跟张清华老师说，我不来了。因为张炜老师的创作量太大了，我看得很有限，说什么都是“盲人摸象”。但想了想，我还是来了。如果摸到了象蹄上，希望张炜老师不要踢我。

我只看过张炜老师的三部小说，《古船》、《家族》和《艾约堡秘史》，印象极为深刻。我前一段时间看完《艾约堡秘史》以后，还给张清华老师打过电话，谈我对这部作品的感受。我当时说，没想到，张炜老师笔力仍然如此雄健，宝刀未老。读这三部小说，我最突出的感受就是，张炜的小说都是张炜写的——张炜是有强烈的道德主义倾向、强烈的理想主义倾向、强烈的主体性的作家。

我想起我最早看《古船》的时候，当时我从上海回到河南，我发现河南的朋友都在看杂志上登的《古船》。我的一个朋友，现在是浙江文艺出版社的负责人，就是曹元勇，他在杂志上勾勾画画，做了很多评点，还做了很多笔记。他强烈地向我推荐张炜。

我把杂志拿走看了以后，强烈感受到这部小说跟我当时在上海看到的所谓现代主义小说差别非常大，理解了为什么河南作家那么喜欢《古船》。大家都知道，当时阿城他们提出“文化寻根”的时候，提到了儒、道。我觉得如果说在寻根运动当中有什么突出的文学成果的话，那么《古船》就是其中之一。其中的隋抱朴和见素给我留下的印象非常深。儒道文化在《古船》这里，不是作为观念，而是作为人物形象存在于文本中的。三十年后再看《艾约堡秘史》，我能够感受到这么多年来，张炜的精神世界是非常稳定的。张炜是真正的儒道互补，抱朴见素。在纷纭变化的当代，张炜的价值观稳如磐石。

刚才陈晓明老师和西川都提到张炜受俄罗斯文学的影响。我对此深有同感。我们谈到俄罗斯文学，通常说的是十九世纪的俄罗斯文学。但如果让我在俄罗斯文学当中选一个人，来和张炜做比较，我选的这个人可能是蒲宁。蒲宁是批判现实主义向现代主义过渡的一个人物。蒲宁也是一个具有强烈的道德主义倾向的作家，我们看他的《来自旧金山的绅士》，就可以明显地感受到他对商品经济、资本主义那套东西是非常厌恶的，他有强烈的批判意识，同时他的批判最后又导致他的无家可归。蒲宁对大自然的描写，与一般的俄国作家，比如屠格涅夫、契诃夫也不同，他不铺张，很俭省。这一点在张炜那里也可以感受到。蒲宁似乎是俄罗斯文学转换期的作家。我想特别说明的一点是，所有处于转换枢纽的作家，都是大作家。蒲宁如此，张炜也是如此，他们同时踏入了两条河流。

张炜的小说人物，吸附着太多的文化内涵。在张炜的小说世界里，在张炜小说中抱朴这样的人物形象里面，你可以感受到，他笔下的农民不像农民。抱朴在老磨坊里面不停地思考问题，不近女色，脱离肉身，看上去好像非常奇怪，但是他的想法却有一系列非常严肃的逻辑，虽然形式上是逻辑，但本质是混乱的。比如，他读古书，读《共产党宣言》，试图找到一条道路，从苦闷中走出来，却越陷越深。我想，这首先意味着，张炜在他非常年轻的时候，二十多岁的时候，已经对中国传统文化的儒道思想做了非常严肃的探讨。

那么，小说中的人物会走向归隐吗？归隐又岂能实现。很多时候，归隐几乎可以看成一种思想艺术，当然更是行为艺术。这方面最有名的人物就是陶渊明。陶渊明其实是无法归隐的。陶渊明在南山之下，搞一把无弦琴弹来弹去，情绪是很大的，实际上相当于摇滚中年。所以在中国，历史上的归隐大都可疑。中国进入一九四九年以后，归隐更是一种艺术。连陶渊明都无法归隐，抱朴或者见素，还有淳于宝册，怎么归隐？所以我们看到，淳于宝册的归隐，只是归隐到他自己创造的艾约堡里面。抱朴们在不停地勘探，在老磨坊里沉思，在葡萄园里沉思，三十年后，他们又在艾约堡里沉思、叹息，而且照样几乎不近女色。抱朴和淳于宝册两个形象，三十年后，合二为一了。一股脑儿地，张炜用自己的妙笔，将他们"存于宝册"，存于文学史册。在这里，田园变成了堡垒，桑田变成了自缚的茧，而他们的灵魂飞进飞出，其实是一直处于某种悬浮状态。张炜非常突出地写了这种既倾心于中国传统文化，同时又在资本经济中辗转反侧的一种状态，一种悬浮的状态。试想一下，中国人如今是不是经常处于这样一种状态？我想，这是张炜的贡献。

看看张炜写出的农民的这些新形象吧，看看他们在如何思考吧。他们也不得不思考，因为他们的命运一直被摆布着，在个人命运与国家命运的交织中，他们不能不思考。我们一般认为中国的农民是不思考的，是不会思考问题的，但是张炜笔下的农民全部在思考问题。记得有一次，我翻开《文艺报》，突然看到张炜写的一篇文章，一下子使我对他的理解又加深了。他说，他看到一个画家画的水牛，便问这个画家为什么不画黄牛。这个画家说，在中国画里面的牛全部是水牛，因为水牛的肚子比较大、角比较长，又有水，又有芦苇，所以水牛可以入画，而黄牛无法入画。张炜的小说第一次让黄牛入画了，他让农民开始在老磨坊里说话，做出类似于哈姆雷特式的一种思考。我为张炜让农民说话、让农民思考、让黄牛说话而喝彩。或许在很多年之后，张炜在这方面的意义才能够被充分认识到。

时间有限，我只说一点，那就是张炜与他笔下的人物的关系，好像也值得一说。你能够感觉到，张炜是在俯瞰芸芸众生，俯瞰他笔下人物的痛苦，他跟笔下的人物保持着某种间距。这样做的好处有很多，在叙事上可以获得一些便利。张炜本人因此能够逃脱一些痛苦。所以，我想，在叙事上，张炜是既入乎其内，又出乎其外。这也使得张炜永远显得十分年轻，跟我十年前见他一样年轻。《古船》开头写道：“我们的土地上有过许多伟大的城墙。它们差不多和我们的历史一样古老。”谈到张炜和一代作家，也可以这么说，我们这个国家有许多伟大的作家，他们像历史一样古老，也像历史一样年轻。这是汉语写作的荣幸。

谢谢张炜老师。

# 梁鸿之鸿

这题目模仿的是梁鸿的最新长篇小说《梁光正的光》。鸿者，大雁也。选择一个名字，就是选择一种命运。如果连续两次选择一个名字，那就是认定了一种命运。梁鸿原名海青。海青，也是一种大鸟。李白诗云：翩翩舞广袖，似鸟海东来。海青就是海东青，袭天鹅，搏鸡兔。因为天鹅以珠蚌为食，食蚌后藏珠于嗉囊，所以人们常常训练海东青捕捉天鹅，以取珍珠。有趣的是，大雁其实也属于天鹅。既是天鹅，又是捕捉天鹅的鸟，这两种身份被她统一到了一起。就写作而言，如今她既是作家，又是批评家。这样一只鸟，其翱翔的身影，岂是我这种在地面上行走的人能够描述的？我只能描述她留在地上的影子，所谓鸿影。

梁鸿，河南南阳人。南阳这个地方，是长江、黄河、淮河的自然分水岭，绵三山而带群湖，枕伏牛而登江汉，南秀北雄集于一身，千年文脉从未断过。张衡、张仲景、姜子牙、诸葛亮，都出在这个地方。现代以来，这地方出过的文人就可以编出几套文学大系。冯氏族出了多少文人？冯友兰、冯沅君、冯宗璞，一门三杰。后来的姚雪垠、痖弦、张一弓、乔典运、二月河、田中禾、周大新、柳建伟、行者，也都出自这个地方。这些人各胜擅场，手中的家什都能做到极致。这个地方，出恐龙蛋，出汉画像砖。每出来一个人，就像孵出一只恐龙，海陆空并用；就像从画像砖上走出来一个人，长袖善舞。我每次去南阳，都感叹不已，觉得楚文化的遗韵在南阳保存得最好。惟楚有材，于斯为盛，首先说的应该是南阳。周大新经常说，南阳是个小盆地。这话也只有周大新说出来，才是那个味道。南阳是盆地不假，但周大新的潜台词是丰富的。盆地在文化学意义上，是很值得一说的，它既守成又开放。重要的是，盆地的人都有走出盆地的意识。走出来，再回头看，再带回去，进进出出就有点意思了。这个地方，猪圈上都贴着春联，那春联还都是自己家人写的。

十四五年前，我初识梁鸿时，知道她来自南阳，几句话谈下来，我就知道她以后必成著名作家。虽然她后来首先以批评家成名，但她以后会成为小说家的想法，我从来没有变过。我认识梁鸿时，梁鸿已经博士毕业，在中国青年政治学院教书。她的本科是自学的，先读了中师，接着到河南著名诗评家单占生门下读研，然后又到北师大读博，导师是著名的鲁迅研究专家王富仁先生。她的博士论文做的是二十世纪河南文学史研究，据说是听了王富仁先生的意见做了这个选题。博士毕业之后，她顺着原来的方向接着往下做，继续研究阎连科、周大新、刘震云，也包括我。她在阎连科作品上用功甚多，关于阎连科作品，她写了有几十万字的评论了吧？她现在的身份之一就是阎连科研究专家。十四五年前，我与阎连科住得很近。那个时候，“神实主义”作品已经发表，“神实主义理论”还没有诞生，我与阎连科交往甚密，几乎每周都要见面，而且不止一次。经阎连科介绍，我认识了梁鸿。这个机缘，我好像应该提到的。很快，我与梁鸿就以兄妹相称了。我还记得她当时的神情。当时我说什么话，她都要睁着一双大眼睛追问一句：真的吗？后来听说她生了孩子，这“真的吗”就轮到我来问了。我与阎连科在一个大热天曾按河南习俗去郑州看望他们母子，各提了一兜红皮鸡蛋。在我与梁鸿交往的十四五年时间里，我不断认识一些新朋友，也和一些老朋友慢慢失去了联系。其间的人和事，容我日后写回忆录时慢慢讲述。我只能说，那真是好一派江湖景象。脑子如果不清醒，还会以为真的是世间熙熙，天下攘攘。嗨，其实有什么呀，不过是风吹鸡蛋皮，哗啦哗啦响罢了。我需要多说一句的是，在这十四五年时间里，我与梁鸿还一直保持着当初的交往，两家人也时常见面。这当然首先说明梁鸿与她的夫君是个念旧的人。我或许也应该因此向如今已是杰出人物的梁鸿表示敬意。

大约在二〇〇八年左右，受《当代作家评论》主编林建法之邀，梁鸿曾与我做过系列对话。建法先生在文坛纵横捭阖几十年，什么人没见过，知人善任是他的强项。他让梁鸿来与我对话，当然是因为他觉得我们能碰撞出火花。当时，建法想出一套作家与批评家的对话丛书。那个对话，相当艰难。基本上是她在批判我，是恨铁不成钢的批判，再往前走半步就成了痛打落水狗。只是念在我脸皮薄的份儿上，她每次都咬紧嘴唇，悬崖勒马了，算是饶了我。当时，我们的文学观念差异甚大，当中似乎隔着一个王国，一只海东青似乎都飞不出它的疆域。这个对话，本来要做下去的，但好像只做了四次还是五次，就做不下去了。当然是我打了退堂鼓。后来多家出版社表示想结集出版，我都推掉了。近年看到一些评论家在谈到我的作品时，会引用其中的一些对话，想必他们也能看出我当时欲辩已忘言的窘迫。去年还是前年，梁鸿说她想接着再对话下去，那段时间我吓得电话都不敢接。或许是童年时代的阴影过于浓重，也可能是受王富仁先生影响，她对所谓的“苦难叙事”非常着迷——“着迷”这个词用在这里，应该是准确的。她认为，那里面有大爱，还辽阔，有俄罗斯白桦树式的中国白杨树，有滂沱的泪水，那个时候，她要是做诺贝尔文学奖评委，中国作家会有一大批人获奖，而且全是五十年代出生的作家。而先锋文学里面有技巧，有虚无，以技巧包装虚无，里面却没东西，就是一包虚无或快活的空气。你这就知道，在她眼里，我写的那些小说根本就不算个事儿。当时我还在《莽原》兼职，曾约她写过一篇关于朱文小说《磅、盎司和肉》的评论。我还记得她的评论名字叫《愤怒的颓废、强大的虚无》，她对朱文小说中的一个细节，好像是关于包肉的塑料袋的重量应该如何计算，有过精彩的分析，她认为，先锋作家与新生代作家关心的是那个塑料袋，是虚无的形式及其意义。我猜测，她关心的是什么呢？她的立场可能自动地跑到那个卖肉的屠夫身旁，她的目光会首先发现那个屠夫的不易。也就是说，她是天然地站在所谓的弱者一边，站在从土地里走出来的那些人一边，在石头和鸡蛋之间选择站在鸡蛋一边。做文学的，当然要站在鸡蛋一边。不过，石头和鸡蛋是会转化的。臭鸡蛋的力量是很大的，臭鸡蛋要是上冻了呢，要是石化了呢？石头要是烧成灰了呢，要是化为齑粉了呢？我曾开玩笑说，就那个场景而言，买肉的“我”其实才是鸡蛋，那个屠夫才是石头。如果我没有记错，她也是从评论那篇小说开始，发现后来的作家的小说偶尔还是可以翻一翻的。王富仁先生去世后，我看到一些怀念文章提到，王富仁先生总是对弟子们说，要了解不同作家的知识背景，要知道作家写作的不易，要知道大狗叫小狗也要叫，要知道吹拉弹唱各有其妙，不要轻易下断语，接话不要太快。梁鸿是不是因此对我这样的作家，也有了某种怜惜之情呢？可能吧。当然，当然喽，因为梁鸿的批评，我其实也开始反省自己的一些看法。这反省的结果是，我多年写不出一篇小说。不过，因为我与作为批评家的梁鸿之间一直保持着真实对话的习惯，所以我相信，这种对话以后可能促使我写出好作品。再后来，当梁鸿成为著名作家的时候，她也愿意把我想象成一个批评家，鼓励我对她的作品坦率地提出自己的意见。我提意见的时候，她总是说，说得再详细一点呗，你看你，吞吞吐吐的，再这样，不理你了。于是我就说，这个惊叹号，要是变为句号，似乎——，好像——，仿佛——，效果更好，您说呢？这个人物与那个人物的关系，似乎还要说得再明白一点，因为不是所有读者都能理解您的苦心的，您说呢？她每次都表示，好，我再想想。最后的结果往往是，人家并没有改动。虽然人家并没有改动，我后来却觉得不改动更好。

梁鸿的批评活动至今仍在继续，虽然数量少了，但影响却大了，影响大的主要依据是，很多作家会委婉地提醒别人，梁鸿都评论过我了，你还想怎么着？据说，也只能是据说了，对很多年轻作家而言，梁鸿评论到谁，差不多就相当于被摸顶了。从事梁鸿批评史研究的人可能会发现，梁鸿的批评文章，写得越来越复杂了，里面涉及的知识也越来越多了，一句话要分为正反正三段来说。我最初还以为，我的妹妹梁鸿都已经有了菩萨心肠了，后来才发现不是这样的。最根本的原因是，她现在越来越成为一个综合的写作者，多种文体一起上，不再是批评家梁鸿，而是罗兰·巴特所说的作家梁鸿。知识、经验和表达的冲突，使她越来越认识到了问题的复杂性，所以下笔如有鬼。吃过梨子和没吃过梨子，有时候还真的不一样，何况那梨子还都是她自己种的。同时，她可能也越来越认识到，就文学批评而言，比较有意思的地方，除了在特殊的作家身上找到特殊的地方，下巴上有瘊子就说瘊子，屁股上有痔疮就说痔疮；还要在不那么特殊的作家身上，甚至在某些平庸的作家身上，去探究一个时代文学的某些基本范式。讨论人人都有啤酒肚，不见得就比讨论下巴上的某个特殊的瘊子意义要小。考虑到不少批评家都是一根筋，都是一条道走到黑，退休时候的文章还让人觉得是三十岁时候写的，好像还是为“三红一创”写下的注释，梁鸿做得足够好，我得点个赞。

我在前面是不是已经提到，梁鸿最早的兴趣其实不是当批评家。最初当上批评家，是因为她读了博士得写论文，后来也就骑驴就磨台写了下去。此身合是诗人未？细雨骑驴入剑门。既然剑门已入，梁鸿还是要写小说。从事二十一世纪非虚构研究的人或许不知道，目前为众人所知的《中国在梁庄》中的很多故事，最初实际上是要当作小说写的。我就曾多次听她讲过那些故事，活灵活现，纤毫毕至，她只是苦恼于如何以小说的形式呈现，苦恼于那些故事如何剪裁，如何形成一个整体成为一部长篇小说。在她那个时候的文学观念里，“整体性”是个正面的词，“碎片化”则是个负面的词。我不知道批评家是否注意到，《中国在梁庄》其实可以看成回忆性散文，差不多是当代酷烈版的《朝花夕拾》。田野考察那是在后面写《出梁庄记》时发展出来的。《中国在梁庄》作为非虚构的代表作，首先得益于李敬泽把它当作非虚构作品刊登出来。李敬泽当时或许是要把它当成药引子，好激活青年作家的神经，让他们去关注大历史中的变化。我想，梁鸿本人可能压根儿就没有想过，它究竟是虚构还是非虚构。梁鸿后来的短篇小说集《神圣家族》，其实也可以作如是观：没有人知道那是虚构还是非虚构。我个人可能倾向于认为，梁鸿所有关于梁庄的作品，都是以非虚构面目出现的虚构作品。不过，有一点是明确的，《中国在梁庄》强烈的写实风格，确实在中国引起了“非虚构”的浪潮，“梁庄”作为一个假托的地名，在后来也几乎与费孝通假托的那个“江村”齐名。至于好端端的“非虚构”后来越“浪”越“潮”，那就是另外一回事了。

这篇文章开头提到的《梁光正的光》，是梁鸿的最新作品。关于这部作品，我要说的话已被梁鸿印到了书的封底，有兴趣的读者买了这部书就知道我是怎么说的。需要多说一句的是，因为《梁光正的光》，我对梁鸿才有了真正的了解，日后撰写文学词典，写到“梁鸿”这个词条，如果觉得材料不够，不妨直接从里面抄上几段。正是看了这部作品，我觉得梁鸿以前所有的作品，似乎都是在打扫外围，清理场地，为的是给《梁光正的光》腾出地方，好让梁光正利利索索出场。梁光正为什么有这么高的待遇？我曾对梁鸿说过，梁庄与江村一样，已是人类学意义上的村庄了，某种意义上梁庄就是这个时代的江村。费孝通在写江村时，天才地提炼出一个概念：差序格局。在《梁光正的光》一书中，梁鸿以作家的方式，讲述这个时代差序格局的变化。为此，她要从“父亲”入手，从近到远，看看这些人在这片土地上是如何生活的：他们生不如死，他们在爱中死，他们虽死犹生。这些人，这些熟悉的陌生人，就是我们的父兄。梁鸿以贫写困，以肉写灵，以农民来写国民，以芜杂抵达纯净。所以，我在这部书的新书发布会上说，凡此种种，可能都会在当代小说史上留下长久的回声。

梁鸿，最后我再引一句苏轼的诗送给你：谁见幽人独往来，缥缈孤鸿影。这种感受，你现在算是充分体验到了吧？还有，写完了这部长篇，鸿影将缥缈到何处，你想好了吗？

# 说艾伟

立春了，北京却下了一场大雪。雪夜围炉，突然想起了远在浙江的艾伟。

我跟艾伟认识很晚，至今约有七八年。好像是在北京开会，经洪治纲还是李敬泽介绍，在走廊里认识的。艾伟伸出手，只说出两个字："艾伟。"儒雅中有一种大气。

和艾伟见面，通常只有一个话题，那就是小说。艾伟是一个职业感很强的人，没有废话，上来就谈最近看了什么书，是否看到某篇小说，或者问你对某篇小说有何看法。"某篇小说"可能是别人的，也可能是他自己的。如果你谈你的看法，他的手中就会转动着一杯茶，坐在那里，眉毛微挑，眼光很亮。如果眉毛一皱，那就意味着他有不同意见。这时候，你再听他谈，他会谈得非常仔细：结构，人物，经验，叙事策略，审美意蕴，等等。整理出来，是一篇专业性很强的书评。

如果是在深夜，那么这样一种谈话风格，会让我仿佛回到了二十世纪八十年代。我的文学界朋友，大都是在二十世纪八十年代认识的。那时候朋友聚在一起，最重要的话题就是文学，晚上做梦说起梦话来，如果不是关于女人，那肯定是关于文学。时移势易，现在朋友们聚在一起，可以聊政治，聊房子，聊宗教，但就是不聊小说。好像一聊小说就俗了，还不是一般的俗，是矫情的俗，所谓俗中之俗。偶尔聊起来跟小说有关的话题，也是国内的版税，国外的版权。

感谢艾伟，他让朋友们重温了二十世纪八十年代的美好记忆，使朋友们可以在浮泛的日常交往中真实地回到小说当中。有一天，我对我们共同的责编刘稚女士说，艾伟是作家中少有的懂小说的人。这句话听上去好像有问题，作家怎么能不懂小说呢？但事实就是如此。这就如同女人生孩子，虽然百分之九十九的女人都会生孩子，但只有那些研究女人生孩子的女人才懂得生孩子的学问。艾伟就类似于既会生孩子又懂得生孩子的学问的那种“女人中的女人”——换句话说，艾伟就是所谓的“作家中的作家”。

我在认识了艾伟之后，有一天翻出他的小说，认真拜读。我这才发现，我以前其实是看过他的小说的，比如《乡村电影》。这部小说，写出了我们共同的童年记忆：越南电影飞机大炮，朝鲜电影哭哭笑笑，罗马尼亚搂搂抱抱，中国电影新闻简报……构成我们欢乐童年记忆的，其实是一大堆俗不可耐又“残”不忍睹的文化符号。那篇小说非常讲求技术，活儿利索，一眼望去便知道作者经过严格的自我训练。这与我后来对他的印象，是合拍的。

读到他的《爱人同志》是后来的事。“爱人”和“同志”这两个称呼，是艾伟寻找到的进入故事的巧妙路径，小说以此切入，探究了“性与政治”在特殊年代的紧张关系。我以此发现，艾伟的故事从选材到讲述，其实都非常讲究，他总是能从一个很微妙的角度切入现实和记忆，然后小心翼翼地探究这个故事复杂的内蕴。在他的笔下，故事的每个侧面都仿佛正用作病理分析的切片。

艾伟的小说以知性见长。不管寓言化的《越野赛跑》还是写实性的《爱人同志》，他的演绎其实就是抒情，他的抒情其实就是分析，他的分析其实就是吁求，那是他身处复杂的语境中，面对时代的一种艰难的发声方式：关于我们内心的虚弱、阴影和疼痛。我感到他的写作也像是在跳水，是以下落的姿态飞翔。虽然技术系数偏高，但每一次压出来的水花都恰到好处。如果你觉得还不够出彩，别急，艾伟会突然向后翻腾 n 周半，而且是带旋转式的，伴随着观众的惊呼，一泓碧水波澜不惊，而艾伟早已从另一端爬上台阶，留给观众的是一个幽暗的背影。

去年深秋，我和艾伟在武夷山，有过两次长谈。行走于山阴道上，乱石之间，我第一次在艾伟平静的语流背后，听出了某种尖锐。无论是谈朋友的写作，还是谈自己的写作，艾伟的尖锐前所未有，使我暗暗吃惊，也暗暗叫好。我想，这或许预示着艾伟的写作将出现一种新的变化。我还记得他当时的眼神，他原本谦和的目光，那时突然显得坚毅，吓了我一跳。

何时能再见到艾伟呢？此刻，艾伟又在和谁谈小说呢？我多么希望那个人是我。

辑四

# 由作品说开去

# 贾宝玉长大之后怎么办

感谢主持人邵敏老师的介绍。很高兴与朋友们做个对话。确实是对话。不是客套。熟悉我的小说的朋友都知道，我喜欢在小说中设置多种对话关系。在我看来，现代小说与古典小说的一个很大的差异，就是现代小说是一个“对话主义”的“场域”，就像布尔迪厄所说，各种要素之间相互对话，相互生成。现代小说一个重要标志就是，它是作者与作品中人物的对话，是作品中各种人物之间的对话，当然它也是作品与读者的对话，是作品中各种人物与读者的对话。现代小说是民主的，不是独裁的。这是小说在中国语境中存在的一个特殊意义。晚清以来，小说对中国人来说，比对西方人要重要得多。这是另外的话题，这里隔过不讲。我想说的是，现代小说，如果仅仅是作者在絮絮叨叨地说自己的话，小说的意义丧失了大半。所以，我期待接下来的对话。

## 一、缘　起

刘剑梅老师在电话里问我要谈什么，我当时随口说了一句，就聊贾宝玉长大之后怎么办吧。它确实是我关心的一个问题。当然也不是现在才关心的。比如，我的长篇小说《花腔》就触及了这个主题。《花腔》的主人公葛任，不妨看成生活在二十世纪革命年代的贾宝玉。事实上，为了提醒读者注意到这一点，我苦心孤诣，设置葛任生于青埂峰，死于大荒山。可惜啊，现在关于《花腔》的评论有一二百篇，但只有极少数的几位批评家注意到了这一点。如果作者和读者的对话关系没有能够充分建立起来，不仅作品的意义要大打折扣，严格说来作品都没有完成。因为作者、作品和读者彼此之间是一种交叉的、双向建构的关系。所以，我的遗憾是难免的。不过，最近有一篇关于《花腔》的论文，是上海的青年批评家黄平写的。他是八〇后批评家，让人刮目相看。他最近有一篇论文叫《先锋文学的终结和“最后的人”——重读〈花腔〉》，发表在内地的《南方文坛》。他认为葛任身上叠加着贾宝玉的原型。黄平提到，这个问题其实是中国先锋文学的元问题之一，即个人与世界的遭遇。先锋文学真实地讨论这个问题了吗？我不知道。如果把这个问题放在二十世纪的革命年代，那么问题就变得非常棘手：对于一代中国最先进的知识分子来说，他们陷入了空前的两难，要成就革命和解放，革命者必须否定个人的自由，将自己异化为历史和群众运动的工具，然而革命者参与革命的最终目的，却是实现自由。为此，主人公陷入了永久的煎熬。其实我很想提醒黄平一句，真正的自我就诞生于这种两难之中。如果没有这种煎熬，自我如何确立？我的朋友耿占春在一首诗里面说，有一个人照镜子，到了老年，在越来越浓重的白内障的雾里，他会发现自己只是一个赝品，他的自我尚未诞生。

虽然由我来分析自己小说的主人公不大合适，但我今天是在香港，是在和朋友们进行一场真诚的对话，所以不妨多说两句。说得干脆一点：贾宝玉长大之后，如果他活在二十世纪，进入了革命的年代，那么他很可能就是葛任。换句话说，葛任就是革命者贾宝玉。看过《花腔》的人都知道，葛任的故事部分地化用了瞿秋白的经历。不过瞿秋白是一九三五年死的，而《花腔》的主干故事是从一九三四年讲起的。或许可以说，这部小说是个假设：如果瞿秋白没死，经过长征到达了延安，那么会发生什么故事？我的意思是说，葛任与瞿秋白都可以看成宝玉长大之后的可能的形象。事实上，我正在写作的一部长篇小说也跟这个主题有某种关系，只是它更为复杂，以致我常常怀疑我是不是有能力完成它。

还得声明一点。我不是红学家，也不是曹学家，红学和曹学已经成了专门的学问。在内地，曹学和红学，据说，也只能是据说，差不多都已经是某种带有原教旨主义气息的学问了，外人是不能随便谈的。其实，这差不多是对《红楼梦》精神的背叛。《红楼梦》是中国古典小说中最讲究对话关系的小说。《红楼梦》召唤着人们参与对话。唐代诗人杨炯说：江山若有灵，千载伸知己。我觉得，曹公若有灵，千载寻知己。他会欢迎人们来对话的。如果我说得不对，我想曹公会谅解，你们也会谅解，对不对？我不会谈到关于《红楼梦》的很多知识，那些知识还是交给红学家和曹学家来谈。他们对《红楼梦》的细枝末节，真的是如数家珍。书中哪一顿饭吃了什么，他们都知道。我两辈子也赶不上他们。好在鲁迅说过，重要的是“史识”。鲁迅是强调“史识”的。鲁迅说话是比较重的，谈到郑振铎的《中国文学史》，那已经是不得了的著作了，可鲁迅还是说那是资料汇编，缺少“史识”。好在我今天不是专门要谈《红楼梦》和贾宝玉的，所以我可以自由一点。如果出现了知识错误，请你们理解。如果没有什么“史识”，那也很正常。我只是要借贾宝玉，借这位宝二哥、宝二爷，说出我对小说的一些理解。

## 二、宝玉的年龄问题

奇怪得很，关于贾宝玉的年龄至今都没有一个标准答案。这是关于《红楼梦》的众多谜团之一。我上大学的时候，教我们《红楼梦》的是个老太太，她拍着自己的脸，说，贾宝玉啊，粉嘟嘟的。好像说的是自己的亲外孙。那个爱啊，真是浓得化不开。可她也没有告诉我们宝玉多大。小说家当然可以不明确地去写主人公的年龄。当代小说中，甚至人物的面貌我们也常常弄不清楚。待会儿我可能会谈到卡夫卡的《城堡》。在《城堡》当中，在卡夫卡的几乎所有作品当中，我们能看到主人公的一系列动作，能了解主人公的气质，但我们往往既不知道主人公的年龄，也不知道他的具体相貌，不知道他的出身，他就像个幽灵。

关于宝玉年龄问题的讨论，大致分两派：十三岁派，十六岁派。说他是十三岁的人说，在第二十五回，贾宝玉中了魔法，有个和尚这时候来了一句，大意是说：青埂峰一别，转眼已经十三载矣。书中还有几处提到十三岁这个数字，比如，有人夸他的诗好，说十二三岁的公子就写得这么好。这是恭维话。宝玉的诗写得并不好，那帮孩子当中，他写得最差，他自己也认为是最差的，不过他不生气，只要女朋友们写得好就行。说他是十六岁的人认为，书中提到林黛玉是十五岁。黛玉在第四十五回有一句话，说我长到十五岁了，怎么怎么样。而宝二哥比林妹妹大一岁，所以宝玉是十六岁。大致上有这两种说法。

更有趣的是，对别人的年龄、生日曹雪芹都交代得非常清楚。比如，元春是正月初一，所以叫元春嘛。宝钗是正月二十一，黛玉是二月十二，探春是三月初三，巧姐是七月初七，老太太贾母是八月初三，凤姐是九月初二。但曹雪芹偏偏没有明确地交代第一主人公宝玉的年龄。曹雪芹是不是忘记写了？好像不大可能。想象一下，阿猫阿狗的年龄都写了，生日都写了，偏偏自己最心爱的儿子多大了，哪天生的，忘了。可能吗？

其实，宝玉具体几岁零几个月了，不是非常重要。小说在一开头，也就是第五回和第六回就告诉我们，他与可卿（在梦中）以及丫头袭人有了男女之事，而且是在二十四小时以内完成了两次男女之事。这说明，他已经进入了青春期。正是因为在梦中与可卿有了男女之情，所以秦可卿死的时候，最为悲伤的人就是宝玉。在小说的第十三回，曹雪芹写道，宝玉当时正因黛玉回家了，自己孤恓，也不和人玩耍了，一到晚上就早早睡去，这天从梦中听说秦可卿死了，忙着翻身起来，只觉得心中似戳了一刀！随后曹雪芹写道：哇的一声，直喷出一口血来。我记得有一次，我的朋友毕飞宇先生在北大讲课，我晚到了一会儿，一进门正听到他讲这个情景。吓了我一跳：谁啊，谁喷了一口血啊？听下去才知道他说的是宝玉。他认为曹雪芹用的这个笔法是反逻辑的，哪能喷出一口血来呢？我觉得他讲得很有道理。他也是从小说家的眼光看这个问题的，抓得很准。是啊，可以写他伤心流泪，可以写他捶胸顿足，还可以写他拉着身边的丫头执手相看泪眼无语凝噎，也可以让他无语独上高楼，唯独不能写他“喷出一口血来”。但这就是伟大的曹雪芹。曹雪芹在具体的细节描写上，看似非常逼真，非常写实，其实有很多不合常理的细节描写，不合逻辑的事。年龄是一例，此处“喷血”又是一例。《红楼梦》甲戌本关于此事有一个侧批，说，宝玉早已看定，可继家务事者，可卿也，今闻可卿死了，大失所望，急火攻心，焉得不有此血？这个批语真是俗不可耐。人们常说，有所谓的“三俗”。哪“三俗”我不清楚，但我知道肯定有第四大俗。这就是第四大俗。这就相当于北京人说的“茉莉花喂驴”，河南人说的“猪尾巴敬佛”。拿猪尾巴敬佛，猪不高兴，佛也不高兴。这种侧批，宝玉知道了也会不高兴，曹雪芹更不高兴。那些家务事是宝玉考虑的问题吗？宝玉这个准哲学家，还要考虑这些家务事？我想说的是，“吐血”一景，真是悲伤之至。此种描写非大手笔不可为也。王国维在《人间词话》里说：红杏枝头春意闹，著一“闹”字，而境界全出。这里的一口鲜血，也是境界全出。

这是宝玉第一次直面死亡。对宝玉来说，性和死亡几乎是同时到来的。这个问题意味着什么？意味着宝玉虽然养于深宫之中，长于妇人之手，但他的人生阅历并不少。对于他这样年纪的孩子来说，该有的，他都有了。不该有的，他也有了。那么接下来，他还将经历更多的死亡，其中最重要的死亡，自然就是黛玉之死。就人生阅历而言，宝玉的心理年龄比实际年龄要稍大一点。宝玉既是个孩子，又是个成年人。他的年龄处于一个模糊地带。宝玉的视角既是个少年的视角，又是个成年人的视角。这给曹雪芹的讲述提供了方便，给曹雪芹讲述生活、思考生活提供了极大的便利。

因为今天是创意写作课的一部分，所以我不妨就多说一点。世界上有许多名著，写的都是少年的故事。这个年龄的人，他的故事最微妙，最生动，最有趣。他有那么多的烦恼，所以歌德写了《少年维特的烦恼》。他愁肠百结，屁大一点事就能让他要死要活，一块小点心的味道，在睡觉前妈妈是不是吻了一下他的额头，他都要浮想联翩，所以普鲁斯特写了《追忆逝水年华》。我们当然也不要忘了海明威的《尼克·亚当斯故事集》，那是海明威成为伟大作家的一个重要起点。乔伊斯的《都柏林人》中有一篇杰出的小说《阿拉比》，写的是一个少年在跨入成人世界的那一刻，发现了成人世界的秘密。当然，我们也不要忘了，前天给你们上课的苏童老师的香椿树街的故事。苏童的香椿树街上，流淌的全是少年血。香椿树街的很多故事，都可以看成中国的《阿拉比》。

所以，千万不要认为，写童年故事、少年故事，写不出好小说。契诃夫曾经有一篇不朽的经典《草原》。他的主人公还要稍小一点，好像只有九岁、十岁的样子。具体多大我记不清了。小主人公离开母亲要去求学，他随着舅舅的商队来到草原。这个经历，成为他人生中最重要的经历。小主人公对周遭发生的一切都那么在意，草原的早晨，在露水的滋润下草尖如何挺立，各种昆虫如何鸣叫。他不仅关注大地，他还关注天空呢。其中有一个细节，说的是小主人公看到天空中飞来三只鹬，鹬蚌相争的那个鹬，水鸟。过了一会儿，那三只鹬都飞走了，越飞越远，看不见了。于是孩子感到非常孤独。又过了一会儿，那先前的三只鹬又飞了回来。那孩子为什么认为，天空中又飞来的三只鹬就是刚才的那三只呢?有两种解释，一种是孩子眼尖，看得非常清楚，虽然它们飞得非常高，但孩子看清了，没错，它们就是刚才的那三只。这说明孩子非常敏感。另外一种解释，是孩子觉得它们应该就是刚才的那三只。我倾向于后一种说法。孩子很孤单，在短暂的时间内，他已经与那三只鹬建立起了友谊。他可以在瞬间与大地、人间的一切美好的事物，缔结同盟关系。当然，他也最容易受到伤害。

有多少伟大的小说，都是用孩子的视角来完成的。契诃夫通过一部小说写出了他对辽阔的俄罗斯大地无尽的热爱。海明威用尼克·亚当斯的故事写出一个少年在成长过程中必须经过所有磨难，然后他从单纯走向成熟，他在死亡的阴影下理解活着的意义，他从对父辈的依附走向独立，他从自我微小的感受走向对社会的关注，在这个过程中他长大成人，他成为一个真正的人。

我觉得，曹雪芹选用既是少年又是成年的视角写宝玉，写得更为复杂。因为他没有明确地写出宝玉的年龄，所以当我们看到宝玉皱着眉头考虑那些人生问题的时候，我们就不觉得滑稽，我们觉得很真实。我们既觉得那是一个少年的思考，又觉得那差不多算是一个成人的思考。重复一下，我觉得这给曹雪芹表达他的思考，提供了一个相对便捷的通道。小说中人物的年龄问题如此重要，能不慎乎？

## 三、怎么不写贾宝玉长大了

我曾经跟几个国家的《红楼梦》译者有过交流。有趣的是，他们大都不喜欢《红楼梦》。虽然他们知道《红楼梦》是中国最有名的小说，上自国家领导人，下至平民百姓，都喜欢谈《红楼梦》，但这些热爱中国文学的人，对《红楼梦》喜欢不起来。这很有趣。你和一个女人结了婚，却不喜欢她。结婚是因为女方有钱，可以吃软饭。翻译《红楼梦》，是因为拿到了我们这边的翻译资助。如果没有这些资助，相信我，他们都不愿意摸它。

他们首先就无法接受《红楼梦》的叙事方式。《红楼梦》的故事几乎是不往前走的。这跟西方小说的叙事方式差别很大。西方译者翻着书，跺着脚说：你走啊，你倒是走啊，怎么能不走呢？我又是查字典，又是找资料，连猜带蒙，好不容易翻译了其中的一回，但怎么觉得跟没翻似的。他们觉得，曹雪芹写的都是些鸡毛蒜皮的事。

在另外几部古典名著中，故事发展的线索非常明晰。《水浒传》无非是讲一个反叛和招安的故事。《三国演义》讲的是“分久必合，合久必分”。古典小说，描述的是一个行动的世界，人们通过行动完成一个事件，小说是对这个事件的描述，有头有尾。我们会发现，《红楼梦》中的大部分人物都失去了行动性。《红楼梦》真的不是一部标准的古典小说，既不是标准的中国古典小说，也不同于西方的古典小说，你不妨拿《红楼梦》和《傲慢与偏见》比较一下。《红楼梦》的故事，你根本无法用简单的几句话说出它写的是什么。当我拎着一个线头，说它讲了贾宝玉成长故事的时候，我自己都感觉这种说法非常粗陋。我拎着这么一个线头，不过是为了讲起来方便，不然我也无法原谅自己这么讲。

鲁迅说，一部《红楼梦》，道学家看到了淫，经学家看到了《易》，才子佳人看到了缠绵，革命家看到了排满，流言家看到了宫闱秘事。他说的就是《红楼梦》的丰富性。它实在是太丰富了，横看成岭侧成峰，从不同的角度看，都可以自成一体，都别有洞天。鲁迅还有一句话，你们是知道的，说《红楼梦》写的，虽然不外悲喜之情，聚散之迹，而人物故事则摆脱了旧套，与人情小说大不相同。

这种看似写人情，又不仅仅是写人情的小说，真的能把翻译家给愁死。翻译家觉得它无法卒读，永远也读不完。今天的故事，仿佛是昨天故事的重复。它的叙事没有明显的时间刻度。贾宝玉开始的时候是十六岁，到小说的结尾似乎仍然是十六岁。虽然我们知道，这里面曾发生过很多故事，比如大观园的建立，比如元妃省亲，比如黛玉之死，但小说的叙事却奇怪地好像没有往前走过。好像有一艘大船，一艘巨大的画舫，它虽然在慢慢地往前走，但给人的感觉却没有走。既然载不动许多愁，咱就干脆不走了，咱就干脆抛锚了。

黛玉还没死的时候，宝玉只是因为听到黛玉的《葬花词》，什么反应啊？他不觉恸倒在山坡上，怀里兜的落花撒了一地。后来的黛玉之死，对了，那已经是高鹗的续本了，说到黛玉快死的时候，宝玉对袭人说，林妹妹活不了几天了，我也活不了几天了，干脆弄两副棺材，把我们一起埋了算了。袭人立即说，二爷啊，可不能这么说啊，老太太还等你长大成人呢，太太也就你这么一个儿子。看到了吧，小说都要结尾了，都已经娶媳妇了，宝玉还没有长大成人呢。

不过，虽然他还没有长大成人，但在此之前，他已经看透了人世。李清照在《武陵春》里说：风住尘香花已尽，日晚倦梳头。物是人非事事休，欲语泪先流。闻说双溪春尚好，也拟泛轻舟。只恐双溪舴艋舟，载不动许多愁。舴艋舟，是一种小船，像蚂蚱一样的小船，所以是轻舟。贾宝玉的痛苦可比李清照大多了。哪里是一只小船啊，那是一艘大船，大如《圣经》里的方舟。船上载的岂止是一腔愁绪，那是一堆痛苦的石头，最沉的石头。那哪里是“春尚好”，那是好大一场雪，是白茫茫大地一片真干净。我觉得，历史上的另一个宝玉是李煜，词人李煜，做过皇帝的；以及清代的纳兰性德，中国最后一个伟大的词人，那也是个宝玉。他们的词，某种程度上也可看成宝玉的自传。不过他们的词，都没能表达出这一个宝玉复杂的内心世界。他们的词，差不多还是类型写作。

我有时候会想，照曹雪芹这种讲述故事的方法，它真的难以讲述贾宝玉的一生，难以告诉我们贾宝玉长大之后的情形。他只能够通过讲述别人的故事，告诉我们贾宝玉长大之后可能会过上什么样的生活。也就是说，贾宝玉的人生在他十六七岁的时候，其实已经完成了，以后的日子不过是山重水复。所以，我总感到，或者说我感到曹雪芹感到，似乎已经没有必要把《红楼梦》写完了。我的另一个感受是，曹雪芹本人其实也没有能力把故事写完。你们猜一下，如果我碰到曹雪芹，我会问他什么？我会问他：你到底是觉得没必要写完呢，还是你没有能力把它写完？这个话题，我们待会儿再说。我们现在先假设一下，如果贾宝玉长大成人了，那么他会过上什么样的生活。如果他有漫长的人生，那么在漫长的篇幅中，曹雪芹会以什么方式来写宝玉呢？

## 四、贾宝玉长大后的可能性

我们都知道《红楼梦》与《金瓶梅》有血缘关系。没有《金瓶梅》就没有《红楼梦》。伟大如《红楼梦》者，也不是从石头缝里蹦出来的。它受到了《金瓶梅》的影响。它们当然有很多区别，最大的区别是，《金瓶梅》属于集体写作，《红楼梦》属于个人写作。《红楼梦》是中国小说史上第一部由个人单独完成的长篇小说。但《红楼梦》受到《金瓶梅》的影响，应该是有定论的。写作需要天才，但天才也要读书，现代小说家尤其如此，以后的小说家更是如此。我这里想说的是，曹雪芹肯定研究过西门庆。

事实上，如果你以前没有读过《红楼梦》，但你读过《金瓶梅》，那么当你刚拿起《红楼梦》，读到第五回和第六回的时候，你会觉得西门庆的故事要开始了。一个小西门庆诞生了，而且比西门庆还会玩儿，年纪轻轻的就已经这么会玩女人了。确实，贾宝玉很容易就被写成了另一个西门庆。宝玉有这个条件啊。饱暖思淫欲，他每天可都是吃饱了撑的，而且是各种补品撑的，撑得做的梦都是春梦。而且，他身边又是美女如云，玉腿如林。他要过上西门庆的生活，那简直比西门庆还容易，是不是？西门庆还需要动用各种手段，绞尽脑汁去勾女人的。宝玉根本不需要。那些女孩子几乎是排着队要奉献贞操的。宝玉跟她们发生关系，那是什么？那是宠幸。当然我们的宝玉是个有平等观念的人，他不会觉得那是宠幸，他会觉得那是爱。但那些女孩子们，尤其是下人，却会觉得那是天大的恩宠，恨不得奔走相告：知道吗，知道吗，二爷我把睡了。但我想说的是，即便写成另一部《金瓶梅》，写出另一个西门庆，依曹雪芹之能力，也会写成杰作。但是，那就不会是现在的《红楼梦》了。顺便多说一句，对婚外性关系的描述，是很多文学作品的主题。你去查看一下那些世界名著，除了儿童文学，不写通奸的还真是难找。不通奸，不成文。在世界文学史上，最著名的通奸作品当然是《包法利夫人》和托尔斯泰的《安娜·卡列尼娜》。渥伦斯基就是跑到俄国去的贾宝玉，安娜差不多就是跑到俄国去的林黛玉。连日瓦戈都通奸啊。日瓦戈也是个贾宝玉。如果将贾宝玉写成一个西门庆式的人物，或者写成与安娜通奸的渥伦斯基式的人物，也未尝不可。笔头一滑，就顺理成章地写出来了。但曹雪芹没有这样写。朋友们，你得为曹雪芹点个赞。

再简单回顾一下，书中写到的第一个与宝玉有过性关系的是警幻之妹可卿，然后就是袭人。我说了，这两起艳照门是在二十四小时之内发生的。可是，书中关于贾宝玉性生活的描写，竟然也就到此为止了，后面竟然没了。道学家要想从宝玉身上看到“淫”，还真得长一双火眼金睛。因为看不到，所以他们就说看到了“意淫”。宝玉和黛玉虽然爱得如此缠绵，但他们没有性关系。当然关于宝玉的性生活问题，书中确实有很多暗示，那是借别人之口提到贾宝玉可能与丫头们发生这种事情，比如宝玉想跟晴雯一起洗澡，晴雯说，哈，当初你和丫头碧痕洗澡，一洗就是两三个时辰，等你们洗完了，进去一看，地下的水都淹了床腿了，席子上也是水汪汪的，鬼知道你们干什么了？这是正常的。有了初试云雨情，那就有二试云雨情，就有 n 试云雨情。但曹雪芹竟然再不写了。换成另外一个人，那肯定是大写特写的。你们知道贾平凹吗？跟贾宝玉一家的，都姓贾嘛。贾平凹先生的《废都》就很有耐心地写了一试、二试、n 试。《废都》对了解中国的九十年代是有某种启示的。据批评家们说，那是一部现实主义作品。

但是对《红楼梦》来说，有意思的地方就在这里，曹雪芹伟大的地方也在这里，他竟然再也没有在这方面浪费笔墨。他在极力避免将宝玉写成西门庆式的人物，他甚至不给你一点机会往那方面去想。而与此同时，曹雪芹则一不做二不休，写了一大群淫棍，比如贾珍、贾琏、薛蟠、贾蓉、贾蔷、贾瑞。那帮人全是西门庆。他们与西门庆的区别只是不会舞枪弄棒罢了。也就是说，曹雪芹非常明确地把贾宝玉与那帮淫棍，与那帮臭男人，区分开来了。曹雪芹杜绝了让贾宝玉成为西门庆的可能。

他把贾宝玉写成了一个情种。于是，贾宝玉温柔的目光抚摸着每个女孩子的脸庞。贾宝玉过上了一种无欲的生活，他对女孩子只是欣赏。性的内容，色的内容，在宝玉这里似乎被抽空了。他与他最喜欢的女孩子林妹妹的爱，完全没有肉欲的意味。我们知道，宝玉的前世，与黛玉的前世，分别是绛珠仙草和神瑛侍者，神瑛侍者用甘露之水浇灌仙草，所以宝玉和黛玉的关系，隐含着一个报恩的故事。你用甘露浇灌我，我用一世的眼泪来报答你。这当中只有情，没有性，这是一个感情净化的故事，比矿泉水还干净，就像蒸馏水。所以，我们可以理解，好多女孩子喜欢宝玉，喜欢宝玉和黛玉的爱情故事，并为此洒下热泪，就像有些人动不动就喜欢打点滴。蒸馏水确实可以打点滴。

宝玉的最高理想就是与女孩子厮混。在色鬼们眼里，那肯定是白混，是不及物动词。他竟然觉得世界上最好吃的东西，就是女孩子嘴唇上的胭脂。在他眼中，女孩子不分贵贱，只要是女的就是好的。他的名言是，能够跟姐妹们过一日，是一日，死了就完了，什么后事不后事的。当他被他父亲揍了一顿之后，女孩子们哭哭啼啼来看他的时候，他是怎么说的？姐妹们啊，我不过挨了几下打，你们就这么怜惜我。我就是死了，一生事业纵然尽付东流，也无足叹惜了。情种啊。他被曹雪芹写成了无欲的情种。宝玉嘴里竟然提到了“事业”？不过这个“事业”，不是“革命事业”的“事业”。《易经》中说，举而措之天下之民，谓之事业。做了自己喜欢的事，又帮了他人，叫“事业”。宝玉的“革命事业”，就是舔女孩子们嘴唇上的胭脂。这是我们现在所知道的世界上最愉快的“事业”。在这个特殊的国家事业单位里，只有一个人，就是贾宝玉。

好了，我们要问的是，曹雪芹为什么要这么写？当然可以有各种解释。比如，你可以认为这里面有一个大的绝望：就是对中国传统文化中强调的多子多福、传宗接代的拒绝。贾宝玉成了一个反传统文化的英雄人物。他拒绝物质生产，所以他不事劳作。他拒绝知识生产，所以他不爱读书。他拒绝人口生产，所以他不做爱。他拒绝成为文化传承中的一个链条。他有爱而无欲。他遗世独立。

## 五、贾宝玉的另一种可能

曹雪芹在写贾宝玉的时候，还有一种选择：让他子承父业，过上父亲的生活，也就是所谓的“入仕”。这是中国儒教的一个传统。在这个传统中，我们有自己的价值系统。这个价值系统是孔孟帮我们建立起来的。中国儒学，自孔子以降，儒分八派。但不管它分成多少派，它的核心观念是不变的。说得简单一点，就是“仁义礼智信”，就是“修齐治平”。这是中国历代士大夫、历代知识分子所崇尚的一个价值观。孔夫子当年周游列国，坐着一个大轱辘车，在中原，也就是在我的老家河南一带，不停地兜圈子。不过，说是周游列国，其实向北，他没过黄河，向南，只到了楚国，向西，只去过洛阳，向东，没下过大洋。但还是很辛苦。不像现在儒学家，坐的是喷气式飞机，一会儿北美，一会儿西欧。孔子周游列国就是为了向天下传播他的这套价值观，同时告诉天下读书人，学而优则仕。《论语》里说，仕而优则学，学而优则仕。

在贾府，上上下下的人，包括侍候他、为他提供全方位服务的丫鬟们，都劝他读书，都反复地给他讲“学而优则仕”。如果你能考到哈佛，到牛津，到香港科大，那当然更好。如果不能，那么你读北大也行啊。你要成才啊，成名啊，你要光宗耀祖啊。事实上，中国历代知识分子都是这么做的。这也没什么不对。我现在谈的是贾宝玉这个人物形象，对怀着成名成家的人没有贬义。《论语》里有一句话，子曰：君子疾，没世，而名不称焉。你到死了，你的名声还不被人家提起，你要引以为恨的。所以国人讲，一定要留名青史。你是小说家，你一定要进入文学史，不然你就白忙了。你当官，就得从科级到处级到厅级到部级，一级一级往上爬。皇上是天子，不是靠本事、靠努力就能当上去的，跟个人努力不努力没有关系。但天子之下，一人之下，万人之上，你就努力地往那儿爬吧。这也没什么不好。这是积极入世。司马迁在《报任少卿书》里说，立名者，行之极也。连陆游都说，自许封侯在万里，有谁知，鬓虽残，心未死。杜甫称颂初唐四杰的时候，说的也是名的问题，尔曹身与名俱灭，不废江河万古流。初唐四杰自己也是比来比去的，比的也是名。杨炯不是有句名言吗，我呢，愧在卢前，耻居王后。好玩得很。“名利”二字，是知识分子的一向追求。很多时候，知识分子可以不要“利”，但一定要“名”。宝玉是例外。对于“利”，贾宝玉可以不要，这可以理解，但宝玉连“名”也不要啊。也就是说，儒家那一套价值观，对贾宝玉有诱惑吗？没有。

这里顺便说一点，多年前我曾经在《读书》杂志上看到过刘再复先生（剑梅老师的父亲）有一组文章，分别从儒道释文化的角度论述贾宝玉，当时就很受启发。这次我又找来看了一下。对《红楼梦》理解得最透彻的人，肯定不是红学家。因为你必须能够跳出来，你必须能够入乎其内、出乎其外。我这次再看，这种感觉更强烈了。刘再复先生就入乎其内、出乎其外。入乎其内，故能写之；出乎其外，故能观之。入乎其内，故有生气；出乎其外，故有高致。我本人不做学问，但我知道，做学问必须如此。研究晚清，必须跳出晚清。研究晚明，你必须跳出晚明。跳不出来，“晚”字何来。研究红楼一梦，你必须红楼梦醒。我必须承认，他谈得比我深刻得多。关于贾宝玉和儒家的关系，刘先生认为，宝玉是拒绝“表层儒”（君臣秩序），而服膺“深层儒”（亲情）。刘先生是借用李泽厚先生的观点来谈的，李泽厚先生的书，我也能看都看了，包括他这些年的一些对话录。你一个写小说的，看这些书干什么？我觉得没坏处。李泽厚论敌的书我也看。若有私敌，你可以了解一个人的性情。若没有私敌，你可以了解一个人的高致。刘先生认为，宝玉是“反儒”和“拥儒”的“二合一”。他对“文死谏”“武死战”那一套看不惯。他对亲情看得很重。他反对等级秩序，他对所有人一视同仁。在他眼里，是一个个人，不分阶级，不分贵贱。在我看来，这超越了儒家的价值观。明摆着的，唯女子与小人为难养也，这句话宝玉就不会同意。不管怎么说，走入仕途这一套，对宝玉行不通。

对于士大夫来说，对于中国贵族子弟来讲，你不当官，又能干什么呢？宝玉长大之后要是不当官，他能干什么呢，我不知道。归隐吗？归隐是什么意思？你得先当官，才能隐。大隐隐于朝，小隐隐于野。还有中隐，现在的中隐隐在哪啊？我听内地很多学院中人的自述，好像他们就属于中隐。原来，中隐就是隐于高等学府。这怎么叫隐？你要跟他们开玩笑，说学问做得好像也不怎么样啊。他们会说，哥们儿，这你就不懂了，急着花钱，怎么有时间做学问？急着花钱的人，不叫隐。归隐这条路，是不受重用之后的选择。宝玉压根儿就没有要受重用的想法，他怎么隐？先入世，后出世，才叫隐。不过，所谓的归隐也大都不可靠。你去看看陶渊明，翻翻他的集子，看看他是怎么隐的。不要光看到什么

“采菊东篱下，悠然见南山”。他的心情从来不平静，弄一个无弦琴，拨拉来拨拉去的，差不多相当于摇滚中年了。他看的是南山，其实是北山，是北山之北。他一天都没有平静过。当然这也很好，不平静才能写诗嘛。南山之下，他每天差不多都是醉醺醺的，牢骚满腹，肠子都要断了。他是很想当官的，很想弄块骨头啃啃的。

除了当官，宝玉其实还有一条路，那就是当和尚。时间关系，我简单讲一下。关于当和尚，后来高鹗的续本里就是这样处理的。在小说的最后一回，第一百二十回，高鹗写道，贾政一日坐船到了个渡口，那天乍寒下雪，船停在一个清静去处。船中有小厮伺候，他在船中写家书。写到宝玉，便停下了笔。抬头忽见船头上微微的雪影里有一个人，光着头，赤着脚，身上披着一件大红的斗篷，这个人向贾政倒身下拜。贾政没有看清楚，急忙出船，扶住了那个人，问他是谁。那人已拜了四拜。贾政正要还揖礼，迎面一看，不是别人，正是宝玉。贾政大吃一惊，问道：可是宝玉吗？那人不言语，脸上似喜似悲。贾政又问道：你若是宝玉，如何这样打扮，跑到这里？宝玉未及回话，只见又来了两个人，一僧一道，夹住宝玉说道：俗缘已毕，还不快走。说着，三个人飘然登岸而去。贾政不顾地滑，急忙来赶。那三人在前，消失在茫茫大雪中，哪里还能赶得上？

我也是做了父亲的人。看到这里，将心比心，都忍不住要流泪。可这是曹雪芹的原意吗？我也有点怀疑。我们不要忘了，在小说的第三十六回，宝玉曾在梦中喊道：和尚道士的话如何能信？什么金玉姻缘，我偏说是木石姻缘。我们也不要忘了，在小说的开头，作者多次提到一僧一道，对他们的描述是：见从那边来了一僧一道，那僧则癞头跣脚，那道则跛足蓬头，疯疯癫癫，挥霍谈笑而至。这一僧一道，一直是那两个人吗？应该是。我们应该像契诃夫笔下的小主人公，认为天空中飞来的还是原来的那三只鹬，还是那一僧一道。这一僧一道，其实贯穿全文。在叙事上，亦实亦虚。他们出场多次，第一次与甄士隐和英莲的故事有关，后来给贾瑞送来了风月宝鉴，再后来就是一僧一道夹着宝玉消失在白茫茫大雪之中。世界上最尊贵的宝玉，最干净的人，被两个最脏的人夹着走了。这其中有多少万千情愁，岂是一个“恨”字了得？贾政哭了吗？高鹗哭了吗？我承认，这是非常伟大的一笔。但是，这是曹雪芹的原意吗？

还是在刘再复先生的文章中，他多次提到，贾宝玉其实已经超越了一般的僧与道。刘先生认为，宝玉不求道而得道。宝玉对儒道释三家，都不是全盘接受，都有质疑，某种程度上他超越了儒道释三家。我建议你们去看一下那组文章。那组文章其实有很沉痛的一面，开头就很沉痛，因为是从聂绀弩写起的，说聂先生想写《贾宝玉论》，壮志未酬，所以不愿去住院，一定要写完。估计很多人都不知道聂绀弩是谁了。这个人不得了的。他出生在一个大家族，父辈兄弟四人，只有他一个男孩。没错，他也是个贾宝玉，这个宝玉后来上了黄埔二期。他后来因“胡风案”而受了很多苦。他的苦真是受不够啊，晚年丧女。我多说一句，聂绀弩不是要写《贾宝玉论》，他是要论自己。这本书太重要，可惜我们看不到了。有一年，我在内地充当一个图书奖的评委，有一本书是关于聂绀弩的，叫《聂绀弩刑事档案》。我眼中一热，想，这还用评吗？当然是这本书获奖！虽然聂绀弩死了，奖不奖对他本人都无所谓了，但对读者有所谓，读者应该知道聂绀弩。关于《红楼梦》，聂绀弩先生有一句话，说《红楼梦》表现的是小乘佛教的境界。我不懂小乘佛教，不敢胡说，不过我大略知道小乘佛教强调自我完善。如果聂先生的这个说法可以成立，那么贾宝玉跟我们的主流文化的种种紧张关系，确实可以看成宝玉对自我的确认方式。这是很重要的话题，一个伟大的主题。我想，拙著《花腔》其实也触及了这个问题。

说到这里，我还是要问，假设宝玉长大了，曹雪芹会给他选择一条什么道路？我想说的是，曹雪芹本人，很可能也不知道。在中国所有的文化系统中，贾宝玉生于斯，长于斯，但又背叛于世。在中国的所有文学作品当中，他是第一个从中国传统文化中走出来的人。但走向哪里，当他成人之后，他会怎么样，曹雪芹可能真的不知道。他只知道他不会怎么做，但他不知道他会怎么做。这个问题无关曹雪芹的能力。曹雪芹不可能解决这个问题。但是，这是我们这些后来者应该思考的问题。

## 六、后来的贾宝玉们

大家都知道张爱玲有句名言，有三大遗憾，即所谓的“三恨”：一恨鲥鱼多刺，二恨海棠无香，三恨红楼未完。顺便说一句，我看很多人把张爱玲夸得不得了，说她多么伟大。我必须说出我的看法，她其实真的是个二流作家。这个二流作家贡献出来的这句名言，倒是一流的。当然，也有很多人提供很多证据，认为书已经写完了。但我倾向于认为，它没有写完。

关于它的没有写完，有一个比较普遍的说法：曹雪芹还没有来得及写完呢，就在贫病交加中死去了。上帝啊，事情哪有这么简单？没有这么简单。我不是红学家，也不是比较文学专家，但我愿意凭一个小说家的直觉，把《红楼梦》和卡夫卡的《城堡》做一个简单的比较，然后在这种比较中试着说出一点看法。

卡夫卡在西方文学史上的地位，差不多可以跟曹雪芹在中国文学史上的地位相比。这种说法准确不准确，我们暂且不管它。我们关心的是《城堡》为什么没能写完。《城堡》写的是土地测量员 K，应邀前往城堡工作，他需要到城堡里面与当局见面。土地测量员的身份与《城堡》的主题，有很大关系，值得写一篇论文。但是，自从这个土地测量员在下雪的夜晚到了城堡旁边的一个村子，他就陷入了种种麻烦。一直到最后，他都没有能够进入城堡。有一种说法，说 K 就这样在村子里打转，一直到快死的时候才接到了通知，说你可以进去了。不管怎么说，这部以"城堡"命名的小说，主人公到最后也没能进入城堡。小说对城堡本身的描写也屈指可数，只写道，它的外观是个形状寒碜的市镇，它深深地卧在雪地里，被雾霭和夜色笼罩。因为进不了城堡，K 只能与进过城堡的人接触，从他们那里了解一点关于城堡的事情，但是了解得越多他反而越糊涂。每个人对城堡的描述都不一样。作为一个土地测量员，他必须掌握第一手资料，但他进不去。他无可奈何，无能为力。

《城堡》的编辑者布洛德，我们都知道，他是卡夫卡遗嘱的执行人，据他说，卡夫卡从未写出结尾的章节，但有一次他问卡夫卡，哥们儿，这部小说如何结尾呢？卡夫卡对他说，那个名义上的土地测量员将得到部分满足。他说，卡夫卡对我说了，K 将不懈地进行斗争，直至精疲力竭而死。然后，村民们将围绕在他的身边。这时候，城堡当局传来了指令，说，虽然 K 居住在村子里的要求缺乏合法依据，但是考虑到某些情况，准许他在村子里生活和工作。布洛德的话，更增加了人们的疑问：就这么几句话，就这么一小段文字，卡夫卡为什么不把它写下来呢？不把这个尾巴给安上去呢？这也太不可思议了，简直不可理解。如果卡夫卡只写了这么一部小说，那我们或许还可以说，这是因卡夫卡英年早逝，死前拿不动笔了，所以没有把这个结尾安上去。问题是，在《城堡》之后卡夫卡又写了很多小说。所以，这个该死的布洛德，竟然把很多读者、很多批评家给骗了。我大胆猜测，卡夫卡也不知道怎么把《城堡》写完。因为他不知道要不要让 K 进入城堡，他不知道 K 进了城堡之后怎么办。

依我之愚见，《红楼梦》和《城堡》的未完成，意义非凡。刚才有朋友问道，怎么从学理上来分析它的未完成性？我只提一点。巴赫金的复调小说理论中，专门提到了小说的未完成性。当然他用的概念跟这里的“未完成性”还有点差异，但不妨借用一下他的说法，来看看这两部真正未完成的小说的“未完成性”的意义。顺便说一下，在中国古典小说中，真正可以用复调小说的理论来分析的小说，首选《红楼梦》。

它的未完成性，是一个重要的隐喻。它敞开着，它召唤后人，起码在召唤后世作家思考一个问题：那就是你如何写出后世的贾宝玉？你如何安排K进入城堡，以及K进了城堡之后怎么办？我觉得，这是曹雪芹和卡夫卡留给后世作家的任务。

《红楼梦》对中国现当代文学的影响是非常深远的。在中国现当代文学的很多名著中，你都可以看到《红楼梦》的影子。当然，到目前为止，这种影响主要体现为对家族叙事手法的继承。巴金的《家》、老舍的《四世同堂》、林语堂的《京华烟云》，都可以看到这种影响。在当代，陈忠实的《白鹿原》、铁凝的《笨花》、苏童的《河岸》、格非的《人面桃花》、毕飞宇的《玉米》，从这些作品中也都可以隐隐约约地看到《红楼梦》的影子。其中运用得非常成熟的，是借用父子冲突，借用家族故事，来讲述百年中国的故事。在这些故事中，我们当然也经常能够看到贾宝玉的身影。虽然很多作家在处理相关问题的时候可能不够自觉，但鉴于《红楼梦》的影响已经深入作家的无意识，那么，我们仍然可以认定，他们的写作与贾宝玉有关。

一方面是《红楼梦》的影响，另一方面也是因为在革命年代里，在后来的日子里，确实有很多贾宝玉式的人物给作家们提供了丰富的素材。当年投奔延安的那些学生，其实大都是贾宝玉。我爷爷和他的两个哥哥，当初就投奔了延安。他们都是读书人，他们是河南一所师范院校的学生，背着家人跑去了延安。到了延安之后，他们有的读了延安自然科学院，有的进了抗大。到了延安还得读书？他们也觉得没意思。事实上，我们知道，国共双方的高级将领，除了个别拎着菜刀闹革命的人，有很多都是贾宝玉，有些贾宝玉是先读私塾，后又出国，后又回国，然后在战场上兵戎相见，捉对厮杀。前面提到的聂绀弩，就是黄埔军校毕业的。黄埔军校里的那些人，大都是贾宝玉。

如果把贾宝玉放到现在，换句话说，如何在当代复杂的语境中，看待贾宝玉的形象？当代的贾宝玉都会遇到什么问题？又如何去表达这些问题？我想，这其实是一个比较严峻的问题。它涉及一系列主题，比如如何在个人与社会之间建立起一个有效的建设性的对话关系？如果我们把贾宝玉看成个性解放的象征，那么个性解放的限度在哪里？个人性的边界在哪里？贾宝玉往前走一步，是不是会堕入虚无主义？虚无主义的正面价值和负面价值该如何分析？什么是真正的个人性？这个问题，是小问题吗？

事到如今，我不妨再抛出与上面那些问题相关的一个看法：我们或许会看到，贾宝玉的所有行动，严格说来并不是来自个人的选择。事实上，他的行动，带有相当大的被动性。他的行动与当代所说的人的主体性的建立，还有相当的距离。但这不是曹雪芹的错。这不是曹雪芹能够解决的问题。这或许也不是我们这代人，以后的几代人，能够说清楚的问题。但这是我们应该面对的问题。

那就让我们和贾宝玉一起成长。谁说写作的各种可能性已经穷尽？至少，这个时代里真正意义上的成长小说，至今可能还没有几个人想着要动笔呢。

话题有点严肃了。现在说个段子。几个月前，音乐剧《红楼梦》在北京第二次上演之前，编导找到我，望我能为《红楼梦》写一首片尾曲。我套用《红楼梦》中的句子，改写了部分字词，诌了一首曲子。在我的想象中，要借用姜白石的古谱来谱曲。但后来，正式上演的时候，人家只用了其中几句。现在我把它献给大家，献给那些不倦地探索自我意义的朋友。我把他们当中很多杰出人物，看成最美好意义上的贾宝玉：

开辟鸿蒙，谁为情种，岂只为风月情浓。
纵然是，齐眉举案，到底意难平。
想眼中能有多少泪珠，怎经得，春流到夏，秋流到冬？

望家乡，一帆风雨路三千，离合皆有前定？

有谁辜负了，红楼春色，到头来只是古殿青灯。
连天衰草，天上夭桃，好一派霁月光风。

一场欢喜勿悲辛，正是乘除加减，上有苍穹。
画梁春尽，镜里恩情，更哪堪梦里功名？
别轻言食尽鸟投林，别轻言落了个大地白茫茫真干净。

石头记，记金陵十二钗；风月宝鉴，鉴照红楼一梦。
字字看来皆是血，增删五次，西山下宝玉大梦初醒。
十年辛苦不寻常，都云雪芹痴心，谁解雪芹深情？

我知道我说的有很多错误。奇谈怪论，姑妄听之。感谢你们耐心听完了。谢谢。

# 小说家的道德承诺

## ——读张大春《小说稗类》

没想到，这本书我竟然读了两个星期。台湾作家中，张大春和朱天文的小说，凡是能看到的，我都要细嚼慢咽。因历史之思和家国之思而产生的疼痛感，对汉语小说所做出的智性表达，在张大春和朱天文那里是合二为一的，所谓道器并重。朱天文谈创作的文章，我只在《今天》杂志上读到过一篇关于电影的文字，很喜欢。这次读张大春的《小说稗类》，就不仅是喜欢了，应该说喜欢而且佩服。既能写小说又能论小说，舍得说，并且能够说到点子上的，确实没有几个人。博尔赫斯和纳博科夫当然是此中高手，但他们往往过于炫技，甚至夸大其词。米兰·昆德拉算一个，但此人有些心术不正，他热衷于表扬二流作家，而对一流的小说家却大加鞭挞。近年大陆文坛也不乏大内高手，比如，王安忆和格非，但这二位最喜欢分析的却是当代外国小说。而张大春先生，却是古今中外通吃，并且洞见迭出如同蜂房，我自己也从中得到很多启示。

撇开追名逐利的因素，其实每个作家首先会遇到的问题就是“为什么写作”。“除了写作我什么都不会”，此类回答，我们听到的最多。俏皮倒是俏皮，但其实是敷衍之辞。前段时间重读捷克作家伊凡·克里玛与美国作家菲利普·罗斯的对话，伊凡·克里玛对这个问题的问答真是深得我心，他说，在这个时代写作是一个人能够成为一个人的最重要的途径，正是因为这个原因，许多有才华的人将写作当成自己的终身职业。伊凡·克里玛其实道出了在集权专制以及随后到来的个人性普遍丧失的商业社会里，写作得以存在的理由。张大春先生在《小说稗类》中也给出了自己的理由。他认为小说是一股“冒犯的力量”，小说“在冒犯了正确知识、正统知识、真实知识的同时以及之后，还可能冒犯道德、人伦、风俗、礼教、正义、政治、法律”，正因为这种冒犯，小说一直在探索尚未被人类意识到的“人类自己的界限”。在谈论意大利作家埃科的《玫瑰之名》（顺便说一句，这是我看到的最好的小说题目之一）的时候，张大春对此另有总结，认为小说是在探索“被禁止的知识”。无论是伊凡·克里玛还是张大春，他们的谈论其实闪烁着一种“道德承诺”的光芒。当然，那是基于小说写作的道德承诺。

当然认真地追问这个问题，仍然可以给人带来困惑。虽然米沃什曾说过，对于写作者来说，二十世纪的历史我们还几乎没有动过。这是谴责、期盼，也是无奈的哀叹。而对遗忘的反抗，写作者尤其大陆的写作者可能会比张大春先生有更强烈的动机。尽管如此，我还是想提出，当写作者当下的文化处境得到某种程度的缓解以后，“知识的禁忌”在文化记忆尚未丧失之时可能已经被迫贬值，小说作为一种“冒犯的力量”，它所要冒犯的对象可能已经随之产生位移，并取消你的行动的意义。是的，一切仿佛都在改变，用迪伦马特的话说，祖国变成了国家，民族变成了群众，对祖国之爱变成了对公司的忠诚。与此相适应，曾经被禁忌的知识，或许会显示出新的价值。我相信，这是写作者面临的最根本的困惑之一。春江水暖鸭先知，身处海峡对岸的张大春先生，可能会比我们更早地面临着这样一个疑问。我注意到张大春先生提到他非常看重索尔·贝娄，看重他的《雨王亨德森》。碰巧，这也是我热爱的作家和作品。索尔·贝娄曾经无可奈何地表示，在这个时代，写作者将被抛到脑后，在世界末日来临之际，人文学科将应召为地下墓穴挑选墙纸。听起来就足以让人汗毛倒竖！但他确实道出了部分实情。无疑，写作的意义，小说的意义，需要重新评估。张大春从最早的庄子的寓言故事，说到司马迁的《史记》，再说到埃科和卡尔维诺（这二位也碰巧是我喜欢的作家），小说随着斗转星移而历经种种演变，从中我们或可得到某种启示，以便重新找到小说叙事的动力。

这本书中最精彩的部分是张大春对具体的小说写作技巧问题的阐述，即张大春的小说修辞学。读到他关于小说语言的一段文字，我差点站了起来。因为在七八年前的一段文章里，我也说过这样一段话。如果我没有记错的话，那篇短文是发表在《青年文学》杂志上的。现在读到类似的论述，我可谓遇到了知音。没错，当代小说家最重要的修辞学，就是清理和检验那些“语言的尸体”。这些尸体像粪便一样从播音员漂亮的嘴巴里喷出，它们散落在各种报纸的头条，严重地污染着人们的感官。我被张大春先生的议论完全吸引，是在读到张大春对那个有名的“公案”的分析之后，我说的“公案”是指鲁迅《秋夜》的开头：“在我的后院，可以看见墙外有两株树，一株是枣树，还有一株也是枣树。”惜墨如金的鲁迅为什么不直接说“有两株枣树”，而要说“一株是枣树，还有一株也是枣树”？我在高校教书时，也曾向学生分析过这个公案，我是从“形式的写意”上分析的。现在看了张大春的分析，我顿觉自己的分析有些勉强。张大春注意到了句子中的“可以看见”四个字，即鲁迅是“为读者安顿一种缓慢的观察情景”，为的是引领读者接下来仰起脖子，好观察枣树上方那“奇怪而高”的天空。由此我想起海明威《永别了，武器》的开头，海明威用“望得见”一词为读者安顿了一个观察视角，让读者去看河心的那些大圆石头。类似的例子还有《百年孤独》的开头，作者引领读者看的也是河心的那些石头，它们宛如史前动物留下的蛋。看来，如此的看头，实为引领读者从现实世界进入文学世界的便捷小径。张大春书中类似的分析不胜枚举。如果你碰巧遇到他在分析一篇你熟知的小说，譬如，乔伊斯的《死者》、埃科的《傅科摆》，你都会发现张大春可能有更深入的读解。如果说有什么不足，我想张大春在分析具体文本的时候，其实可以更多地联系当代生活经验。因为对任何文本的解读，都是为了让读者更好地用当代生活经验去理解小说家所呈现出来的经验。

我自己非常感兴趣的是，张大春对“百科全书式的小说”的关注。就我所知，大陆的耿占春先生对此也有精妙的分析，耿占春在关于我的小说《花腔》的一篇论文中，就曾指认《花腔》是一部“百科全书式的小说”。耿占春和张大春都引用了卡尔维诺在《未来千年文学备忘录》里的一段话：“现代小说是一种百科全书，一种求知方法，尤其是世界上各种事体、人物和事物之间的一种关系网。”张大春说，这种小说“毕集雄辩、低吟、谵语、谎言于一炉而冶之，如一部

‘开放式的百科全书’”。我想，这种小说部分地偏离以讲述“个人经验”为主旨的“说书传统”，为的是激活并重建小说与现实和历史的联系。之所以会出现这种类型的小说，当然是因为小说家对已有的历史范畴和观念产生了怀疑，对“说书传统”在当代复杂的语境中的作用产生了怀疑。我想，最重要的因素还可能是，它要表明小说家对单一的话语世界的不满和拒绝。小说家在寻求对话，寻求这个世界赖以存在的各个要素之间的对话。

我得承认，我在阅读《小说稗类》的时候，能够感觉到我与张大春先生之间存在的差异，这种差异可能源于写作语境的不同。对张大春先生自况的“工匠精神”以及他对写下了《动物庄园》的奥威尔的不认同，我可能另有看法。张大春引用米兰·昆德拉的话说，奥威尔的小说有某种“恶劣影响”，是伪装成小说的“政治读物”。不能因为书中“看不见少女和她盛满水的水罐”，就断定这部小说没有“窗子”。其实，奥威尔的小说也是庄子所说的“卮言”，是“酒杯中的水”，它也是庄子笔下的“罔两”所说的“蝉蜕的壳，蛇蜕的皮”。在张大春先生渐渐陌生的语境中，那种小说可能是真正的屡遭铲除的“小说稗类”。而当我这样说的时候，我得承认，我对张大春先生所身处的具体语境确实有某种钦慕。我想，如果我处于那样的语境中，我或许也会做出类似的判断，但我现在不会。我想，这也是小说家的道德承诺，是张大春先生可能已经淡忘的小说家的一种“伦理的律令”。对小说家来说，或许更紧要的问题在于，如何带着这种“道德承诺”，这样一种“伦理律令”，站在一切话语的交会点上，与各种知识展开对话。

对一本书的阅读，是对作者的尊重，也可能是对作者的偏离。因为这是一本值得小说家和读者阅读的书，我想我或许能看到更多有价值的讨论。

# 读《朝霞》

## 一、敬　　意

我首先要向吴亮表示敬意。今天在座的读者朋友都需要知道吴亮。在中国，先锋文学、先锋艺术的概念是谁最先提出来的？就是眼前的吴亮先生。我第一次见到吴亮是在一九八六年秋天，当时他的模样就像狮子王。在一九八四、一九八五、一九八六年，在文学艺术重要的转折关头，作为批评家的吴亮和他的同道们，深度参与了文学艺术的重新建构，这对后来的文学史产生了深远的影响。

九十年代以后，一批知识分子、一伙杰出的批评家，从身体到身份转向了高校，生活在高墙之内，变成了所谓的学院派知识分子。其中很多人不再直接面对文学现场，与当代文学的发展脱钩了。他们退回到脆黄的册页，退回到了不及物动词。也是有趣得很，他们中有些人后来突然认为自己是体制外的人。前两天我还跟他们开玩笑，拿着政府那么多的科研经费，研究的是鲁迅哪一天跟谁吃茶，南湖的船上坐了几个人，最后却说自己生活在体制外。他们说，哥们儿，这你就不懂了，这是向鲁迅学习。刘和珍君是要纪念的，北洋的高薪也是要领的。原来这就叫作学问。他们声称不再关心当代文学。他们通常是这么说的：八十年代以后的小说，我一篇也不看。这种态度有点像女孩子对待前任男朋友：既看不得你过得不好，又看不得你过得比我好。

吴亮也就是在这个时期转向了艺术批评。看到吴亮去写艺术评论，我不由得为中国当代文学感到遗憾：当代文学失去了一个有判断力的人，失去了一个重要的操盘手。不过，虽然不再去写文学批评，但吴亮实际上只是临时换了个战壕，仍然置身于艺术现场，仍然处于艺术创作的一个大的场域。吴亮仍然保有批评的活力。现在吴亮终于又重新回到了文学，不仅直接介入文学批评活动，主编重要的文学批评刊物，而且还身体力行写起了小说。朋友们，胡汉三又回来了。

吴亮这次带来的是《朝霞》。这本书让我惊呆了，我感慨万端，一时间却又不知道从何说起。我想，这本书应该是二十一世纪以来，到现在为止非常重要的文学收获。但是，如果具体地谈论这本书，我又觉得很困难。人文社编辑邀请我跟吴亮先生对谈《朝霞》的时候，我的第一反应是拒绝的。要对话，必须有相等的资历和智力。我觉得我没有资格跟吴亮对谈。但是在接到短信那一刻，我在开会，我就随手在一张会议的议程表背后写了这么多感想。看到了吧，密密麻麻的。不过，写的是什么，我现在也看不懂了。但关于这本书，我其实还是有话可说的。

## 二、比　较

人文社编辑的微信上有一句话，《朝霞》是批评家中的批评家写给作家中的作家的书。这当然没错，我觉得另一种说法也可以成立：这是批评家中的作家写给作家中的批评家的书。据说这本书的题目来自尼采：还有无数朝霞，尚未点亮夜空。尼采还有一句话：对一个哲学家的最高赞美，就是说他是个艺术家。所以，我称吴亮是批评家中的作家，吴亮应该不会生气。实际上，吴亮的批评文章，雄辩、恃才傲物、吃人不吐骨头，本来也都是可以当文章看的。他本来就是批评家中的作家。

吴亮刚才提到，是金宇澄鼓动他写出这个小说的。那我就从这里谈起。金宇澄先生，一个我非常尊重的作家。《繁花》和《朝霞》写的年代、写的对象、故事发生的地点，都有很多重叠，但是写得却完全不一样。这两本书形成了非常有趣的对比，可以做大文章的。

我先粗略概括一下：金宇澄的《繁花》是以个人方式完成的集体写作。什么意思呢？《繁花》里面的故事，我作为一个曾经在上海生活过几年的人，几乎都知道。金宇澄作为一个非常有成就的编辑家，一个喜欢吃喝玩乐的人，一个像我一样经常在酒场上混的人，这些故事他都听别的朋友、别的作家讲过无数遍，在口耳相传中它们被加工、被打磨、被赋予了越来越多的信息。然后金宇澄对它们进行重新编码和整合，把它们纳入了自己的叙事轨道。这有点像施耐庵的写作。施耐庵写一百单八将的时候，那些人物、那些故事，都已经经过无数人的口头加工。所以，我说《水浒传》是集体写作。我觉得，金宇澄先生是施耐庵意义上的作家。金宇澄和施耐庵都是以个人方式完成了集体写作。《繁花》获奖无数，但它获得的第一个奖是施耐庵文学奖，也算是实至名归。

而《朝霞》这本书呢？前面提到小说题目来自尼采。小说出场的第一个人物，则来自巴尔扎克：邦斯舅舅回来了，自然博物馆里的人来看他。它由此预示着，小说是在哲学和文学的经纬交织中展开，同时又告诉我们，这个作者是汲取了所有知识的人，他也是从博物馆里走出来的。自然博物馆是个什么东西？知识的马蜂窝。自然本身不构成知识，自然的东西到了博物馆就成了人类的知识。这本小说由此可以看成人类知识的大汇集，吴亮由此捅了知识的马蜂窝。所以，这部小说首先可以看成关于知识的小说，关于知识的小说当然可以看成集体写作，它是对知识的记录，是与知识展开的对话，总体而言，可以说这本书是用各种知识来完成的个人的写作。这一点刚好和《繁花》形成了有趣的对比。

我们都知道，《繁花》写的是弄堂里面的市民阶级。而在吴亮这本书里面，人物的精神世界得到充分关注。他们是思考问题的人，是要认识世界的人。他们游手好闲，对社会浅尝辄止，通过书本和世界打交道。他们是在知识和日常世界、在局外人和局内人之间的界面上生活的人。

在日常生活领域，吴亮的人物生活在一个人造的城市里。吴亮在九十年代写了两组文章：一组是关于城市的独白；一组是关于城市日常生活的文章，带着某种考古性质，图文并茂。关于日常生活，吴亮关注的也是城市里的日常生活。印象中吴亮从未对乡村的日常生活投去深情的一瞥。吴亮的经验来自窗内和窗外，而不是来自原野。窗内是静寂中激动的阅读和思考，窗外是喧嚣中杂沓的电车声和脚步声，邮轮拖着长笛从外白渡桥下驶过。这是另一种经验。他与曾经下乡插队的王安忆和金宇澄不同，就像萨特与加缪不同。萨特从来不吃新鲜水果，萨特只吃水果罐头。加缪处理的是地中海的阳光，萨特处理的是理智之年。

我们都知道，中国至今还被看成一个乡村社会。城市文化的发展脉络像涓涓溪流一样，很细，很微弱。如今我们看到的大部分好小说，那些吸引大量读者并被高校校长推荐给大学新生的小说，比如《平凡的世界》，比如《白鹿原》，比如《丰乳肥臀》，基本上写的都是乡土生活。进一步说，他们写的都是前现代的中国。小说中的人物生活在一个战天斗地的世界，一个行动的世界。那些人物与其说是人物，不如说是植物，有四季的变化。他们破土而出，开花、授粉、结果，然后凋谢，然后又化为尘土。小说中的人物是行动的人，他们的行动构成了一个事件。他们通过行动改变命运，如果他们命运不好，那么我们会说这部小说充满了黑暗的启示。清华大学校长推荐学生阅读《平凡的世界》，就是要对学生说，你要通过行动改变命运。对人物的那些行动的追踪，对一个有头有尾的行动过程的描述，构成了一部小说。

但是，毫无疑问，知识的世界日益成为我们生活的世界，城市生活日益成为大多数中国人的日常生活。对这样一种生活的描述，显然必须有另外一种方式。不然，你的小说就不会真正具有现实感。库切，说起来也是一个获得诺贝尔文学奖的作家，但却没有几个中国读者喜欢。我曾写过一篇关于库切的书评，我说，除了马尔克斯，三十年来马尔克斯的诺贝尔文学奖同事们，他们在中国的被冷落，几乎是他们的必然命运。为什么？我们不习惯那些表现知识的小说，我们不习惯那些充满对话精神的小说。我们学习了巴赫金的对话理论，但我们却对那些书写知识与知识的对话的小说提不起兴致来。在我们的意识深处，我们还是乡村秀才。而对那些不是乡村秀才的人来说，他们又认为生活在远方。一个挥动锄头的劳动者的剪影是美的，他的汗水是美的，晶莹透亮，是以液体形式呈现的沉重的喟叹。而倾听勃拉姆斯，查阅《韦氏大词典》并寻章摘句的马立克母子，虽然他们思绪万千，带着无限的柔情，但他们的剪影却好像没有生活的质感。

而实际上，对后一种生活的描述，对于中国的作家而言，才真正具有挑战性。必须找到一种叙述方式，与这种生活构成对应关系。《朝霞》在这方面展示了它的方式。这种方式，与那些描述乡村生活的小说完全不同。正因为不同，我们从中获得了一种新的现实感。

## 三、另一种细节

如今，生活在城市里的人，这些读书人，有那么多繁杂的思绪。你在物理世界里从东走到西，但你的脑子却是从南走到北。那些思绪、联想，纷至沓来，难以归拢。对这种生活的描述，在中国不是太多了，而是太少了。我们在生活中可能是这样的人，但只要诉诸笔端，很多时候我们的作家不愿意、不习惯，也不能把这些思绪用一种可以与它相适应的方式呈现出来。但对于汉语叙事文学而言，这个领域必须打开。

没有人规定，只有行动才会带来细节。但是我们惯常的阅读经验告诉我们，细节指的就是人物的行动、人物的姿势、人物的一颦一笑。它就像一块块泥巴，被作者捏来捏去，糊到人物身上，最后构成了一个人物形象。我要追问的是，那些纷乱的思绪怎么就不是细节了呢？聪明的阿诺，笨拙的阿诺，当他的初吻献给一个熟妇的时候，他的自尊和胆怯怎么就不是细节了呢？午夜梦回，当你回忆某件事情的时候，你是否同时回忆起了自己当时的心理？那些心理的波动，为什么就不是细节？它们为什么就不是一部小说的肌理、一部小说存在的物质基础？球有它的球性，小说有它的小说性。只要它是可感的，能够触发人的思考，引发人的感喟，使你在回忆中陷入更深的迷茫，它就属于小说，它就是小说的细节。

我提到了“可感的”这个词。也没有人规定，“可感的”必须是“可视的”。音乐并不“可视”，但仍然“可感”。但我们确实习惯于将“可感的”视为“可视的”。为了突出那种“可感的”效果，很多小说罗列了大量的物象、事件、新闻串串烧。好像作者的眼睛很大、很亮，大如牛眼，亮如狗眼。为此，我们不惜将主人公写成傻瓜。他只看不想，就像个傻瓜。我们知道，福克纳第一次写到傻瓜，就是为了突出那种“可感的”效果，他是为了引发人的思考。你不想，我替你想。福克纳的傻瓜一旦诞生，成群的傻瓜接踵而至。到今天，我们可以看到很多作者在叙述历史的时候会选择一个傻瓜作为主角。这些傻瓜都没有什么变化。孔子说，刚毅木讷近仁。可他们一点也不刚毅，只是瞪着眼睛看，作者就非常宽容地让他“近仁”了，糊里糊涂地就安排小说接近了某种所谓的历史真相。其实，在傻瓜诞生的国度，也就是美国，傻瓜是有变化的。先是变成了辛格笔下的吉姆佩尔，辛格用这个傻瓜来写这个世界的不仁不义。然后，这个傻瓜又变成了索尔·贝娄笔下的赫索格。在座的朋友有的可能不知道，赫索格可不是一般的傻瓜。他每天都非常着急地思考一切问题，脑子从来都不闲着，脑子里的那个开关那个频道从来就没有关过。某种意义上，当代知识者或城市人更接近索尔·贝娄笔下的人物。国事家事天下事、教授一级和二级、生旦净末丑、神仙老虎狗，什么都要考虑考虑的，都要放在舌尖上咂摸咂摸的。幸亏还有一层薄薄的头皮把我们的脑袋给裹住了，否则脑子里面的那些东西都会蹦出来，呼啸而去。这些东西，是不是细节？

傻瓜东渡，当美国的傻瓜越过太平洋到了中国之后，傻瓜们竟然都不思考了。作家们却说，不是我不思考，他是傻瓜啊，他不会思考啊。谁说人家不思考？你无法写出这种思考，那是你的美学观念出了问题，或者说是你的能力出了问题。我看到过很多模仿《局外人》的小说。《局外人》的主人公默尔索好像也是个傻瓜。但他们模仿的只是《局外人》的第一部，模仿的是它的语调，然后这个家里死了个人，那个家里也死了个人，都要去奔丧。在死亡面前，他们都是一副事不关己高高挂起的样子。确实就像傻瓜。稍微聪明一点的作家会变那么一下子，写老婆生了孩子，要回去当爹喝喜酒，但他的表现呢，却好像那孩子是别人的，回到家里也东张西望，不悲不喜。确实更像个傻瓜。但不要忘了，《局外人》的第二部是写审判的，所有的故事都要在第二部重新讲过，借由对默尔索的审判，人类文明的基础、人类的知识，在小说的第二部得到了重新审视。

这或许是汉语叙事到目前为止的一个短板。但是那些优秀的作家正在弥补这个短板。为了说明这个问题，我需要提到一个人：史铁生。某种意义上，《朝霞》可以与史铁生的小说放在一个叙事脉络里去研究。我觉得，在小说叙事领域，在这方面做出最高成就的人是史铁生。史铁生先生生前，有朋友约我一起去见他，我没去。我觉得那会耽误他的时间。史铁生死后，我参与组织了他的研讨会。史铁生对汉语叙事传统的开拓非常重要，无论怎么估量史铁生的意义都不过分。史铁生的小说不再去表现那个行动的世界，而是一个玄想的世界，是各种各样的印象、各种各样的思绪、各种各样的思考，由肉到灵，由心到魂。在他的小说中，人物始终在与知识对话，人物始终与自己对话，人与人之间在不停地对话。史铁生的小说从来不会搁笔于白茫茫大地一片真干净。白茫茫大地真干净也是他质疑的对象。在一切苦难之上，是史铁生无尽的仁慈。当然，史铁生这样做是因为他自己行动不便，与外部世界的联系被不幸地割裂了。但是文学发展，或者说，一个叙事传统的发展，有时候就需要这种奇遇：史铁生因个人的不幸而发展出来的叙事，某种意义上给汉语文学强行注入了一个传统。我们看史铁生的《务虚笔记》《我的丁一之旅》《记忆与印象》，都着力于此。

史铁生后期的很多作品都是无头无尾的。只有很厉害的人才敢把小说写得无头无尾。那些心智发达的人，他有那么多印象、那么多记忆、那么多经验需要表达。他扯出了一个线头，跑出来了一个线球。我觉得，吴亮的《朝霞》应该放在这样一个叙事传统中去看。有一个作家叫帕斯捷尔纳克，我非常喜欢，他写过《日瓦戈医生》，早年写过一本《几何原理》。看《朝霞》的时候，我想到了《几何原理》中的一段话。大意是说，一部真正的书是没有首页的。没有人知道首页在哪儿，就像树叶发出的喧闹的声音，没有人知道那声音来自哪里，只有上帝知道。就像在藏有宝藏的密林里，四周一片黑暗，你听到这个声音，瞬间会惊慌失措。在惊慌失措的那个黑暗的瞬间，你会再一次听到树叶的喧哗声，那些声音瞬间又涌向了树梢，涌向了顶端。树叶的声音来自风，但是风来自哪里？那是上帝的作为。然后，那些声音又涌向了哪里？涌向了夜空，没有被朝霞点亮的夜空。

这样一种写法以前有没有？有。米沃什的《拆散的笔记簿》就是这种写法。米沃什的另一本书《米沃什词典》，以及韩少功的《马桥词典》，大体上也可作如是观。前面提到的史铁生的小说，则是这方面的典范。虽然《朝霞》这本书有首页，但你完全可以从另外一个段落读起。邦斯舅舅可以在第二段出现，也可以在第三段出现。这是一部没有首页的小说。它是在知识的密林里逡巡的小说。每个段落，都是一株树。每个小节，都是一片丛林。读者会迷路吗？很可能。但这是知识者的遭遇。这样的书会畅销吗？不可能。但这是吴亮、史铁生、库切在中国的必然命运。我倒认为这是正常的命运。一本书在寻找它的读者。优秀的读者会再次把它从书架上取下。优秀的读者，同样会扯出一个线头，拽出一个线球。

## 四、记忆力

吴亮显然具有非常好的记忆力。七十年代的那些神经末梢的颤动，他竟然还记得那么清楚。我的意思并不是说，它们在记忆中还保持着原样，从未改动。里尔克说，一个诗人，他必须经历过很多事情。他必须经历过异国他乡的条条道路。他必须在大海边待过，那惊涛拍岸的夜晚，群星闪烁的夜空。他需要经历过许多爱情之夜，那些爱情之夜在别人看来大同小异，但是他本人却觉得迥然不同。他必须在孕妇的床前待过，孕妇忧戚的面容其实是她对未来的憧憬。他还必须在垂死者的身边待过，但是打开窗户，窗外又传来了喧嚣的市声，那是人间。当所有这些事情，在你的脑子里多到数不胜数，这时候你最重要的是要学会遗忘。仿佛它们从未发生过，无影无踪。但是某一天，这些消失的事物会再次回到你眼前，栩栩如生，难以名状。只有在这个时候，你才可能写下第一句诗：我是一个诗人。

你的写作，写的就是你忘了之后又来到你面前的那些词与物。我所说的良好的记忆力，指的就是你拥有这样一种能力：对于遗忘之后再次出现的那个世界，你的语言让它重新生成。

《朝霞》让我们看到了吴亮在青春期经历过很多事情。他骑着自行车，迎着风，迎着朝霞，顶着硕大的头颅，穿大街过小巷，跟一些游手好闲者、闷闷不乐者、喜欢读书却一知半解者秘密交往。他们在讨论中勇于提供答案，但又对所有答案都不自信。因为读了马克思，他们就觉得手中拿着解决问题的钥匙。他们后来的生活对他们构成了极大的嘲讽。年届六旬，站在二十一世纪第二个十年的中期，吴亮回望二十世纪后半叶思想上的蠢蠢欲动，其中又有哪些思想在继续生长？

显然，对吴亮而言，那些思考还在继续，他依然困扰于此。这也是他能够保持非常好的记忆力的秘密所在。这些思考以及困扰，很可能还会产生出新的想象、新的事实。所以，我觉得吴亮还可以写出新的小说。上次吴亮对我说，他要忘记这部小说，但必须写出新的小说，才会忘记这部小说。但这部小说，你忘不掉的。一个行动的世界，当行动结束，故事也就结束了，描写这个行动的小说也就结束了。但是，当思想成为行动本身，它就不会结束，它会催生出新的小说。

写了《朝霞》，我不知道吴亮还会不会去写晚霞。如果写晚霞，那也是晚霞对朝霞的回忆。在晚霞和朝霞之间是漫漫长夜，在朝霞和晚霞之间是乱云飞渡。它召唤着你为它赋形，它是乱云飞渡落在纸面上的影子，是你对影子的捕捉和思考。我记得这部小说最后写到了徐家汇大教堂里的白蚁。我想，更多的细节就像白蚁一样，它会将神圣蛀空，但一个思考的人会通过写作之手将它重新修复。

一个具有丰富的精神生活的人，必定是一个记忆力超群的人。他会热衷于修复自己的记忆。但是没有人知道，连他自己也不可能知道，他的修复到何时才能结束。所以我觉得，吴亮的小说写作还会持续下去。作为读者，我对此依然有很大的期待。

# 时间、语言、舌头、价值观与写作

## ——在徐兆寿长篇小说《鸠摩罗什》研讨会上的发言

这是一部以小说形式出现的文化学著作。当然，在我的意识里，《鸠摩罗什》首先是小说。这部书的分析难度非常非常大，大在哪里？大在要从时间叙述的方式去理解这本小说。我们所掌握的现代小说叙述时间的方式是从西方传过来的，它是基督教背景下的直线叙述，从起初写到末日，这个时间线索是直线式的。而佛经中所有人物的时间是循环的，是轮回，是尘世，是往生，是众生平等，也是所有时间平等。鸠摩罗什一生当中经历的时间，部分为涅槃，部分为修道，部分为传教，这所有的时间有如恒河沙数，全部是平等的。按照这个思路，我觉得徐兆寿在写这部书的时候，遇到了一个根本性问题，那就是用现代小说的叙述方式，即用叙述时间的方式来讲述一个取消时间的故事，一个没有时间的故事，这样的写作难度是非常非常大的。

时间是什么？我们每个人都知道什么是时间，只要你不问我，我是知道时间是什么的，但你一问我时间是什么，我就会茫然无解。实际上，我们同时面对着两种时间观念，一种是佛经的时间观念，东方的时间观念，轮回的时间观念；一种是西方的时间观念，一种基督教背景下的时间观念。当我们用这两种时间观念去写一个宗教人物时，去处理鸠摩罗什的所有故事的时候，就会发现这个难度太大了。里边必然包含着很多内部的撕裂，但是这种撕裂很有意义，这种撕裂也可以认为是目前东西方文化交融中的一种撕裂。我甚至觉得徐兆寿这本书是要写一辈子的，即鸠摩罗什的故事不是一次就能写完的。举个例子，比如小说的开头第一章，“你将来要去中土世界传扬佛法。当耆婆对十二岁的儿子鸠摩罗什说这句话的时候，是在迦毕试国北山上说的。那是他们告别师傅不久之后。那是在一座寺里。”所有这些非常准确的时间刻度都来自基督教，而不是来自佛经。那么就是说在这种情况下，基督教的时间观念和佛经的时间观念如何达到一种巧妙的平衡，或者维持这种平衡，我认为现在应该全部取消时间，让事件一个一个地从眼前飘过，让人物一个一个地从我眼前走过，犹如众生，但是它们之间有因果关系，这个因果关系包含着时间，但它们按照顺序走过去的时候，我要明确取消时间，它就是永恒的。

在《百年孤独》这部小说中，作者一开始便是从整个事件的中间讲起，许多现代小说故事都是从中间讲起的，作者喜欢在时间之河中间切一刀，然后才开始往前往后叙事。而《圣经》是从事件的最初讲起的，作家在写作中要怎样去处理才能平衡这种时间观念，我觉得这个问题不是徐兆寿一个人所遇到的问题，也是我们所有讲故事的人都要认清的问题。这就涉及，在西方文化背景下长大的徐兆寿，或者李洱，他在处理中国故事的时候，是怎样去处理时间叙事的。

另一个方面，我想谈谈《鸠摩罗什》里的人物。现在，我所知道的鸠摩罗什的故事有四个，即他的出生，血缘关系问题，两次破戒，他的不烂之舌。施蛰存先生也写过鸠摩罗什，他一开始写道，很多年前，群山当中一个骆驼商队过来了，骆驼脖子上挂着铃铛，鸠摩罗什的妻子落后半步，他回头看去，从他妻子俊俏的脸上看到一双眼睛，又从他妻子的眼睛当中看见了海市蜃楼，然后背后才是庞大的骆驼队。施蛰存在写这个故事的时候，焦点非常好，他把焦点放在鸠摩罗什怎样处理情欲、破戒的问题，鸠摩罗什的舌头为什么不烂。按照施蛰存的理解，是因为他接吻了。我们现在的理解当然也非常有意思，大意是说他的舌头不烂，是因为他曾经说过什么。这是鸠摩罗什的获救之舌，但是在施蛰存的写作中，是因为他的舌头接吻了，所以就出现了鸠摩罗什舌根烧不烂的情况。

前不久，在辽宁，一个尼姑也出现了相似情况，火化完之后，发现她的舌头是透明的。据说，这是个完全没有文化的尼姑，她的非常质朴的语言直逼事物的核心，直抵佛经。在这件事中，舌头这个意象非常重要，我们所说的话全部是从我们的舌尖和舌根上发出来的。施蛰存的理解就是因为鸠摩罗什的舌头沾了尘世所有的情欲，所以他的舌根不会烂，这个舌头成为人世情欲的一个象征。这是施蛰存的理解。现在我们同时也知道，鸠摩罗什在最后的遗言中提到，要照我说的去做，不要照我做的去做。不仅仅是鸠摩罗什这样讲，实际上，几乎所有伟人都这么讲。朱熹在去世的时候就给弟子们讲，一定要照我说的去做，千万别照我做的去做，因为他知道，知与行的问题从语言产生以来，从仓颉造字以来，就是一个人类存在的最根本性的问题。

所以，当语言成为一种价值观，价值观就藏在文字里边，但是朱熹说，我做的肯定跟价值观是不一样的，有差距。所以只有那些非常伟大的人物，才能体验到这种内部的分裂话语，才会说出“你要照着我说的去做，但是你不要照我做的去做”这样的话。研究这个问题，就涉及如果你是个知识分子，如果你是个作家，你就必须对所有语言行为，对知与行的关系问题进行深刻思考。从这个角度看，鸠摩罗什就不仅仅是一个佛经人物，也不仅仅是西部文化传统与当代书写的一个标准，它几乎是所有作家写作的时候都要面对的一个永恒问题。一个文人，一个知识分子，不管他是不是个宗教人物，他的根本性问题就在这里。我觉得现在徐兆寿通过这部小说就把这些问题全部触及了。

所以我作为徐兆寿的同行，我要对他表示深沉的敬意。同时，我也觉得这部书是一个典范，需要我们去认真看，这里面包含的问题不仅仅是徐兆寿的问题，也是我们所有人要面对的问题，而且这部书需要以不同方式，以及不同的人，反复地一遍遍去书写。

# 为什么写，写什么，怎么写

## ——二〇〇五年在苏州大学“小说家讲坛”上的演讲

很荣幸来苏州大学参加这个论坛，感谢主持人林建法先生和王尧先生给我这个机会。大学里的气氛让人很迷恋，我甚至有点激动。主持人王尧先生刚才的介绍，又给我带来一些压力。激动，再加上压力，我就不知道能不能讲好了。

我看过很多作家在这个小说家论坛上的演讲，虽然谈的都是小说问题，但每个人看问题的角度、方法各有不同。这很重要，因为它们构成了对话关系。这是一个对话的时代，写作是一种对话，阅读是一种对话，演讲也是一种对话，演讲与演讲之间也是对话。它可能是真理与真理的对话，也可能是谬误与谬误的对话。不过，真理的对立面不一定是谬误，谬误的对立面也可能不是真理。它是一种全面的对话关系。实际上，人类的语言活动都是对话，文学活动自然也在此列。

我想从我刚写的一篇书评谈起。我刚刚应朋友之邀，给张大春先生的《小说稗类》写过一个书评。我不认识张大春先生，迄今也没有任何联系。我只知道他是台湾辅仁大学的教授，也写小说，以前在杂志上看过他的《四喜忧国》和《将军碑》。他好像是台湾的先锋作家，与白先勇、陈映真他们不同，主要是叙述方式不同。《小说稗类》大概是他关于小说的讲稿，涉及小说创作的方方面面。在写那篇书评的时候，我能够感受到我们对小说本身的理解有很多相同的地方。当然他看得比我多，比我细，也比我有学问。我觉得他跟在场的中国大陆最有学问的作家格非先生有一拼。但我也非常明显地感受到，我与张大春先生有很多不同。同是用汉语写作，同是在二十世纪末二十一世纪初写作，为什么会有这么多不同呢？我想，主要是因为语境的差异。说得具体一点，就是他在台湾写作，而我们在大陆写作。对他来说，历史已经终结，马拉松长跑已经撞线，而我们的历史尚未终结。我们还可以感受到历史的活力，当然也可以感受到它的压力。我给那篇书评起的题目就叫《小说家的道德承诺》。写完以后，我感到问题没有那么简单。也就是说，不仅仅是写作者的语境问题。比如，同是在中国大陆写作，语境相同，感受着历史同样的活力和它的压力，很多人的写作不是同样有很大差异吗？我这种说法，很容易引起误解。我知道有人会说，你这句话毫无道理，写作当然应该有差异。不怕有差异，就怕没差异。要是所有人的写作都一样，那我们只看一个人的作品就行了，还要那么多作家干什么？所以，我得赶紧解释一下，我指的不是作品的风格、主题、情节和人物。我说的是真正的作家他为什么会持续写作，他在成名以后仍然要写作，哪怕再也达不到他曾经达到的高度他仍然要写作；小说家与他所身处的现实应该构成怎样的关系，小说家在这个时代的历史语境，对写作应该有怎样的基本的承诺。

每个作家首先要遇到的问题就是“为什么写作”。追名逐利的动机可能每个人都会有，这一点似乎毋庸讳言。本雅明的《经验与贫乏》中讲到过卡夫卡的例子。这是文学史上著名的公案。他谈道，卡夫卡的遗嘱问题是最能揭示卡夫卡生存的关键问题。我们都知道，卡夫卡死前将遗作交给了朋友布洛德，让布洛德将之销毁。布洛德违背了这一遗嘱，而是将卡夫卡的作品整理出版了。按照一般的理解，我们会说布洛德这样做，是要让别人知道他与圣人的关系很不一般，我是圣人卡夫卡最好的朋友。本雅明说，与圣人产生密友关系，在宗教史上有特殊的含义，即虔信主义。布洛德采用的炫耀亲密关系的虔信立场，也就是“最不虔信的立场”。接下来，本雅明的分析才是更要命的。本雅明说，卡夫卡之所以把遗嘱托付给布洛德，是因为他知道布洛德肯定不会履行他的遗愿。接下来，本雅明又写道，卡夫卡会认为，这对他本人以及布洛德都不会有坏处。这是一次非常精彩的行为艺术。我想，这个例子就很能说明问题，我们无法逃脱这样的世俗的动机，这也是一种“个人的真实性”。布洛德在他关于卡夫卡的传记里，极力把卡夫卡写成一个圣人，其实是不得要领的。用本雅明的说法，是“外行的浅陋之见”。当然问题还有另外一面，另外一种可能，就是卡夫卡要求销毁作品，其动机也是真实的，就是他担心自己的作品会对后世产生不良影响，他不愿意为这种不良影响承担责任，现在通过这个遗嘱，他把这个责任推给了布洛德。鸟之将死其鸣也哀，人之将死其言也善。这应该是卡夫卡心理状况的真实写照。我们以此可以看到，一个作家在面对自己作品时的复杂心理。卡夫卡的这种精神状况，可能使我们想起另外一个人，那就是耶稣：当我们把他看成尊贵的神的时候，他其实是一个失败的人；当我们把他看成失败的人的时候，他其实是一个尊贵的神。生命中不可承受之俗啊。

撇开名利因素，我想，谈到“我为什么写作”，好多人的回答都是“除了写作我什么都不会”。此类回答，我们听到的最多。俏皮倒是俏皮，但其实是敷衍之辞。我不相信，你会写作，却不会干别的。前段时间重读捷克作家伊凡·克里玛与美国作家菲利普·罗斯的对话，伊凡·克里玛对这个问题的问答真是深得我心。他说，在这个时代写作是一个人能够成为一个人的最重要的途径，正是因为这个原因，许多有才华的人将写作当成自己的终身职业。伊凡·克里玛其实道出了在集权专制以及随后到来的个人性普遍丧失的商业社会里，写作得以存在的理由。通过写作，通过这种语言活动，个人的价值得到体现，个人得以穿透社会和精神的封闭，成为一个真正的个人。伊凡·克里玛的这种说法，使我想起中国文学史上的一个名人。现在随着一系列肥皂剧的播映，他的名气越来越大。这个人就是铁齿铜牙纪晓岚。中国古代，小说家被说成是“稗官”，与“史官”相对。按鲁迅在《中国小说史略》中转述的《汉书·艺文志》的说法，“小说家者流，盖出于稗官，街谈巷语，道听途说者之所造也”。那么何为“稗官”呢？“然稗官者，职惟采集，而非创作，街谈巷语，自生于民间”。所以，“稗官”可能相对于“史官”而成立，如果是“官”也不是什么正儿八经的官。实际上，它不可能是一个具体的官职，更应该被看作一种文化身份。纪晓岚可能是中国最有名的一个具有“史官”与“稗官”双重身份的人。我们都知道，纪晓岚为一代重臣，大学士，加太子少保衔，兼理国子监事，官居一品，统筹《四库全书》的编撰事宜。这都让后人看重。但后人看重纪晓岚，比如，中文系的师生看重纪晓岚，还有另一个原因，即他是《阅微草堂笔记》的作者。当他写作《阅微草堂笔记》的时候，他的身份就由“史官”变成了“稗官”。在《〈阅微草堂笔记〉原序》里，纪晓岚的门人写道：“文之大者为《六经》，固道所寄矣。降而为列朝之史，降而诸子之书，降而为百氏之集，是又文中之一端，其言皆足以明道。再降而稗官小说，似无与于道矣。”然后，这个门人又写道：“河间先生以学问文章负天下重望，而天性孤直，不喜以心性空谈，标榜门户；亦不喜才人放诞，诗坛酒社，夸名士风流。……乃采掇异闻，时作笔记，以寄所欲言。”这段话说明，纪晓岚真正的心性，想说的真话，只能通过《阅微草堂笔记》说出来。否则，他就不是纪晓岚。所以，我以为，成为一个真正的人，真实的人，是写作者最大的动机，否则高贵如纪晓岚者，为什么也会屈尊为一介“稗官”呢？说出真实的自己，表达自己真实的想法，使自己成为一个人，我以为这是写作的动机，是小说家对自己的道德要求。

为什么写是个问题，写什么也是个问题。张大春先生在《小说稗类》里说，小说是一股“冒犯的力量”，小说“在冒犯了正确知识、正统知识、真实知识的同时以及之后，还可能冒犯道德、人伦、风俗、礼教、正义、政治、法律”，正因为这种冒犯，小说一直在探索尚未被人类意识到的“人类自己的界限”。也就是说，他认为小说的一个重要职能，就是探索人类自己的界限，为此它要冒犯正确知识、正统知识和真实的知识。我想，他所说的冒犯，大概类似于我们经常说的质疑、怀疑，并付诸写作。

确实，到了二十世纪以后，无论是哲学还是文学，还是别的人文学科，对人类的已有经验进行重新审视和反省，都是一项重要工作。分析哲学、解构主义思潮、新历史主义等人文学派得以成立，也是因为这个原因。我们甚至可以说，任何一种新的人文学派的产生，都是怀疑之后的冒犯。我最近看了库切的一部小说《彼得堡的大师》。这部小说写得好坏是另外一回事，可以加以讨论。我比较感兴趣的是库切对少女马特廖莎的塑造。这样一个人物形象，令人想起陀思妥耶夫斯基笔下的阿廖沙、托尔斯泰笔下的娜塔莎、帕斯捷尔纳克笔下的拉里沙，以及福克纳笔下的黑人女佣。她们是大地上生长出来的未经污染的植物，有如泉边的花朵，在黑暗的王国熠熠闪光，照亮了幽暗的河流，她们无须再经审查。但是，且慢，就是这样一个少女，库切也没有将她放过。可以说，书中很重要的一章就是“毒药”这一章：这个少女的“被污辱”和“被损害”，不是因为别人，而是因为那些为“穷人”和“崇高的事业”而奔走的人，为人类美好的乌托邦而献身的人，她进而成为整个事件中的关键人物，在小说的情节链条上具有非常重要的意义，她本人即“毒药”。

从这里，我想或许可以看出文学的巨大变化。陀思妥耶夫斯基和托尔斯泰看到这一描述，是否会感到挨了一刀，是否会从梦中惊醒？我想，它表明了库切的基本立场：一切经验都要经受审视和辨析，包括陀思妥耶夫斯基和托尔斯泰的经验，包括一个未成年的娇若天仙的少女的经验——除非你认为他们不是人类的一部分。所以，我认为，小说家的一个重要工作，就是对已有的经验进行重新审视。对小说家来说，这不是不道德，而是一种道德，是要从黑暗中寻找新的可能性。我想起了波兰作家米沃什的一句话，他说对于二十世纪的历史，我们几乎还没有动过。怎么能说没有动过呢？有关的历史记述早已卷帙浩繁，汗牛充栋。但他说的其实是另外一个意思，我们需要不断地重新讲述这段历史，不断地重回历史现场，不断地重新审视已有的经验。

顺便说一句，我至今仍然经常看到，有许多批评家，将当今的写作与陀思妥耶夫斯基和托尔斯泰的作品相比，以此来批判当今的写作缺乏理想，缺乏博爱，缺乏宗教。当今的写作无疑有很多问题，很多不足，陀思妥耶夫斯基和托尔斯泰的写作无疑会给我们很多启示，但是，期望当今的文学出现类似的大师，期待人们向他们看齐，我想这是一种荒唐的想法，甚至是一种无知的想法。隔着两个世纪的漫漫长夜，千山万水，怎么可能出现那样的人物呢？我甚至想说，最不像托尔斯泰的那个人，可能就是这个时代的托尔斯泰。如果说，托尔斯泰用自己的文字为他的时代命名，那么，这个时代的作家，有一个重要的工作，就是为自己的时代命名。所以，我感到与重新审视已有的经验同样重要的工作，就是审视并表达那些未经命名的经验，尤其是不同语言、不同文化背景相互作用下的现代性问题。

前些年，我看到过一篇小说，我也与格非在电话中讨论过这篇小说，就是拉什迪的《金口玉言》。他写的是一个巴基斯坦少女到签证处签证，要到英国和未婚夫结婚的故事。这个少女是幼儿园的阿姨，有自己的事业，但媒妁之言、父母之命以及乡村的贫困，使她不得不嫁到英国去，但她又从未见过自己的未婚夫。有意思的是，主人公其实并不是那个美丽的少女，而是签证处对面的一个老人。故事是从一个饱经沧桑又行骗了一辈子的老人的视角来讲述的。在这个时刻，老人告诉少女，签证处的那些人都是些坏人，他们会问你很多问题，会百般刁难，比如，你的未婚夫的家世，他的生理特征，甚至做爱的习惯，等等。如果你答得不对，他们就会拒签。所以你应该相信我的话，让我替你签到证。我们都知道，中国各个城市验车的地方都有“车虫”，就是和验车的工作人员勾结，赚取司机钱的人。如果你不通过“车虫”验车，你的车就会通不过。这个老头大概就相当于这种角色。但是这个老头，此时被这个少女的美镇住了，他平生第一次说了真话。问题是，这个少女不相信他，而宁愿相信政府的工作人员。后来，这个少女果然被拒签了。小说的结尾写这个老人面对着女孩的背影，为自己第一次说真话而不被相信感慨万端。这个故事初看上去好像很简单，其实它很复杂，可以有多种理解。比如，我们也可能把它理解为，那个女孩子其实是等着被拒签，因为她其实不愿意去英国，她更愿意和家乡的孩子待在一起，这样一种写法还能让人联想到马拉默德的《魔桶》的写法。但我更感兴趣的是，这样一个故事包含着这个时代的文化上的第三世界和第一世界之间的关系，包含着边缘与主流的关系，包含着一个信息化时代个人的真实性问题，很多问题对我们来讲都是困兽犹斗式的。我以为，我们的小说，需要对这样一种经验进行有意识的呈现，这种呈现的过程就是命名的过程。

我本人前不久遇到一件有趣的事，或许哪一天我会把它写成小说。现在都市里的有钱人，喜欢买明清家具。客厅里摆上古旧的从农村收上来的明清家具，成为一种新的时髦。北京有个地方叫高碑店，从河北去北京，离北京最近的那个车站就是高碑店。那里有一条街，卖的都是这样的家具，我在那里看到很多老外。我在那里看到一个东西，是农村喂马的马槽。店主告诉老外，这些马槽都是用来放鲜花的。老外买走自然就会用它来放花。我还看到电影《大红灯笼高高挂》里四姨太太颂莲用来敲脚的一套工具，好像有人指出过这是伪民俗。但现在店里的人告诉我，这是从什么时候的大户人家的后人那里收上来的，老外们很喜欢，中国人也很喜欢。店主说，很多明星，比如，经常在电视剧里演皇帝的那个演员，演和珅的那个演员，都来这里买东西。我觉得，在那些临着农田，临着高速公路，临着北京这样一个大都市的店铺里，每时每刻都在讲述着这个时候才有的故事，里面包含着非常复杂的文化寓意。比如，东西方的交往，传统与现代的关联，西方对于中国的想象，这样一种想象如何对中国构成了影响，并迫使我们自己改写自己的历史，以及大众传媒对生活的影响，等等。我不知道别人是怎么看的，我自己觉得这样一种复杂经验，在文学中并没有得到充分表现。类似的故事还有很多很多，不胜枚举。这是一个迅速变化的时代，一切都在发生改变。用迪伦马特的话来说，现在是祖国变成了国家，民族变成了群众，对祖国之爱变成了对公司的忠诚。用索尔·贝娄的话来说，以前的人死在亲人的怀里，现在的人死在高速公路上。这都是一些有待命名的新经验，当然我说的是用文学的方式命名，是用一定的叙述形式来适应不同的现实。叙述这一现实大大超过文学的范畴，是我们认识现实的基本依据之一。

关于小说，我们的庄子曾创造过两个词，一个是“小说”这个词。庄子是中国第一个小说家，也是第一个说出“小说”这个词的人。在《庄子·外物》里，庄子说：“饰小说以干县（悬）令，其于大达亦远矣。”它的意思是说，粉饰一些浅薄琐屑的知识以求取高名，那么距离通达的境遇还差得很远。显然这里的“小说”，与我们后来提到的小说，有很大不同。它也不是专用名词，它指的是浅薄的知识，没有虚构、讲故事的意思。但是后世关于小说的一些看法，却多少沿用了庄子的说法，并使得它最终成为一个专用名词，成为一种叙述文体的称谓。另外一个词是“卮言”，“卮”是古代盛水的器皿。庄子的意思是，语言就是“酒杯中的水”。水因为酒杯的形状不同，也会有不同的形式，所谓随物赋形。我想，在这样一个文化背景下，小说作为一种酒杯里的水，应该能用自己的方式对这种复杂的文化现实做出命名，即做出文学的表达。

当然，这样一种表达，有时候会让人感到不习惯，不舒服。我自己感觉，我刚刚出版的长篇小说《石榴树上结樱桃》，在这方面做了一些努力。当然它也让一些朋友觉得不舒服，不习惯。我写的是九十年代以后中国的乡村，这个乡村与《边城》《白鹿原》《山乡巨变》里的乡村已经大不相同，它成为现代化进程在乡土中国的一个投影，有各种各样的疑难问题，其中很多问题，都超出了我们的想象。我觉得我们很长时间以来并没有进入乡土，谈论的很多问题，都是水过鸭背，连毛都不湿的。这篇小说，我写得好坏是一回事，但一定要触及，我觉得我触及了。如果我写得不好，我当然应该羞愧，但我没有必要十分羞愧。在八十年代，有一段时间文学界讨论，说小说的写作已经由“写什么”转向“怎么写”了。现在看来，这个说法太简单了，甚至有点荒唐了。“写什么”和“怎么写”的重要性，应该说从来都是等量齐观的，而且它们密不可分。几千年前，庄子用一个词“卮言”就把问题表达清楚了。但为了谈论的方便，我想把这个问题拎出来再说一遍。又因为具体的写法可以是各种各样的，所以我只能从方法论上来谈。

有一本书，我觉得很重要，就是耿占春先生的《叙事美学》。耿占春先生在我的心目中，是一个非常重要的批评家，有很多洞见，而且他的洞见都带有自己的体温。他在这本书中谈到一种新的小说形式，就是“百科全书式的小说”。我注意到张大春的《小说稗类》里也谈到这个问题。我想，这涉及我们这个时代对怎么写的一些思考。耿占春和张大春，他们都引用了卡尔维诺在《未来千年文学备忘录》里的一段话：“现代小说是一种百科全书，一种求知方法，尤其是世界上各种事体、人物和事物之间的一种关系网。”张大春说，这种小说“毕集雄辩、低吟、谵语、谎言于一炉而冶之，如一部‘开放式的百科全书’”。说这样一种小说形式是“新的”，可能有人不同意，比如有人会说《圣经》就是百科全书式的，司马迁的《史记》和纪晓岚的《阅微草堂笔记》也是百科全书式的，你怎么能说百科全书式的小说是新的呢?对这样一种质疑，我只能张口结舌。我唯一可以辩驳的是，这说的是小说，而不是历史和经文，不然我们就不会说小说的一个非常高的境界就是“伪经”。对中国的读者和写作者来说，应该承认，我们文学传统植根于一个说书传统。传统的说书、鼓词，在皎洁的月光下，在清扫一空的打麦场上，一阵击鼓打板之后，好戏开演了。它虽然讲的都是帝王将相的故事、英雄美人的故事，但它的一个基本的思路，是通过讲述一种“个人经验”，成功或者失败的个人经验，善与恶、忠与奸斗争的经验，来概括对历史的认识，来实现对人的教化。现在，这样一种百科全书式的小说，部分地偏离这个传统。我想它的目的，是为了激活并重建小说与现实和历史的联系。它出现的背景，当然首先是因为小说家对已有的历史范畴和观念产生了怀疑，对“说书传统”在当代复杂的语境中的作用产生了怀疑。

我想，最重要的因素还可能是，它要表明小说家对单一话语的世界的不满和拒绝。小说家在寻求对话，寻求这个世界赖以存在的各个要素之间的对话。以前我们可能认为，真理就在我的手中，真理是唯一的，真理的对立面就是谬误。这种一元化的表述方式，显然是有问题的。现在的这种小说，应该是站在一切话语的交会点上，与各种知识展开对话。我自己感觉，我在长篇小说《花腔》里做了这样的努力。类似的例子其实还有，比如，韩少功先生的《马桥词典》和《暗示》也是很好的例子。大概也正因为这个原因，我对韩少功的《马桥词典》有很高的评价。据我所知，我的同代作家绝大多数是不认同韩氏的努力的。但是，这并不表明我对说书传统的拒绝。我的想法是，应该有一种小说，能够重建小说与现实的联系，在小说的内部，应该充满各种对话关系，它是对个人经验的质疑，也是对个人经验的颂赞。它能够在个人的内在经验与复杂现实之间，建立起有效的联系。至于这样一种小说，是不是属于百科全书式的小说，其实并不重要，重要的是小说内部要有这样一种机制，对话和质疑的机制，哪怕它讲的是关于恐龙的故事。

以上说的问题，有些我自己也没有想清楚，很可能永远想不清楚。更何况自以为想清楚的一些话，反倒可能是一些糊涂话。我说出的与其说是感想，是读书心得，不如说是在表达困惑，是在寻求对话，是一种求解。

在来苏州的火车上，格非先生一直在给我讲《红楼梦》，给我出了很多题，关于黛玉走路的姿势的，关于坐垫的新与旧的，非常有意思。他思考的问题，有很多切中这个时代文学写作的肯綮，涉及小说叙述资源的问题。我还是把时间省出来，让格非来谈。

再次感谢苏州大学，感谢林建法先生和王尧先生。

# 先锋小说与“羊双肠”

刚才苏童讲到了裸奔和穿衣服，很有意思。格非对裸奔的理解，也很有说服力。不过，我的理解与苏童和格非可能有点不同。

苏童讲的时候，我想到了一个跟裸奔和穿衣服有关的故事，但与苏童的意思可能刚好相反。我从上海回到河南之后，有一天与张宇、李佩甫聊天，聊到先锋小说。张宇和李佩甫都是河南很棒的作家。张宇对我说，你的小说呢，与上海啊，南方啊，那些才子的小说，很接近。张宇说，他也很喜欢读那些小说。但是，张宇随后话锋一转，说，他们有博尔赫斯，我们有羊双肠。

我不知道什么叫羊双肠。我还以为是一个新引进的、新发现的现代派作家，就问谁是羊双肠？李佩甫笑了，说，羊双肠是开封有名的小吃，就是炖羊蛋和羊肾，也就是羊腰子，那玩意儿大补。接下来他们有一句话，给我留下深刻的印象。他们说，南方的那些才子们啊，都是穿衣服的。我们河南作家呢，是不穿衣服的。我们不跟他们比衣服。比什么呢？脱了衣服，比肉！

什么意思？他们是说先锋小说家是讲究形式感的，而我们河南作家呢，不玩那个，我们拿出来的东西都是货真价实的，是实实在在的生活。石头就是石头，土坷垃就是土坷垃。说这话，是在二十世纪九十年代初。你看，同样一个词，同样一个比喻，可以有完全相反的寓意，相反的解释。我身处其中，能够同时理解这两种解释。其实我感觉，南方作家，和我刚才提到的张宇和李佩甫，其实也都是穿了衣服的。只是穿的衣服不一样，是羽绒服和棉袄的区别。所以，他们其实都是谦虚，不可太当真。

我自己觉得，前面这两位兄长的衣服，都穿得很好看。这里，我称他们为兄长，他们可能不乐意。这次我在香港称苏童为兄长，我说我给兄长敬酒。苏童脸一沉，说，杯子放下，我们不是兄弟，我们是叔侄。意思是，我们是两代作家。当时我想问他一下，我的伯父是谁？没有问，是因为我担心他也说不明白。如果我问，苏童，你的叔叔是谁，伯父是谁，我想苏童叔叔可能也说不明白。所以我没有问。这是我要讲的第一个想法。

今天听了一天会，听大家反复讲到先锋文学对后来的文学的影响。因为叔侄关系，我承认受到他们的影响，尤其是受到格非老师的影响，我们当时是同学，他是我非常尊敬的兄长。辈分有点乱了啊，刚才说的还是叔侄。我这里想多说一句，就是提醒一下批评家，尤其是文学史家：受到影响的可不仅是我们这些六〇后，也不仅仅是七〇后。我想说的是，他们的前代人也受到了他们的影响。

前代人受到后代人的影响，在新时期文学史上，是个奇怪的现象，但却是真实的。举个例子，目前影响较大的几部长篇作品，比如陈忠实的《白鹿原》就受到先锋小说很大的影响。先锋小说激活了陈忠实的所有经验。没有先锋小说在前，哪有《白鹿原》在后？陈忠实不是受马尔克斯的影响，而是受中国先锋小说的影响。先锋文学确实是中国新时期文学里面一个非常重要的存在，它的光芒辐射到不同的人，不同的领域。知青一代作家，你去数一数，看一看，也有不少人受到了先锋小说的影响。因为当时大家都在一个锅里吃饭嘛。如果把先锋文学放在一个大的文学史上进行考察，那么就有必要考虑到它究竟都对哪些人构成了影响，又如何发展出不同的方向。

当然了，这样一种“影响的焦虑”，有批评家的参与。

批评家全方位参与文学进程，从寻根文学开始，到先锋文学结束。是批评家告诉很多人，什么样的小说是好的。那是一个没有文学市场的时代。当时的文学市场，就是批评家的嘴巴。

我要说的第三个意思，与马原有关。

今天马原没来。我觉得马原是一个非常重要的作家。张清华问我要讲什么，能不能先报一个题目，因为是关于先锋文学的，所以我就想到了马原。今天马原研究专家、研究权威吴亮先生刚好也在。吴亮当时把马原的特点说得很明白，提到了马原的“叙述圈套”。提炼得非常好。马原对在座的几位先锋作家，是有影响的。

今天看马原的小说，尤其跟格非、苏童、余华最早的先锋小说比较，可能会发现马原还有自己另外的意义。

在第一批先锋小说家中，马原自己是到场的，马原的身体是到场的。马原会在小说中讲到自己的经历。马原最著名的一句话是，我是那个汉人，我写小说，我的小说是虚构的。但是，现在看，你会发现马原的小说其实带有很强的非虚构特征。马原可能是在汉藏文化的差异性中看到了自己的身体，看到了自己的身份。对这种差异性的感受刷新了马原的文化意识和身体意识。马原根本不写什么历史颓败，他对那种虚构没有一点兴趣。马原的故事都发生在现在。马原是用非虚构的经验完成了虚构的小说。

马原的这种探索，我觉得对后来的一些作家有影响，比如他作品里面大量写到身体，写到欲望，有些故事当时是可以当A片看的。当然了，到了九十年代中期以后，我们对欲望进行另外一个层面的反思，但那是另外一个话题。我想进一步说明的是，马原的小说里第一次出现了真实的人，虽然带有虚构性，带有幻想性。我并没有说，在马原小说中，自我已经诞生。自我在小说中的诞生，是文学的伟大使命，它还需要后来人的努力。但马原在这方面已有的贡献，可能会被谈论先锋文学的人忽略掉。

时间不多了，我再说一点。刚才我之所以说，我非常理解裸奔的苏童急着穿上衣服，以及格非对穿衣服的解释，是基于这么一个事实：年轻人开始写作的时候，几乎都是凭着一腔热血，凭着一种激烈的情绪，赤膊上阵，而他们在接受了文学教育，开始写作的时候，他们的写作往往是形式大于内容。这不怪他们，因为所有人都这样。只有当他们的经历越来越丰富，真正获得了失败感，那个形式，那个圈套，才会有真正的内容来填充。这个过程，就是不断穿衣服的过程。所以，衣服具有社会学的意义，这当然是我的理解。

衣服穿上了，还比较得体，这个时候，诗学和社会学才会达到某种平衡。我觉得后来的作家，包括我，也包括今天在场的艾伟和东西先生，无疑都受到了先锋小说的影响，但在开始写作的时候，就提醒自己要穿上衣服，是穿着衣服，吃着羊双肠。我就说这些。谢谢。

辑五

# 对话

# 现代写作与中国传统

## ——与作家格非对话

**吕约（评论家、十月文学院常务副院长）：**很荣幸能请到格非和李洱两位作家来十月文学院进行这场对谈。题目当中，现代写作与中国传统这两个概念，分别对应着世界传统和古典写作。今年正好是五四新文学运动一百周年，各地都在开纪念或者反思五四传统的会议。可以说，五四时期，新文学跟旧文学是对立的状态，无论是价值观念还是语言，都有很大的不同。

而格非这一代作家作为先锋文学的代表，他们的创作也是从反叛传统文学开始的。格非比较早地进入对传统文学反思的阶段，显示出了向中国传统最精深的那一部分的回归。而李洱，无论是他的写作还是他对媒体发表的一些文学言谈，都涉及我们的题目当中的两个概念。从表面上看，两位作家的观点还有些不一致，我想这恰恰是这次对谈有意义的地方。现在欢迎两位作家开始他们的对谈，先请格非发言。

## 一、传统是在追认当中被创造出来的

**格非：**大家好，非常高兴有机会来到十月文学院，在这么漂亮的地方跟大家见面！我和李洱事先没有进行过任何的交流，所以我也不知道李洱会有什么样的观点。既然我先说，我就大致先说一下我对这个问题的思考。

谈到传统跟写作的关系，我首先会想到艾略特。我三十多岁开始转向对传统的关注，其中很重要的原因是艾略特。他有篇文章叫作《传统与个人才能》。这篇文章的主要观点是说，一个年轻作家在年轻的时候怎么写都可以，但是到了二十五岁以后，如果你还要继续写作的话，历史意识必不可少。在我三十岁的时候，这个观点对我构成了很大的压力。

另外，艾略特说传统是一个大的结构，这个结构从什么时候产生是不知道的，但是我们知道有这么一个结构的存在。它的力量非常大，无论你怎么写，你都必然要跟这个传统构成对话关系。所以艾略特认为任何一个作家，哪怕是微不足道的创新，都会改变这个传统，即便是非常微弱的改变。

我认为这个观点存在两个问题。如果真的是像艾略特说的那样，一个新作家出来，这个结构就改变了。这样一来，有一个问题没有办法解释：中国古代文学的结构一直存在，从《诗经》《楚辞》开始，这个结构开始渐进地、一点一点变化，往新的方向发展。但进入现代以后，社会的变化不再是渐进的了，它出现了剧变和断裂。我们对于古典文学传统的认知不是顺延下来的，而是先对现代文学有了认知以后，再反过来去追认的。这时古典文学的传统才被创造了出来。所以这个古典传统不是本来就存在的。比如“小说”这个概念，中国过去是没有的。正是因为现代出现了短篇小说、长篇小说这些小说的分类，我们才回头来认为神话、传奇、话本都可以放到“小说”的概念里面。这些问题艾略特在他的文章里面没有很好地回应。

第二个问题，艾略特认为任何人的创作都会改变这个结构，那么我要问，很多作家被淹没了，以及有一些作家创作出了很好的作品，可是由于道德、社会等因素没有被传统接纳，那他们属不属于这个传统？当年英国的伊格尔顿就对此提问过：谁有权力决定某个作家进入这个传统？还不是要依靠社会的形态、社会的权力？还不是要依靠社会的话语系统、意识形态权力？所以说，是特殊的意识形态、时代趋势以及社会权力在遴选一部分作家作品进入传统。

我认为我们有两个文学传统，一个是古典文学的传统，另一个是现代以来被鲁迅这一批人创造的传统。这两个传统是有联系的，古典文学的传统实际上是依靠后一个传统被反过来建构的，大家不要认为它是自然地发展的。

我觉得中国进入现代国家是被迫的，是被人家打开的，不是自愿进去的。所以现代文学观念的进步实际上也是被迫的。在这个事情发生之前，中国的文学、哲学、文化一直在自然变化，这种变化和三千年未有之大变局完全不一样。什么大变局？那就是伴随着资本主义产生在全球范围内出现的“现代性”。

这个传统造成的变化，是今天大家都非常关注的话题。对于这个问题的研究、关注、思考将会帮助我们比较清楚地理清我们所谓的现代写作跟古典传统到底是一个什么样的关系。

## 二、写作需要与传统之间构成对话关系

**李洱：**刚才格非讲到的问题非常重要。我也简单谈一下我对艾略特那篇著名文章的看法。所有的写作必须放到大的谱系里面看，跟这个大的结构或谱系构成呼应关系。这是艾略特所说的历史的批评原则和美学原则。艾略特谈的是英美文学，这种情况在中国的文学里面也会遇到。

我对艾略特的疑问是，他说作家有价值的创作，是不断地牺牲自己，不断地消灭自己的个性。我对这个持有强烈的疑问。李白，具有强烈个性的天才诗人，他在传统和个人才能的关系中，完成了自己，表达了自己的个性。说李白重视传统，似乎有点不对头，但这确实是事实。

他的《古风》中“大雅久不作，吾衰竟谁陈？”的“雅”就是《诗经》里面的“雅”。他的《古风》写出了他对他之前的中国诗歌史的看法。刚才要我在留言簿上写字的时候，在十月文学院这个小院子里，我首先想到的就是李白的《古风》，所以我写下了他的诗句，“正声何微茫，哀怨起骚人”。其实李白接下来又写道“扬马激颓波，开流荡无垠”，后面又写道“自从建安来，绮丽不足珍”。李白是个天才的诗人，我们通常认为，天才都是横空出世的，好像是从石头缝里蹦出来的，但实际上，李白对诗歌史有非常精深的研究和感悟。别以为他的写作就是青春期写作，只是凭着一腔热血。李白也要把自己的写作放在一个悠久的传统里面去考量，和传统之间构成一种对话关系。

一方面要继承这个传统，另外一方面你的写作也要有变化。传统再伟大，你也不能停留在传统里面。你在传统中发现自己，但你不能重复传统。有一个非常有趣的例子。去年还是前年，曹文轩老师看到一部续《红楼梦》的手稿，他告诉我是一个苏州女作家写的，他认为比高鹗续的《红楼梦》还要好。碰巧，我手头当时刚好有一部续《红楼梦》，也是朋友推荐给我看的。后来，我去香港的时候，就带着这个续本。乍看上去，它也足以乱真。曹雪芹看到了，或许也会吓一跳。所以，当曹老师告诉我，那部续《红楼梦》写得很好的时候，我是完全相信的。

就我所知，续写《红楼梦》的人，多得不得了。但问题来了，那些作者我们几乎不知道他们是谁，因为那些作者没有写出与他们的续《红楼梦》同样水准的作品。在曹雪芹的那个年代，一部续《红楼梦》即便写得不好，也是很有价值的，因为他应对了他和曹雪芹那个时代的问题。但在我们的这个年代，即便我们写得比高鹗还好，我们作品的价值也要大打折扣。因为范式、语调都是来自传统的，感受也是来自传统的，你写的不是你自己，你跟真实的社会状况没有构成真实的关系。这种写作是无效的。说句极端的话，这个时代写得最不像曹雪芹的那个人，可能就是这个时代的曹雪芹。写得最像曹雪芹的那个人，可能跟曹雪芹一毛钱的关系都没有。

这个问题很值得我们思考。几乎所有的作家都纠缠于传统和现代的问题。我们既要对传统有所继承，另外我们又必须对当代社会的发展状况有某种回应。这时候所有中国作家的成就感或者失败感，都显露出来了。我们在处理现代跟传统关系的时候，充满了复杂性和纠缠不清的暧昧。所以我觉得今天的题目非常好，它有一个潜在的意思在里面，就是新时代的文学如何获得历史感和现实感。但这个问题确实需要大量的时间去条分缕析地探讨，不是一时可以解决的。今天的对谈可以抛砖引玉，将一些困惑先摆出来。

**吕约：**面对这个题目，两位作家的思考既有共同点，也有各自辨析的方向。那么，我们到底要跟中国传统当中的哪些部分进行对话？换句话说，作为一个现代写作者，中国传统里面的哪些东西可以真正进入现代写作当中来？而我们的写作，又怎样真正进入中国传统长河般绵延不绝的发展历程里去呢？我认为这都是非常有意义的话题，值得进一步探讨。

## 三、重新思考“现代性”的发生

**格非：**刚才吕约提到的问题，我们的五四先贤们也思考过。对待传统，他们大多采取了非常激进的立场。不光中国如此，日本和印度也是如此。“现代性”这个观念进入亚洲这些国家之后，它从社会中选择的人基本上全是激进的。保守的中间派根本没有市场。像陈寅恪先生，他说对待传统最好的态度是一方面积极吸收国外优秀的成果，一方面不忘中国民族文化之本位。这个话在今天看来是非常正确的。我们既要学习西方好的东西，同时中国文化依旧是本位，我们的主体性一定要保留下来。可是那时候没人听。

我们今天不是批评这些先贤对待传统的态度。我认为他们采取激进立场是有道理的。因为中国遭受了非常大的屈辱，你不去下大力气来改变这个社会怎么了得？鲁迅先生当时在日本，看到日本人跟俄国人打仗，中国人居然在那儿捡炮弹。这样的民族不启蒙行吗？不进入现代社会，我们连做人的资格都没有。在这个意义上，我们来考虑鲁迅他们当年的立场，会有更多的同情和理解。

所以对现代性的发生，我们要有一个清醒的认识。西方文学当中那些书写现代性的作家，像波德莱尔、卡夫卡、陀思妥耶夫斯基、福楼拜，我们今天有一个惯常的看法，认为他们的小说就是批判资本主义制度。这个看法没错，但他们批评的同时，对现代事物也暗中采取了接受、欢迎的态度。整个现代性发生之后，文学一方面欢迎，一方面又感到了强烈的不适感。这是整个现代西方主义制度当中非常重要的一面。过去强调批判太重，没有了解西方文学对现代性接纳和欢迎的一面。

我们今天所说的现代性，在很大程度上带有明显的西方中心主义特征。考虑到现代性在中国是被强行输入的，如果你不采取一边抵抗一边接纳的态度，容易造成非常多的问题。

## 四、现代写作努力在词与物之间建立最直接的联系

**李洱：**接着格非的话，我还是从一个具体的例子来讲我们跟传统的关系，那就是现代汉语的出现。现代汉语就是汉语的现代性的结果。我们现在所使用的现代汉语，同时包含了两个来源，一个是古典文学当中的白话传统，另外一个就是五四以来的文学翻译。在将西方语言翻译为现代汉语的过程当中，西方语言强行地赋予了现代汉语语法结构，句子里面包含了复杂的逻辑关系。这种变化，在五四时期表现得格外激烈，格外醒目，显得格外不一般，以致我们可以比较笼统也比较省事地称之为“断裂”。

但它怎么可能是一种全新的语言呢？不是的。白话可并不是从五四开始的。现在小学生在读《论语》，我也陪着儿子读。孔子讲课时所用的语言，与当时人们著书立说的语言，应该是两种语言，就是口语与书面语。孔子所使用的口语，现在的小学生还能大致了解其中的意思，但当时的书面语，小学生已经看不懂了。

我们的价值观一直被正式地记载在书面语里，我们用日常语言来讲述那些书面语，它与书面语里记载的价值观念，

从来都存在着某种间离。这一点，在朱熹那里表现得非常突出。朱子跟弟子们对话所使用的语言，跟他写文章的语言，是不一样的。

这个白话传统一直延续了下来。四大名著是用白话写的，但其中包含着许多诗词，它们是古老的文言顽强的延续。在这个意义上，四大名著都是杂语小说。所以我说，白话小说其实有一个非常悠久的传统。它是现代汉语的一个重要源头。

我们当然也知道，这些白话小说与我们后来看到的鲁迅的白话小说，还是有很大的不同。五四的先贤不在中国文化的权力内部看问题了，他们是站在外面看里面，从世界看中国，用外语看汉语。他们由此成为自我生活的观察者。所以，这里面有一个基本的常识，那就是一八四〇年以后，中国任何领域里的变革——当然也包括语言变革，新的白话的形成，任何新事物的出现——都首先是因为我们内在的声音在寻求一种新的表达。它纡尊降贵，寻求纾解。换句话说，我们的传统和经验是非常重要的声源，它与外部的声音构成了一个新的共鸣体，这个共鸣体发出的声音又形成了新的传统，我们现在称之为新文学的传统。

一个传统的再造和延续，都是在词与物的关系上做文章。我们的词与物之间的关系曾经是非常直接的，非常简单的。直接到什么地步？比如我们常常用一个字来指称我们的日常之物。我们用桃、杏、豆、谷这些单字，来形容我们的食物。我们用诗、词、曲、歌、赋来指称我们的文学样式，来概括文体的变化。

当外来的食物进入我们的汉语之后，我们才用双音词和多音词来称呼它们，如葡萄、石榴、地瓜干、樱桃、葫芦、白米饭。我们必须用比较复杂的词语来对应我们日益刁蛮的味蕾，我们用比较复杂的视角来对应我们脑子里日益复杂的沟回。这当然是一个极端的例子。我常常感到，现代汉语还不是那么成熟，现代的汉语叙事当然更不成熟。我们现在所做的所有努力都是为了在词与物之间建立一种有效联系，来建立起一个能够阐释自己的逻辑关系。这个工作，就是作家最重要的工作，你写人写故事，说到底都是为了这个目的。

说到这里，我想开个玩笑。有时候，我觉得最好的语言需要经过翻译的往返旅行。比如一首古诗从汉语翻译成英文、西班牙文，再翻译成汉语，而后呈现的语言就接近我们想要的语言。这方面的例子，有些很有意思。“国破山河在，城春草木深。感时花溅泪，恨别鸟惊心。烽火连三月，家书抵万金。白头搔更短，浑欲不胜簪。”我们都知道，这是杜甫的名诗《春望》。墨西哥的大诗人帕斯没有来过中国，却出版过一本关于中国的诗集叫《东坡》。他把《春望》翻译成了西班牙语。当我们将《春望》从西班牙语再翻译成汉语的时候，里面的意象出现了某种变化。

原诗中的“城”，放在唐朝，与它相关的意象就是城墙，就是宫墙，就是护城河，就是吊桥。这些非常具体的意象，在帕斯的译诗中变了，变成了广场和街道。而“广场”和“街道”是现代城市的概念。还有“烽火”，它在帕斯的译诗中变成了“火的语言”。这当然不准确，但其中的增补、替换和调整，却让我们获得一种奇异的现代感，所有意象被重新激活了。

我举这个例子，其实还有另一层意思。伟大如帕斯者，伟大如庞德者，也要用另一种语言来激活他们的想象。他们把另一种传统引进到他们的传统当中。所以，学习另外一个文学传统，一点不丢人。

## 五、守护中国文化与中国语言的特殊性

**格非：**李洱刚才讲到的关于翻译的部分，我同意大半。先说同意的部分。翻译体的语言对整个中国汉语，特别是普通话、标准语，产生了非常大的影响。由此使中国语言的内部发生了变化。

我不太同意他说的翻译旅行的问题，他认为中国最好的

一种语言到现在还没有出现，需要经过翻译的来回变化。我认为这个理解带有一点本质主义的成分。我个人认为，任何一种语言，成熟也好，不成熟也好，都能够产生伟大的作品。语言的成熟在某种意义上，与伟大作品的关联是相对的，而非那么绝对。

美国著名汉学家宇文所安曾经以杜甫的《江南逢李龟年》为例说明这个问题。这是杜甫中晚期的诗歌。他晚年一直漂泊在外地，回不了家乡，注定要死在外地了。这个时候他碰到了一个来自故乡的故人——李龟年。李龟年的出现突然把杜甫若干年前在崔九堂前、岐王宅里的记忆都唤醒了，而此时杜甫有万端的心绪，却说不出来："岐王宅里寻常见，崔九堂前几度闻。正是江南好风景，落花时节又逢君。"

中国人有诗歌基础，可以体会到他的无限悲伤。但翻译之后，这首诗变成了最最普通的陈述，很多东西都丢掉了。文化具有特殊性，这个特殊性是很难被翻译的。

我现在读杜甫觉得很有感触。你有了很多的经历，到了杜甫这个年龄你就能感觉到他的沉重。特殊性是文学里面非常要紧的东西。杜甫的诗带有强烈的地域文化特征，甚至政治特征。你们把杜甫的诗跟白居易的一比，马上就会发现他们之间巨大的不同。白居易怎么说？下雪了，穷人快饿死了，可我的身上还有一点吃的，我的家里还有火炉，那些穷人可怎么办呀？这是今天稍微有点钱的人都能达到的境界。杜甫是什么？“朱门酒肉臭，路有冻死骨。”他的经验特别尖锐，和白居易完全不同。

李洱的话，我多半是同意的。但是这种文化的特殊性，也是需要我们好好守护的。如果我们都不能理解，我们还怎么期望通过翻译让外国人理解？

## 六、继承传统是一项创造性的工作

**格非：**我上课的时候问过学生一个问题：鲁迅和莫言这两个人，在城市待的时间都比乡村要长，为什么他们几乎不写城市，而是一直在关注乡村？学生给了十七个答案。这节课之后我受到很大的启发。核心问题是，如果莫言从来没离开过高密，你问他中国乡村有什么特点，莫言肯定说什么特点也没有。但是一个人只要到了城市，你再问他乡村有什么特点，他马上就知道了。这种认识是在这样的比较当中凸显的。

我们认识中国文化，如果没有西方文化这个他者的存在，是根本不可能认识清楚的。从这个意义上来讲，他者的在场，反过来有助于理解我们自身。

刚才李洱也提到了，为什么有一些人续写《红楼梦》写得很好，一旦开始处理当代社会经验就失去了能力？因为创作是这样的：对传统的继承，一定要基于当时的现实，要进行改造。只有创造性的工作才称得上是继承传统，或者说才能称得上是跟传统对话。对话是创造性的，不是把原来的东西搬过来。

当年司马迁的《史记》继承《春秋》就是这样。孔子谢世五百年之后，司马迁的父亲说这个责任落到我们身上了。可是你把《史记》的文章跟《春秋》以及《左传》相比，你就会发现其中的变化太大了。所以司马迁就是在创造性地继承传统。很多话司马迁不敢说，通过特殊的笔法说出来，这是来自《春秋》的，这里面有继承。

**吕约：**“现代性”是现代写作经验的核心。刚刚格非通过时间、空间两个范畴在现代以来发生的变化，对“现代性”做出了解释。李洱则从时空变化出发，进而提出了另一个关于传统与现代的重要问题：语言。他认为写作就是要努力在词与物之间建立最直接的联系。他举了杜甫《春望》的例子。这首诗从中文翻译成西班牙文、英文，辗转又被重新翻译成中文，使用的词语发生了变化，我们对诗的感知也就不一样了。而格非则从中国文学与中国语言的特殊性上对此提出了自己的异议。这种观点的碰撞可谓十分精彩。

## 七、写作像泡咸肉，是盐与盐的对话

**李洱：**“翻译旅行”当然只是一个极端的例子。帕斯译得很漂亮，还有很多诗，译回来的时候就不能看了。李清照的“寻寻觅觅，冷冷清清，凄凄惨惨戚戚”，林语堂把它译成了英语，再译回来就变成了“那么暗，那么浓，那么沮丧，那么阴冷”。我想，这是因为这几句诗里面没有意象，里面没有一个物质性的文化的东西，没有一个抓手，所以没办法译好。

先把这个例子放到一边。我前面提到，对写作来说，不断调整和建立词与物之间的关系是最重要的。写作的时候，个人有“在场”的，也有“不在场”的。我前面提到的那部《红楼梦》的续集，作者其实“不在场”。这里我借用一个概念，叫“不在村地主”，各种说法，略有差异，有的说法叫“不在乡地主”“不在地地主”。

这个概念要说的大概是这样一个事实：一个地主不在自己的地盘上住了，但地还在他的名下。他虽然是个地主，但对隶属于自己名下的那片土地上的人和事，那些佃农们的生活，其实都是两眼一抹黑。你续写了《红楼梦》，但你是个“不在村地主”，你是听佃农们的汇报和想象来了解那片地上的生活，然后就装模作样胡乱收租。你完全不在场，可到头来你还认为你在有效地进行着管理。所以你的这部续集哪怕写得再漂亮，知识再丰富，也是无效的。

罗兰·巴特提出，当代写作需要更多的知识，更多的趣味。我也忠实于这样的说法。当代作家的使命，就是要不断创造出新的个人趣味和个人语言，换句话说，就是创造出个人修辞，当然它必须置身于一种与传统的对话关系之内。

前两天在杭州，在天目山上吃早餐的时候，我和欧阳江河讨论起了咸肉的吃法。他觉得咸肉太咸了，很难入口，好吃是好吃，但是伤身啊。我说用水泡啊。他说把咸肉泡进清水里，肉里的盐分还是很难析取出来。我说，要使咸肉变淡，首先要与那块咸肉构成“对话”关系。泡咸肉的时候，水里必须也放上盐。水里的那一点点盐，把咸肉里的盐给激活了，它会自己跑出来，肉的咸度就能有效缓解。

写作就和泡咸肉一样，是盐与盐的对话。传统的写作当中作者的经验是在场的，当下你的写作也必须保持着经验的在场，这样才可能与遥远的盐构成对话关系。这样写作才有效，这块咸肉才能够吃到嘴里。

**吕约**：这是个绝妙的比喻！对传统的理解什么人都可以谈，哲学家肯定要比我们谈的更深刻；历史学家会谈到考古问题；而作家最为独特，是带着自己对世界的理解、个人写作经验和对语言的处理经验来谈的。李洱的比喻真是精辟又传神。

最后我们回到写作实践这个层面，我们关注的是，创作者该怎样借鉴传统当中的有效部分？我们所说的那个传统的意义到底是什么，需要怎样重新解释和激活？两位作家都是以探索性、实验性的先锋姿态登上文坛的，早年可能得益于西方文学，而随着年龄增长，心态也发生了变化，开始处理传统的问题。那在你们的写作实践中，是如何处理与传统之间的关系的呢？

## 八、写作的困难，是在不变中看到变

**李洱：**我就说一个有趣的经历吧。有一年在瑞士，我住在朋友家里。那个朋友是个议员，有个院子。有一天，树上掉下来一个很小的水果，扎在篱笆上。我不知道那是什么水果，拿起来闻了闻，还是不能确定。我觉得它的味道很像苹果。但不会是苹果吧？因为它那么小，而且这棵树很高，比两层小楼还要高。

我去问我的朋友。朋友说这确实是苹果，这棵树已经一百零二年了。然后又指着邻居的院子，说那边的那株树已经一百零三年了。一百年内，那座城市的街道、建筑、果树几乎没有发生变化，稳定得就像《红楼梦》里贾府门前的石狮子。而我们这边呢，我们的苹果树永远也长不大的，出现了新品种，旧品种就会被砍掉，所谓七八年再来一次。中国社会的变化太快了，快得好像超出了人类的智力和想象力。

这个故事我有一次开会的时候讲过。刘震云先生当时在场，他听完当即说，李洱完全在胡扯。刘震云先生说，他三舅舅家的院子里也有两株树，一株是苹果树，另一株也是苹果树。三舅舅还告诉他，那两株树一株树龄是一百零四年了，另一株也是一百零四年了。反正比我说的还多一年。这个时候，坐在我旁边的刘庆邦先生笑了，悄悄说道，李洱你尽管放心，据我所知，刘震云没有三舅舅。果然，刘震云先生讲着讲着，三舅舅就说成了三叔，而两株树则变成了三株树。

当然这只是个玩笑了。但从玩笑中你们可以感觉到，我和刘震云先生看问题的角度是不一样的。在他的作品中，不管世界怎么变换，悲欢离合也好，时移势易也好，他笔下的世界是宿命的。刘震云先生习惯在变化当中看到不变，在所有的现代性当中看到传统，看到一个不变的规律。刘震云的写作也因此有如庖丁解牛，恢恢乎游刃有余。

在不变中，我不能不看到变。所以我在表达世界的时候，就变得非常困难，常常感到力不从心。这是两种态度。作家对待传统的态度不一样，作品的美学风格也不一样。如果要寻求一个如何对待传统的标准答案，这个答案大概是不存在的。现代性问题还是进行时，哪有标准答案啊。如果你认为它有，而且还要宣示于人，那估计只能害人害己。

## 九、建立现代中国文学的主体性，是中国作家最为紧迫的任务

**格非：**前不久，我在瑞典文学院，其中一个成员在提问环节里突然提到，诺贝尔文学奖当年本来是要颁给鲁迅的。他们当时通过其他人来询问鲁迅本人的意见。鲁迅说，我是不够格的。我是在瑞典听到的，所以可以认为这个事情真的发生过。大家想想，鲁迅为什么拒绝了？这不是一个简单的问题。中国现代文学至今一百多年，鲁迅放到世界上任何一个地方，他的伟大都是毋庸置疑的。

莫言先生毫无疑问是中国当代最优秀的作家之一，由他来代表中国新时期以来的文学成就，获得国际文学界的承认，我认为是理所当然的。但我认为，中国文学的主体性在世界范围内尚未真正确立。举例来说，汪曾祺的作品在国内来看当然是一流的，但在欧洲没有很大影响。虽然他在中国

文学史当中受到了很高的评价，但放在整个国际的语言体系中，我们所说的中国特殊的“在地性”的经验，仍然很难被理解。这涉及整个世界的文化和文学语境。也就是说，无论如何，中国作家必须介入这个语境中来。

另一类写作，就是完全没有或很少有中国传统、历史、现实的特殊性，在所谓“地球村”的幻觉中，对西方或国际的文学语境采取完全迎合的态度，这也不是正途。当年，陈寅恪先生在德国读《资本论》的时候，他的中国文化的根基非常强，这样的中国学者，才可能通过思考和著述提供自己的文化贡献。但是年轻一辈的作家，在历史意识这方面有很大的欠缺。

我猜测，正因为中国文学主体性远远没有建立起来，鲁迅先生会认为自己不够资格得诺贝尔文学奖。他当时究竟如何考虑这个问题不得而知。但如何建立起主体性，是中国作家最为紧迫的任务。

今天这个题目非常好，我们讨论得很细致，但具体问题可能得不到答案，我和李洱也不过做了一个导言。当年康有为、梁启超那些现代思想家，他们孜孜以求的，就是如何建立现代中国的主体性。在如今的文学中，这个问题依旧非常重要。

**吕约：**感谢格非和李洱先生。这两位“作家中的作家”，带着他们深厚的创作经验，带着他们对于现代写作与中国传统关系的深入思考，为我们呈现了一场精彩纷呈的对话。“摩诘文殊同说法，少陵太白细论诗”，用钱锺书先生的诗来形容今天的对谈再合适不过了，智慧与美的胜境，正是在对话中敞开的。对传统与现代的关系的讨论，从五四一代的知识分子那里就已经开始，一百年过去了，这个话题不但没有终结，而且在新的时代语境下，获得了新的意义。正如格非和李洱先生所说，这个问题没有标准答案，在不断对话中前行，才是真正的现代精神。

# 大众媒体时代的虚构叙事

## ——与麦克尤恩、格非对话

**李洱**：欢迎各位朋友来到中国现代文学馆，参加麦克尤恩先生和格非先生的对话。我把这场对话看成英语世界和汉语世界的对话，鉴于两位作家在英语世界和汉语世界所取得的巨大成就，我想这场对话会是一场高质量的对话。而正如这个题目所说，在大众传媒高度发达的历史时刻，每个作家都必须面对新的现实，必须用写作对这个时代做出新的应对。两位作家都取得了巨大的成就，而且对这个时代的叙事艺术深有研究，所以我期待着这场对话是一场非常高质量的对话。

中国现代文学馆是中国现代文学、当代文学的资料中心、研究中心、活动中心，从今天开始中国现代文学馆将举行一系列高质量的、真正高端的学术对话。这场对话由上海译文出版社和中国现代文学馆共同承办，麦克尤恩先生作品的翻译、上海译文出版社的编辑、著名小说家黄昱宁女士和中国现代文学馆常务副馆长刘方先生为这场对话的举行付出很多努力，我们也向他们表示感谢。

我是李洱，今天由我来担任这场对话的主持，以前我都是作为嘉宾参与对话，这是我第一次主持学术对话，这是我作为主持人对话的“处女作”。

列席今天对话的有鲁迅文学院的青年作家，有北京师范大学、中国人民大学、清华大学、北京大学的学生和一些老师，有中国现代文学馆特聘研究员和客座研究员，有撰写麦克尤恩先生硕士论文、博士论文的一些专业研究者。

虽然在座的朋友都对麦克尤恩先生和格非先生非常了解，但是我仍然有必要简单介绍一下两位作家。

伊恩·麦克尤恩先生，毛姆奖、布克奖、耶路撒冷奖得主，他的多部小说被改编成电影，我本人大概在十年前开始看麦克尤恩的小说，第一部小说是《阿姆斯特丹》，后来也陆续读了他的《星期六》《在切瑟尔海滩上》，上海译文出版社这次集中地一次性推出他的十六部小说，这是只有经典作家才能享受到的待遇。当然这也说明麦克尤恩先生在汉语文学界的影响。刚才在休息室，我已经对麦克尤恩先生说，他的小说的主要读者在中国。麦克尤恩很多小说改编成电影，这个事实说明麦克尤恩先生也深度参与了大众传媒的相关活动。

格非先生，作家，清华大学中文系教授，主要讲授写作、小说叙事学等课程。我或许需要单独对麦克尤恩说明一点，格非先生任教的清华大学大致相当于英国的牛津大学。格非先生曾经也获得过各种各样的文学大奖，鲁迅文学奖、茅盾文学奖等等，我所认识的不少人告诉我，我们都在翻译格非先生的江南三部曲，格非先生的作品事实上已经翻译成英语、西班牙语、德语、意大利语等世界主要语种。我当然也注意到格非先生在他的小说和一系列演讲当中不断涉及大众传媒的相关话题。

两位嘉宾，既是作家又是学者。他们的阅读背景也有某种相似之处。比如，我注意到，关于卡夫卡、纳博科夫，他们都有自己的见解。在他们的作品当中，我感觉到，好像同时回荡着，我们在座的很多朋友也都熟悉的，一些经典作家的幽灵。我想这也构成了我们今天对话的一个基础。

下面对话开始，期待两位作家的一场非常精彩的对话。

我想问的第一个问题是，麦克尤恩先生，中国读者非常熟悉狄更斯，尤其是对狄更斯的《双城记》《大卫·科波菲尔》非常熟悉。狄更斯生于一八一二年，大约相当于十九世纪的维多利亚女王时代的前期，在狄更斯生活的那个时代写作，与麦克尤恩先生在二十世纪末和二十一世纪初的写作，您认为这两个时代有什么差异？这种差异是如何反映在您的作品当中的？

**伊恩·麦克尤恩：**首先能来到这里非常荣幸，并且能够和两位著名批评家、作家对话非常荣幸。今天用狄更斯起头很有意思，他那个时代是最早开始广泛重视文学与读者交流的时代，可以说在大众传媒和文学互动之下，所有读者都跃跃欲试，非常想知道小说作品里的人物到底有没有活下来。狄更斯恐怕是最早举办这种读书会与读者见面、在公众面前演讲的作家，也最早重视到作为作家接受媒体采访的重要性。我也觉得您在我们这个对话之初选择狄更斯这位作家其实是很有意思的选择，因为他是最早关注现代化变化在普罗大众生活中影响的一位作家，在他的小说当中准确描述了伦敦的铁路修建、一般工人阶级的生活和想法，他也意识到这是一个历史转折点，在伦敦铁路修建了之后，任何人都可以在几个小时之内从伦敦到伯明翰，而在过去要几周才能完成这样的旅程。所以可以说狄更斯对我们今天讨论的这个话题来讲是祖师级的人物，也是英国最早意识到要和大众交流也重视跟大众交流的一位作家。

**李洱：**事先我们三个人没有就今天的对话进行过任何的

讨论，所以今天的对话很大程度上是现场的即兴对话。我要告诉麦克尤恩先生，当格非先生对媒体承认，他读过麦克尤恩的小说，那么你的书在中国可以多卖两万册。我本人是麦克尤恩先生小说的资深读者，我很想知道格非先生对麦克尤恩先生的小说有什么样的印象？

**格非：** 非常高兴跟麦克尤恩先生在北京见面。我读麦克尤恩先生的短篇小说非常早，当时在杂志上发表的时候，我就开始接触他的短篇小说，还没有出书的时候。大家觉得世界文坛突然出现一个年轻人——在我的印象中，他写这些短篇小说的时候应该是二十多岁，具有反叛性，青春叛逆，这个印象非常深，作品给人的感觉也非常刺激。后来很长一段时间我们对麦克尤恩先生的作品完全不了解。这个年轻人在什么地方，他的生活如何，是不是还在写作？对我来说是一个问题。到了最近一段时间，大概是几年前，我的一个博士生给我推荐了他的《星期六》，我就花了一点时间看了它。再后来，就是三四天前，我用两整天时间看了《赎罪》，这部影响广泛的长篇小说。

我也许可以稍微谈一谈我对《赎罪》这部作品的一些想法。从表面上看，这部作品的中心情节是一个刑事案件：在一对双胞胎短暂失踪的夜晚，到底发生了什么事？我觉得麦克尤恩非常有耐心地在布置这个悬念，不断地往里面堆东西，建立起整个叙事的大的构架。当然我看完以后，有另外一个想法。我觉得《赎罪》这本书也是关于文学的，尤其是关于小说本身的。因为小说的开头写一个十几岁的女孩准备排演一出戏剧，由于种种原因这个戏剧没有排成，到了小说结尾的时候，主人公布里奥妮已经七十七岁，在她过生日的时候，这个剧作终于被排演出来。所以我觉得它有两个基本线索。一个线索是因中心情节而衍生的爱情故事。由于爱情尚未来得及充分展开，它是通过两位主人公之间的通信来完成的。我觉得麦克尤恩先生写他俩之间的信件往来写得特别漂亮，感人至深，尤其是在二战，在敦刻尔克大撤退过程中。

第二个线索是"有罪的人"布里奥妮混杂着幻想、错误的行为以及赎罪冲动的自我意识呈现。我对后面这个线索尤其感兴趣。因为布里奥妮有了赎罪这个冲动的时候，被她伤害的那两个人都已经死掉了：罗比·特纳和塞西莉亚分别于一九四〇年的六月和九月都死掉了。他们的爱情书信后来被保存在博物馆里面。这就出现了一个问题，就是布里奥妮这个人物想赎罪，事实上已经不可能了。作为一个小说家，她只能通过一遍遍地修改关于罗比和塞西莉亚的命运结局，来完成一个想象性的或是象征性的赎罪。这部小说让我最感动的地方恰恰是在这里。正是通过这种象征性的赎罪行为，作者麦克尤恩先生对小说在当今社会的功能进行了一番很有深度的思考。

昨天晚上，我看了麦克尤恩在人民大学的讲演。表面上看是在说一个人造人的事件，将来科技的发展，人工智能，诸如此类。但实际上，他在尝试回答这样一个非常重要的问题：在这个大众传媒的时代里，小说能够提供什么？这让我想起当年卢梭在《论科学与艺术》这篇文章里所提出的一个问题。在卢梭生活的时代，社会话语、机制与个人之间的冲突已经是让人不能忍受了。这是因为，个人的存在意义必须依赖于他人的评价，而所有人都在发出声音。文学、艺术都是在同行之间彼此取悦的舒适氛围中被生产出来的，而这样一种氛围不仅不能帮助我们确立自我，反而会导致顺从或自我的弱化。文学也好，文化话语也好，在众声喧哗中，我们在鹦鹉学舌，用海德格尔的话来说，我们是在陈词滥调中饶舌。所以，在那个年代，卢梭对文学艺术持有强烈的排斥态度。但是卢梭唯独对小说很有好感，也就是说，他在排斥文学艺术时，却对小说有重要的肯定。我也一直在想这个问题，他为什么唯独肯定小说呢？

我觉得，麦克尤恩昨天在人大的演讲当中，部分地回答了这个问题。卢卡奇曾将现代小说定义为“上帝死了以后的史诗”，也就是说，相对于传统的叙事文类，它是一个新的东西。麦克尤恩先生对小说的基本功能的看法是，小说建立了一个跟他人之间交流的极其丰富的场域。对小说的作者来说，重要的不是“我”作为作者的观念，而是小说里面的人物，作为他者，他们的思维、他们的情感。作者通过叙事者和人物，与读者在一个非常开放的场域里面进行交流。小说不是教训和说服，而是提供一种可能，使得各种不同的声音、不同的思维、不同的情感在一种尽可能排除偏见的基础上进行交流，这是小说这个独特的文体带来的非常重要的作用。

我昨天从麦克尤恩的演讲里面强烈感觉到这一点。事实上，在《赎罪》里面，从一段文字也可以看到他对这个问题的看法。在小说的某个章节里，叙事者曾感叹说，这个世界上有二十亿人（故事开始于两次世界大战之间），二十亿人都忙着要发出自己的声音，我们到底该听谁的？

从我的角度来说，我们今天遇到的一个非常麻烦的问题是，在大众传媒时代，大家都想说话，每个人的意见都是相对的，可能谁也说服不了谁。今天在中国，意识形态也好，政治观点也好，价值层面的观点也好，个体与个体之间实际上形成了一种尖锐的对立。这种对立有的时候很难通过说服、通过争辩来加以缓解。但是我深信不疑的是，小说可以提供一个更好的交流方案——也许我不同意你的价值观念、不同意你的政治态度，但是小说提供可以包容你的情感、你的价值、你的政治信念的一个模拟的空间。它可能导致这样一个后果：我不赞同你的观点，但是我仍然会被你的叙事所打动，从而对我自己固有的观点进行反思。这恰恰就是小说的优势所在。我也很赞同麦克尤恩所说的，小说在今天的大众传媒时代具有某种特殊性，是其他的文体，包括电影，很难取代的。

我先说这么多。

**李洱：**我赞同格非对《赎罪》的解读。我也觉得《赎罪》这部小说某种意义上带有元小说的性质。事实上，麦克尤恩先生的多部作品，都可能涉及元小说的问题，即在小说中讨论小说写作，涉及对小说的功能性的评价。我不知道麦克尤恩先生对格非刚才的解读有什么样的看法？

**伊恩·麦克尤恩：**首先感谢格非先生对我小说的溢美之词。我当时把这部小说交给出版商的时候跟他们说这部小说很难有读者，因为这本书主要是写给其他作家的。因为《赎罪》这部小说更多的是想反映在我们生活当中文学的力量以及想象力的力量，以及这个想象力的力量有可能被滥用。这个灵感来源于简·奥斯汀十九世纪早期的小说《诺桑觉寺》。

故事主要讲一个小女孩由于读了很多小说，导致生活中出现很混乱的事情，读这些小说对她产生很多的影响，使她的想象力无比放大，最终做出很多愚蠢的判断。

《赎罪》写的是布里奥妮作为小说家、文学家的一生，她慢慢到老，成为知名的小说家，她回顾自己过去的人生，并且认识到自己所犯的错误。我写这部小说是在二十世纪末期，回首二十世纪，这一个世纪充满各种混乱、残酷、暴行，有上百万人死亡，而这种死亡是没有必要的，可以说是人类由于自己的愚蠢造成的。

所以这部小说，我把整个对过去的回望以及反省集中在一个人的一生当中，她回忆曾经由于自己犯了一个大错，导致不可挽回的悲剧，使得两个年轻的恋人被拆散，并且最后死亡。所以她这一生都在写这部小说无数的版本，最终读者读到的是最后一个版本，但是她面临一个问题，如果小说家扮演上帝角色的话，谁来原谅上帝呢？所以在写小说过程中她其实用撒谎改变了这个结局，她这个改变可以说是不可饶恕的，但是她发现唯一能够寻求的赎罪就是在她努力赎罪的过程而不是最终的结果。所以当我们回望历史的时候也是这样，回望历史是一种非常长期而且非常艰苦的自我的寻找，通过这种寻找才能使我们获得一种救赎、赎罪，或者跟过去达成一种和解。

**李洱：**谢谢麦克尤恩先生。我刚才听麦克尤恩先生讲到狄更斯，包括自己对《赎罪》这部小说的解释，其中涉及对小说的功能性变化的认识。这是一个很重要的问题。现在我想进一步追问这个问题，我们知道，在座的很多朋友可能都知道，一九三六年的时候，本雅明发表了非常重要的论文《讲故事的人》。在这篇论文当中，本雅明提出一个观点，随着大众传媒，随着报纸、电台高度发达，远方的地平线消失了。我和讲故事的人，共享同样的信息。最近发生的沙特记者被肢解的事件，美国的读者、中国的读者和英国的读者同时知道。在这样的一个时刻，小说原本具有的揭露真相的功能被削减了，作家手中不再握有唯一的真理。简单地说，本雅明认为，小说的黄金时代结束了。

但是，也就在这一年，俄国的文学理论家巴赫金也完成了一篇论文。巴赫金认为，正是因为大众传媒的高度发达，一个有文化的、可以参与讨论公共事务的市民阶级形成了。他们了解远方的事情，并发表意见，进而影响大众传媒。作家对这样的文化状况的表达，是一种对新的现实的表达。巴赫金认为，史诗的概念在这里发生了某种位移，小说可以成为这个时代的史诗。显然，他对小说的看法与本雅明截然相反。某种意义上说，当代作家身上同时笼罩着这两种说法的阴影。所以我想追问麦克尤恩先生，你觉得在大众传媒高度发达的时代，小说的哪种功能应该相应加强？

**伊恩·麦克尤恩：**在二十世纪九十年代中期，当互联网方兴未艾之时，所有人认为互联网的兴起将成为事件在世界上广为人知最好的方式。但是对于互联网的这种乐观情绪现在已经慢慢荡然无存了，现在的人们为互联网上这些不真实的虚假信息而感到非常困惑。过去那些教育水平很一般、文化素质也很一般，只会在火车站前兜售他们这些理论手册的人，到互联网时代可以把他们很奇怪或者不真实、完全荒谬的舆论，通过互联网传播到每个角落。我们现代两个国家之间的战争完全以新的形式展开了，一个国家通过散播不实的信息可以干预另外一个国家政治的进程。

这让现在的小说家何去何从呢？对小说家我头脑中有一个印象，小说家好像站在信息或者非实信息的风暴中的人，这也给大家带来一个机遇。小说在古时或者在过去的主要作用是探究人心，揭示人与人或者人与他所处社会的关系，这部分到今日还是小说主要的功能。在我的一生中，预言小说的时代结束了，小说灭亡了，这种预言已经发生过很多次，但我个人认为小说还是会继续延续存活下去，原因是小说家会在这种巨大的信息或不实信息的风暴当中找到一个静止的中心，这些严肃小说家将在这个中心当中继续探究人心，继续研究所有的这些真相以及谎言。

**李洱：**我非常认同。某种意义上，当大众传媒所传播的事实成为一种新的现实，而这种现实有很多时候带有谎言的性质，作家的任务好像不是减轻了，而是加重了。但它对应的其实仍然是小说传统的功能。我不知道研究格非的批评家是否注意到，格非十几年前曾经写过一篇小说，我个人认为，因为这篇小说，格非可能非常早地触及了这个问题。小说题为《戒指花》。格非在这篇小说当中写到现代传媒的谎言性，这种谎言性又是如何真实地影响了人们的生活。这么多年过去了，格非对这个问题肯定有新的思考。格非，我们听你讲一下。

**格非：**二〇〇几年的时候，当时跟法国的作家写一个同题的作品，中国作家写一篇，法国作家也写一篇，题目都是一样的。给我们的题目叫“引文”。后来我在这个大题目下面写了《戒指花》这篇小说。李洱说的当然不错，在那个年代，当互联网起来以后，我们一方面会感觉到它的方便，但同时也会感觉到深深的困扰。我不认为作家在当今的互联网时代，对这个世界还拥有某种传播真理的权威，而是恰恰相反，作家通过写作，将个人的困惑纳入思考的范围，与读者进行交流并寻求认同。作者甚至在写作中也会反对自己固有的观念，这样的例子在十九世纪以来的文学史上非常多。确如麦克尤恩所说，我们正在经历这样一个从观念上来说非常混乱的信息时代，人与人之间的对话环境是完全开放的。海明威当年对作家有过这样的忠告：永远不要关心你想什么，你要关注你笔下的人物在想什么。你必须贴近你笔下的那些人物，并将他们对象化。你别把那些人物都写成你自己的一个影子，你要尊重你的人物，也就是说尊重与你对话的那些他者，跟他们之间建立真正对话的关系。通过这样的写作、通过这样的对话，实际上我们试图接近那些问题真正的核心。我也很同意麦克尤恩刚才的判断，一百多年前，比如在福楼拜的时代，已经预言过小说要死亡了，今天它并没有死亡。我也认为小说这样一种特殊的文类，在今天还是有作用的，或者说有力量的。

**李洱：**好，那我下面要问一个问题。这个问题，我不知道两位作家怎么看。我想，它可能会引起现场有些朋友的不快。我注意到，事实上我是听翻译家黄昱宁女士说的，她说麦克尤恩先生在写一部具有科幻性质的小说。最近两年，不断有人告诉我，说科幻小说已经成为中国文学的主潮。不断有人提醒我，科幻小说的兴旺发达代替了你们这些遗老遗少的作家的作品。我本人确实常常能够感觉到，科幻小说在这个时代，越来越引人注目。当然科幻小说界最近所发生的一系列事件也催生或者扩大了这样的影响。但是同时我仿佛也有一种感觉，有的科幻作家写科幻小说时，不见得对最新的科学研究成果有某种比较清醒的认识，对现实有新的感觉。与其说他们有新的认识、新的感觉，不如说他们对纷纭复杂的现实失去了兴趣和表现的能力。一个年轻的科幻作家，有可能戴上假冒的望远镜眺望未来。另外一种感觉，我也不妨代替某些人说出来。很多科幻小说，仿佛是某种观念艺术。而这种观念艺术，事实上是被格非等人所扬弃的，他们早就过于熟悉了，已经不屑于去表现了。我想问一下麦克尤恩先生，当你写作科幻小说或者在小说当中引进了科幻的因素的时候，你的这种小说，所要表达的观念和《赎罪》《在切瑟尔海滩上》这种小说的观念是否有某种不同？

**伊恩·麦克尤恩：**我刚刚完成的这部小说并不算是一部科幻小说，首先第一个原因，写的是过去，故事的背景设置在一九八二年，当然那个时代跟我们过去的一九八二年有点不同，我稍微改变了当时的科学进程以及当时的政治局势，我设置的一九八二年的科技比实际一九八二年的科技稍微先进一些。第二个原因，我这部小说写的是大家很熟悉而且历史悠久的一种情节，讲一个人人生过得很失败，有一天他买了一款形象是人类男性的机器人，这个机器人很多功能看起来跟一个普通的自然人差不多，这个机器人后来爱上了他的女朋友，三角恋肯定不是新颖的科幻题材，这是人类已经写得很烂的情节了。所以这部书里探索的是机器人是否会有自我意识，这也是我们现代经常讨论的主题。还有就是，人工智能究竟需不需要有道德感，这也是我们经常讨论的问题。所以我的这部小说，与其说写的是未来，不如说写的是现在，而我也很同意李先生刚刚说的，现在一些轻浮的科幻小说过多沉溺于对技术的畅想、对未来的幻想上，而忽略了现在。我认为最优秀的科幻小说写的并不是未来，写的就是当下。

**李洱：**我赞同麦克尤恩先生的看法。刚才他提到，故事发生在一九八二年，但那是科技远比真实的一九八二年更发达的一九八二年，人物的命运会有什么变化。建立在假定性之上的小说艺术再次面对一个假定性。很有意思。那么，我接下来想问一个问题，在大众传媒时代，在高度发达的大众传媒时代，经验的趋同性必不可免，由此创新成为一个问题。别人创新，你也创新，而且你的创新也很可能被快速复制。这个时候，一个作家的自我、这个作家成为这个作家的那种规定性，被瓦解了。这个时候，作家创新的难度，不知道比十九世纪的作家要大多少。我记得，很多年前，我听格非讲过俄罗斯作家列斯科夫的小说。列斯科夫的小说写作，好像有某种启示意义，他有一篇小说好像是直接面对这个问题发言的，是对当代写作状况的一个隐喻。你能否给大家分享一下那个故事？我记不大清楚了（笑）。

**格非**：刚才李洱提到本雅明非常重要的文章《讲故事的人》（题目的翻译可能有所不同），这篇文章主要的立足点，就建立在对列斯科夫分析的基础上。当然可能有些中国读者不知道列斯科夫是谁。我经常碰到俄罗斯作家，跟俄罗斯作家在一起聊天的时候，他们有时会跟我说起列斯科夫。在他们看来，他是跟托尔斯泰、陀思妥耶夫斯基同样伟大的作家。近几年来，他的声望还在不断上升。列斯科夫跟托尔斯泰是同时代的作家。本雅明在这篇文章里面对列斯科夫的叙事进行了研究，他的目的是什么呢？刚才李洱也提到，我们今天的经验所遭遇到的状况，本雅明把它称为“经验的贬值”。个人经验贬值了——你所知道的东西不具有独特性，别人也都知道。你的经验是相对的，具有某种同质化或者碎片化的特征。十八、十九世纪以后，文学叙事出现了一个明显的变化，那就是社会性的增加，作家们开始直接进入社会问题领域，并在此基础上写作。而传统的民间故事，通常是不直接对社会问题发言的，它往往是以寓言的方式来提供道德教训。托尔斯泰他们这些人出现以后，作家们会直接把话题切入当代社会生活的各个方面。在这种情况下，早期的民间故事的手法是不是一定要被抛弃？本雅明做出了一个特别有意思的回答。他举出了一个例子，说在当代的俄国还有这么一个作家，他依然坚持用民间故事的方法来写小说。列斯科夫的作品在中国已经被翻译出版了四五本，大家如果有兴趣可以借来看一看，特别好玩。不是说他重写了民间故事，而是他利用民间故事的方法来描述当今社会的各种各样的矛盾、困惑、社会问题，但是他的方法是纯民间故事的方法。李洱刚才让我讲这个作品叫《钢跳蚤》，大概的故事是这样的：

俄国皇帝到英国访问，英国人的科学非常先进，他们送给俄国皇帝一个礼物。这个礼物是一个盒子，盒子打开以后发现里面有一个盘子，盘子里面什么也没有，那不过是一个普通的盘子。俄国皇帝感到很奇怪，意思是，你送我这个盘子干什么？英国人说，你别小看这个盘子，盘子里面趴着一只跳蚤，这个跳蚤是用钢做的，只要把发条转动一下，在显微镜下这个跳蚤就可以跳舞。俄国皇帝试了试，还真是这么回事。他惊叹于英国的科技已经发展到这种程度，把这个器物做得这么精美，受了很大的刺激。所以回到俄国以后，他就把俄国的能工巧匠召集起来，将这个礼物演示给工匠们看，并责令他们也打造一件神奇的东西，可以显示俄国的工艺水平，他将来去英国时，将它作为礼物送给英国人。这些人领命而去。过了很长时间之后，这个器物终于做完了。什么东西呢？拿过来一看，仍然是一个盒子，盒子里面有一个盘子，盘子里趴着一只跳蚤。大家知道，这是民间故事中非常常见的叙事技巧——重复。皇帝说你们做的这个东西，跟英国人不是一样吗？他当然很失望。送这个东西来的人是个左撇子，他跟皇帝解释说，我们其实没有创造什么新的东西，我们只不过是把英国送给你的礼物改良了。皇帝说怎么改良的？这人说，我们给这只跳蚤的每一只脚都穿了靴子，我就是负责给靴子上铆钉的人。

这个故事后面还比较长，我就不讲了，大家感受一下他是怎么叙事的就可以了。列斯科夫，也许还有布尔加科夫，对民间故事的利用，对当代叙事产生了很大的影响。这是一个不为人注意的叙事进程。也有人把它称为对传统故事的“复魅”。我觉得加西亚·马尔克斯、帕慕克乃至波拉尼奥，都在不同程度上受到这个进程的影响。

既然李洱提到了这个问题，我就简单做一个回应。

**李洱：**作家是对事物的细微差别有天然兴趣的人，批评家也要关心这种细微的差别，那个差别就是创造性。时间过得很快。现在我要问麦克尤恩先生一个问题，我是替一个专门研究麦克尤恩先生的博士问的。麦克尤恩在庆祝道金斯的《自私的基因》三十周年的演讲中提到一个词：第三种文化。我对这个词也很感兴趣。在麦克尤恩先生别的著作当中，也有对“第三种文化”这个词的解释。“第三种文化”这个概念与布罗克曼所说的“第三种文化”的概念有哪些不同？你是否认为“第三种文化”是在面对所谓的后现代文化、大众传媒时代文化时，有可能产生的一种比较新的文化？

**伊恩·麦克尤恩：**“第三种文化”这个概念主要是来自一个由约翰·布罗克曼在几年前设立的很有影响的网站，网站上有大量文章。在不同领域科学发展的黄金时代，各种领域的科学家都开始向大众进行科普，并且以每个人都能理解的浅显语言解释他们领域的新的发现，这也导致人文学科的蓬勃发展。科学跟人文学科出现交织，因为科学家慢慢进入政治领域，影响我们生活中每一方面，包括政策的制定、社会问题，还有每一个普通人的生活，比如我们刚才讨论到的人工智能问题。科学家借用传统的这些语言学科、人文学科的手段来进行科普，人文学科跟科学找到了共同的平台，一起来讨论社会以及政治问题。而这种变化是由于认知科学、人工智能以及宇宙学（就是现在人类在宇宙中的位置）所有这些学科产生的变化，还有进步所带来的。尽管很多人文学科的专家或者学者，他们并不了解“第三种文化”这个概念，但其实有关“第三种文化”的讨论会一直进行，而且越来越蓬勃，以人文学科与科学技术交叉的手段来共同解决现实生活中的社会、政治问题。

**李洱：**讲得非常好。当然我的阅读视野比较有限，我注意到麦克尤恩先生的小说《追日》《星期六》，写的都是自然科学家、医生的故事。按照恩格斯的说法，所有自然科学之外的科学都叫历史科学。人文科学或者说历史科学与自然科学由此在概念上出现了分野。人文科学给我们提供的，常常是一种负面的经验。尤其是文学，它通常是对负面经验的表达。而自然科学容易给我们提供正面的积极的经验，它是对科学进步、人类进步的憧憬和向往。当小说家在作品当中处理自然科学主题的时候，他就要同时面对两种经验，作为惯性的负面经验和正面经验。我觉得麦克尤恩的一系列涉及自然科学的小说，有可能给中国作家带来启示。

# 文学是一种义务性的工作

## ——答阿伦

### 一、我很怀念八十年代

**阿伦：**有没有什么事情对您从事写作产生了影响？

**李洱：**大概是有影响的，比如我很小的时候就看小说，也想写小说。我爷爷对《红楼梦》《三国演义》熟得不能再熟，它们成了我最早的文学启蒙。我父亲是个中学语文教师，早年也写过小说。这种家庭环境可能对我有些影响。我记得，我还没有桌子高的时候，家里就放着《红楼梦》《东周列国志》《野火春风斗古城》《暴风骤雨》。我父亲喜欢书法，迄今在豫北一带，有很多人家的门匾、墓地的碑文，还有些桥梁上的铭文，都是我父亲写的。但我父亲当初的愿望不是让我当作家，而是让我当画家，甚至为我请来了一位家教。他是县剧团的一位演员，在京剧《杜鹃山》里扮演反派人物。除了演戏，他还负责画布景，画海报，那海报是直接画在白墙上的。他对我很好，但是我向他请教问题，他懒得搭理我，我只好蹲在旁边看着他画。学画的经历对我来说是很难忘的，这可能对我后来有一定的影响，比如无形中训练了我的形象思维能力等等。

**阿伦：**你现在还画画吗？

**李洱：**现在不画了，但是我喜欢美术作品，有时候会去看一些画展。

**阿伦：**你最喜欢哪个画家的作品？

**李洱：**以前喜欢过凡·高。他极度绝望，极度忧郁，又极度灿烂。因为喜欢凡·高，我还写过一个中篇小说，题目就叫《加歇医生》。后来喜欢过埃舍尔，他作品中的悖论性思维令人着迷。

**阿伦：**你刚才说话的时候，我注意到你确实有你曾经提到的"家族徽记"，就是密密的抬头纹。这种家族的记忆在你的写作当中占据着怎样的位置？

**李洱：**说个故事吧，我爷爷兄弟三人，当年一同投奔延安。大爷爷死在那里，二爷爷进城之后屡屡升迁，任军方要职，我爷爷原来是延安的马列教员，后来因为家事回到老家，在后来的日子里备受折磨。因为处境的不同，兄弟三人长期不通音讯。唐山大地震的时候，我爷爷给当时在北京的二哥写信，问他的平安。后来，他掐算着日子想着有一天能收到回信，但是信再也没有回来过。爷爷的等待被我记住了，后来我读到马尔克斯的《没有回信的上校》的时候，眼前出现的不是那个流亡异乡的哥伦比亚老头，而是我沉默的爷爷。

**阿伦：**你是二十世纪六十年代出生的作家，正好经历了八十年代的“表现期”，那时候各种思潮酝酿，贯穿了整个八十年代，各种交流也一直很活跃，能不能请你勾勒一下你在八十年代的生活和写作的大致轮廓？

**李洱：**我真正开始系统阅读小说，是在上大学以后。华东师大一直有创作的传统，许杰先生、施蛰存先生，早年都是写小说的。后来的有沙叶新、戴厚英等等。“文革”后也出了一批作家，比如你很熟悉的格非。到现在那里还经常有作家冒出来。文学气氛最为浓烈的，还是在八十年代。那时候的华东师大，有一大批文学信徒。说“信徒”这两个字，一点也不为过，大家都很狂热，好像活着就是为了写作。在和小说家张生的一次对话中，我曾说过，大学才是我真正的文化童年。那个年代，文学气候也很复杂，冷热空气频繁对流，形成了各种各样的小气候。它使得人们对于启蒙、政治和文学，以及彼此之间的关系都非常敏感。当时最新的文学潮流很快就会波及校园，甚至在它还没有形成潮流的时候，就已经传到了校园。举个例子，我记得阿城的《棋王》还没有发表的时候，我们都已经知道它要引起轰动。因为当时有很多年轻教师参加了那个著名的“杭州会议”，事先已经看过了手稿，并且和编辑有过讨论。对于寻根文学和先锋小说，我们都是先知道有人在写。比如马原的《冈底斯的诱惑》，我们事先都从老师那里知道，有一个人叫马原，写了一篇与众不同的小说，叙事方式与一般的小说不同，他的第一句话是什么，结构是什么样子，这篇小说将发表在《上海文学》第几期。我们是一边听老师们讲课，听他们吹牛，一边摩拳擦掌，蠢蠢欲动。我很怀念八十年代，它虽然有些浮皮潦草，却很有冲击力，但是那个时候确实一去不复返了。你刚才说我是六十年代出生的作家，其实这种用出生年代来划分作家的方法，是很常见的，国内国外都有。一来省事，谈论起来方便，二来也确实可以说明一些问题，比如童年记忆对写作的影响。但问题是，写作最讲求的是差异。相近的童年记忆，在不同的作家笔下，呈现出何种不同的面貌，为什么会有这样那样的不同？差异，也只有差异，才能把个人从群体中分离出来，写作也才有了意义。当然，六十年代出生的作家，因为成长背景大体相同，所以我们的写作肯定是有共性的，就像中国作家区别于美国作家，是因为各自都有一定的共性。具体说到六十年代作家的共性，我想把我们说成是悬浮的一代。与上代作家相比，我们没有跌宕起伏的经历，至少在九十年代之前，我们很少体验到生活的巨大落差。不过，也经历了一个重要的变革。这个变革就是某种体制性文化的分崩离析，但与此相适应，某种美好的乌托邦冲动也一起消失了。这个变革是什么时候发生的？我们的青春期前后。而我们的世界观，正是那个阶段开始形成的。对于如何理解这一代人，我想这是一个关键点。

**阿伦：**看来那段时间对你今后的创作有了深远的影响。

**李洱：**确实如此，八十年代中期的文学教育、阅读和交流，使我受益匪浅。那时候形成的那样一种特殊的语境，我想不光是对我，对于在八十年代完成大学教育的那批人都是有深刻影响的。

**阿伦：**能谈谈对你影响最大的作家、思想家和艺术家吗？

**李洱：**所有作家中我最喜欢陀思妥耶夫斯基。他的小说比任何侦探小说、畅销书都要刺激，我一个晚上可以看一本，一点都不吹牛。读陀思妥耶夫斯基，你会觉得和你密切相关。他对日常生活、对社会巨变等各种不同方面和所有的问题都有看法，是一个全景型作家，能牢牢掌握日常生活，这样的方法我个人非常感兴趣。而且他的野心非常大，所有的东西都涉及，像对话体。得到一定的心得之后，完全可以用一种新的方法去写，你觉得适合的方法，作家对作家的启发有很多不是直接的，不是说你要模仿他。加缪我也很喜欢，他的作品很少，但是他可以在他有限的作品里回应时代问题，比如《局外人》对战后迷茫青年的回应。他的叙述不急不躁，语言非常干净，同时，他的语言又很有穿透力，必须有很强的文化背景、文化素养才能做到。我喜欢他还有一个原因，他写得既反抗又合作，很嬉皮又很严肃。透过他有限的几部作品，我们可以看到他的经验当中有着别人所欠缺的复杂性，这些都是我很看重的。

**阿伦：**博尔赫斯呢？

**李洱：**博尔赫斯我也比较喜欢，很入迷。他不光是一位技艺高超的作家，还是一位有思想的作家，他的很多短篇确实了不起，比如《南方》《马可福音》《第三者》，但是我现在不喜欢他了。一是因为我不敢再喜欢他了，就像一个穷汉不敢喜欢一个公主一样，时间、精力都耗不起；二是我不愿意再喜欢他了，我更愿意去写历史，写日常生活中的人和事，离他的小说越来越远了。刚才你提到思想家，哲学家当中，我喜欢本雅明和福柯。还有一些社会学家，我很喜欢，比如斯特劳斯，写《忧郁的热带》的。你可以看出来，我喜欢的这些人都是会讲故事，但又不仅仅是讲故事的人，他们都很有思想，但又不仅仅是思想家。

**阿伦：**据我所知，百分之八十的诺贝尔文学奖获得者都是非职业作家，这似乎是要求写作者拥有更广阔和更深邃的艺术视野，视角探求到生活的不同维度，对此你怎么看？

**李洱：**我刚才提到的那几个作家，确实都是属于拥有广阔艺术视野的人，甚至可以称之为学者型作家。学者型的作家其实不乏其人，但是能将思考和写作紧密结合在一起，使自己的写作过程同时成为思想旅程的作家却鲜有其人。在中国就更少了，中国当代作家的作品，很少能划分为前后几个时期的，很少能看到思想变化的脉络。如果说有变化，通常也只是句子长短的变化，篇幅大小的变化。而在加缪那里，写作与知识、伦理、实践密不可分，同时又充满着很多变化。

**阿伦：**通过阅读你的作品，我觉得你跟其他作家不同，你总能找到恰当的形式和内容来构建你的世界，这个世界又能很恰当地概括现在的乡土中国，我觉得这是你非常了不起的一个地方，这样做是有意为之，还是你想要去改变目前中国作家描写乡土中国的现状？

**李洱：**确实有评论说，《石榴树上结樱桃》开辟了写乡村生活的另外一条道路，但我觉得好像还不能这么说。因为以往看到的农村题材的作品，大部分是借农村故事写民族国家的神话，而真正直面农民在当代生存状态的小说，特别是描写他们文化生存状态的小说却很少，可能大部分作家的兴趣不在这吧。我不希望过滤那些农村的复杂生活，而是希望把他们的状态表现出来。几乎所有的小说都会有一种基本主题，那就是对幸福的诉求。正因为有了人生的悲苦，所以才有了这样一种亘古的诉求，农村题材的小说当然也不例外。可能农民的悲苦更多一点，所以人们对这样一种写作的印象也就更为深刻，渐渐地就变成了一种集体无意识。我不喜欢把苦难推到极端来写，相比较而言，我更喜欢写日常生活中那种尚未得到命名，更是难以得到命名的悲苦和欢乐。我只能写我感受到的生活，写知识分子是这样，写乡村也是这样。

## 二、写小说是幸福的

**阿伦：**同为河南的作家，阎连科说他写完《丁庄梦》后是彻底崩溃、茫然失措的，并感到了写作的无力。你在创作《花腔》的时候有没有这样的感觉？

**李洱：**我在写《花腔》的时候和阎连科的创作状态差不多。描述它非常艰难，我一开始确实想写一个中规中矩的历史小说，但是，我无法忍受自己这样写，我觉得我的很多想法无法付诸实施，我会怀疑我这样讲是真实的吗？如果我自己都不确信，我怎么能写下去呢？我记得当时我来北京，参加一个活动，是跟我的第一本小说集《饶舌的哑巴》有关的一个活动。在火车上，我对小说家张执浩、李修文和小说集的责编魏天无说，我的长篇已经写了几十万字，我想推倒重来，我的感觉很糟，都有点生不如死了。他们知道我喜欢开玩笑，还以为我又在开玩笑。但我真的不是开玩笑，真的感到很痛苦。《花腔》我写了三年，可以说是一次精神历险。对书中的主人公葛任，我真的是充满了感激之情。我对一些朋友说，能够伴随葛任先生对读者一诉衷肠，是我的幸运。在一篇短文里，我以少有的抒情语调，表达了对葛任的赞美。我说，在我写这个故事的时候，葛任羞涩的面容总在我面前浮动。面对历史转折关头的血雨腥风，面对各种毁灭性的力量，人们的神经应该像鞋底一样硬，像床垫一样厚，而葛任这样时常脸红的人自然显得不合时宜。但我相信，许多读者都会从葛任的经历中，看到一种存在的勇气，一种面对威胁而艰难地寻求自我肯定的力量。我收到过很多读者来信，我发现很多读者都完全读懂了这部小说，包括国外的读者。

**阿伦：** 你曾经说过，《花腔》接近了你的小说理想，在写小说的过程中，你是否会有观念不断改变的时候，这些是否影响了你的创作的最终完成？你的小说理想又是什么？

**李洱：** 中国历史上没有出现一个像《花腔》的主人公葛任这样的人，他在当时条件下做出的个人主义的思考，中国历史上没有。《花腔》实际上是一部理想主义作品，如果中国历史上没有这种品格的人物出现，我希望通过这部小说强行赋予历史这种品格。这是我写作时非常彷徨的一个想法。小说应该想办法激活它与现实的联系，小说应该成为一种特殊的对话方式，一种对话的容器，一种设置了和谐共振装置的器皿。小说在寻找自己的读者，寻找自己的回声，并将那些回声再次发射出去。我喜欢《花腔》，是因为它在很多方面写出了我的理想。所以我一直对朋友们说，它其实可以看成一部理想主义小说。但朋友们总是认为我在开玩笑。我平时喜欢开玩笑，但当我用几十万字的篇幅去写一部带有理想主义倾向的作品的时候，我就不会是开玩笑了。

**阿伦：** 葛任是你心目中的知识分子形象吗？你如何定义

知识分子？

**李洱：**葛任确实是我心目中知识分子的形象。葛任所面临的精神困境和现实处境，在今天其实并没有发生根本性的变化。葛任的选择，即使在今天也是罕见的。我很感激这样一个人物，写这个人物的时候，我其实很难受，不是因为写不下去，而是因为这个人物要面对那么多的困境，这让我心中不忍。中国的历史，尤其是近代以来的历史，很多都来自知识分子的选择和被迫选择。我想，今天知识分子的很多选择，也是历史的一部分。我关心知识分子的生活，坦率地说，今天知识分子的物质生活比底层民众不知道要好上多少倍，对此我想很多人都应该有原罪感。我熟悉他们的生活，我相信，就对生活的复杂性的感受而言，知识分子肯定是最敏感的。知识分子是文化的神经，是文化的灵敏触角。

**阿伦：**《花腔》的主人公葛任，很容易让人产生“个人”的联想，一切叙述均围绕着“个人”转，这是不是就是你要表达的历史真实？

**李洱：**我想写过小说的人都知道，给小说中的人物起名字，往往比给孩子起名字还难。给孩子起名字，只要能够寄托你的感情就可以了，可小说中人物的名字，还得符合特定的环境，还要考虑到小说的主题、小说的人物关系、小说的结构方式。中国古典名著中的任何一个人物，名字都有讲究，甚至小狗小猫的名字都有讲究。“葛任”的发音确实容易让人产生这种联想，它与小说所要表达的观念确实有关系。

**阿伦：**作为作家，需要强悍的心理和人格，敢于直面生活，直面心灵的真实，你的写作过程有没有因此而产生过动摇？

**李洱：**作家这个职业，其实有相当不舒服的一面，他要经常去面对生活中的残酷地带，人性中的黑暗角落。和美好与光明一样，这些也是作家需要去探究的问题。更要命的是，当作家去书写人性的黑暗的时候，他首先还必须以自己内心的黑暗为依据，这就像你说的，这个时候就需要作家具有强悍的人格和心理了。这个时候，作家既要“入乎其内”，又要“出乎其外”，既要进得去，又要跳得出来。其实在任何时候我都感受到写作的困难、题材选择的困难、讲述方式的困难、词语表达的困难，反正没有不困难的。没有选好题材，就觉得选好题材是最困难的，因为时间有限，你不能什么都写，必须在一定时间内选择一个来写。选好体裁，怎么讲述，用什么方式讲述，又变成了最困难的事。有些人可能会说，你既然这么困难，还写小说干什么？但是谁又能告诉我，现在做什么事不困难呢？相对而言，我反而觉得，写小说不是最困难的，还能让我感觉到乐趣，甚至是幸福。

**阿伦：**《花腔》被评论界认为，在对历史中的个人、知识分子命运的思考和追究上体现了深湛的认识水平，在艺术上是对二十世纪八十年代以来的先锋文学探索成果有力的综合。有评论者称它为“先锋文学的正果”。在目前的文化环境和市场氛围中，先锋文学是否还能找到出路？或者说先锋文学其实早已经寿终正寝了？

**李洱：**我的小说先锋与否，是外界的说法。先锋文学作为一个运动，早在二十世纪九十年代中期以前就结束了。但先锋文学不仅仅是运动，它还是一种精神，一种象征着创造力和语言变革能力的精神。二十世纪八十年代的先锋文学，为中国文学后来的发展打下了一个较为坚实的底子，这一点是不能否认的。如果你否认，你就是不诚实。但是时过境迁，那个时候先锋文学所暴露出来的问题，人们现在也看得越来越清楚了。比如形式和内容常常是两张皮，所表达的经验往往并非自身的经验，显得外在化，语言往往很生硬，类似于造句。我想这并不是说那一代作家才气不够，相反，那代作家都非常聪明，才华横溢，可谓一代天骄，当初也可以说是呕心沥血。问题可能只有一个，就是文学是需要积累的，语言资源是需要多方面开发的，经验的丰富性是要以对社会的认识为底托的，如果条件不成熟，那我们只能吃那些强扭的瓜。

**阿伦：** 有人说你的《花腔》有“掉书袋”的嫌疑，对此你怎么想？

**李洱：**《午后的诗学》曾经遇到过“掉书袋”的指责。我还是想说明一点，掉书袋也好，不掉书袋也好，都是为了塑造人物，都是为了表达作者的感受。诗人们在一起说话，外人很难听懂，不要说一般的外人，我想很多小说家都不知道他们在一起嘀咕什么。他们说的话，像暗语，像土匪黑话。批评家们在一起说话，外人听不懂，诗人听不懂，小说家听不懂，也是黑话。现在，如果要去写诗人的生活，不来上几句他们的黑话，那就是不真实。所以，那种“掉书袋”就类似于插进几句黑话。不过，在小说中，我通常会对那些“黑话”做一些解释，免得一般读者看不懂。

**阿伦：** 那么《石榴树上结樱桃》呢？

**李洱：**《石榴树上结樱桃》就不存在这个问题，因为写的是农民，不需要“掉书袋”了，吊了反而假了。当然，“掉书袋”对我来说，还有一个目的，就是增加小说的互文性，站在话语的交会点上，与多种知识展开对话。在我看来，这也是激活小说与世界的对话关系的一种手段。说到《花腔》的“掉书袋”，我想它是为了“戏仿”而“戏仿”。如果说是“戏仿”，那也只是对历史学的戏仿，它是为了能够一本正经地书写葛任的历史。

**阿伦：**你在创作的时候有没有感到对于现实世界的把握之难？是什么支撑你完成一个现实的表达？

**李洱：**几乎在所有的文学研讨会上，总能听到这样的一个说法：生活太丰富多彩了，超出了作家的想象力。在生活面前，尤其是在当代生活面前，作家们显得如此无能。其实这个说法是经不起推敲的。为什么？因为作家写到小说当中的故事，只能是成千上万的故事中的一个。它是所有想象中的一种想象，是所有现实中的一种现实。很多现实肯定要大于一种现实，就像二大于一。以前的作家，在处理这个矛盾的时候，找到的一个基本办法，就是所谓的塑造“典型环境中的典型人物”，把山西的矿难、火车站的乞丐、洗浴中心的小姐等想办法糅到一起，把人物的命运弄得越来越乖戾，叙事的线索拧得越来越紧，不拧断绝不罢休。在这个过程中，读者受到感动、受到刺激，鼻涕一把泪一把的，叙事的目的也就达到了。但是稍微想一下，这里面有很多不真实的成分，有很多矫饰的成分，有逗孩子的成分。我更愿意把一个故事，几个故事，老老实实地写下来，和读者对话。它很真实，你不能说这不是生活中发生的故事。那么好吧，咱们就坐下来聊，一页一页地聊，谁也别端架子，有那股聪明劲儿你也别显摆，至少要先掖着，说说看，你是怎么理解的，我是这么理解的，怎么会这样，为什么就不能这样，反正是平等对话。在这个过程中，完成对现实的表达。我知道有人说，你写得不像农村。当代的乡村生活，是只能够用一种模式去套的吗？要是套不住该怎么办？套不住，那可就是石榴树上结樱桃。

## 三、我不会轻易肯定，也不会轻易歌颂

**阿伦：**我觉得你是个很讲究形式感的作家，能谈谈你对小说形式的看法吗？

**李洱：**据说现在再去讲究形式感，已经落伍了。但我很高兴，很高兴能被看成是一个讲究形式感的作家。小说当然要讲究形式感。我认为，一个作家，如果他所创作的每篇小说都有它自己的形式感，我会觉得这是个了不起的作家。想想看，鲁迅的小说，哪两篇是重样的？我觉得小说很有必要找到新的表达方式，以激活它与现实的对话关系。但那究竟是怎么一种形式，却没有定论。我倾向于认为，应该出现一

种新的知识类型的小说，在不同的层面上展开多种对话，形成一种对话主义的小说。

**阿伦：**为什么中国没能像苏联那样，出现艺术性和思想性都非常高的作品？比如《日瓦戈医生》。

**李洱：**我很喜欢《日瓦戈医生》。苏联小说，在世界文学版图上，是一个稀有品种，他们的故事都很简单，但传递出来的那种整体的艺术效果却是动人心弦的，给人带来一种震惊体验。《日瓦戈医生》从故事层面讲，就是个通俗的三角恋的故事，但是谁都无法否认，它是世界文学史上的伟大经典。一个作家能取得怎样的成就，不仅仅是跟个人才能有关，它还涉及比如现代汉语的表现力问题，文化传统问题，以及当代中国过于复杂的状况如何用文学来应对的问题。我看到哲学家张志扬的一个说法，讲的是汉语在传达民族沉重的苦难的时候，往往就会出现失重的情况。汉语似乎无法准确地表达中国的奥斯维辛。这当然首先是文化问题，跟我们的文化传统密切相关。生活的巨大浊流在某些时候几乎将所有人裹挟而去，而去往哪里，却没有人知道。这样一种混乱，我们的古典文学，我们的现代文学、新时期文学，我们在新时期以来广泛接触的西方现当代文学，都没有能够给我们提供一个有效的可借鉴的经验。所以，现在的作家，当然我指的是有些想法的作家，他的写作几乎是无本可依，面对复杂的世界，写作者真的就像一个孤儿。

**阿伦：**阎连科说他从《花腔》中看到了革命历史题材小说的新曙光，小说写到的五四运动、长征、延安整风、抗日战争、国共合作等重大历史事件，都给人强烈的真实感，但我还是倾向于把《花腔》称为“仿史小说”。它与所谓的历史小说的区别在于，历史小说认为存在着历史的“真相”，而《花腔》却只存在关于历史的讲述和历史形成机制的探究，不知道我的这种理解对不对？作为六十年代作家群中的代表，你是怎样理解“历史”的？

**李洱：**托尔斯泰的《安娜·卡列尼娜》全篇下来，里面非常突兀地用了一个小标题，而且是唯一的小标题：《死》。托尔斯泰其实要告诉我们，那是一部探索死亡的作品。《花腔》的众多小标题中，只有一个小标题带着标点符号：《真实就是虚幻？》。由此可见我对历史的态度。对写作来讲，还原、逼近历史真实，肯定是一个重要动力，否则小说就无法完成。你本来就不相信有真实，那你还有什么好写的？只不过对我来说，我的“还原”更多的是针对历史上的各种声音。历史从来不是一个声音，好多人都在说话。把历史写成一个声音，其实是一元论世界的怪胎。它貌似真实，其实是带着文化专制意味的虚假。我肯定不愿意这样干。别人我管不着，至少我能管住自己。

**阿伦：**你的小说语言有一种冷幽默，发自骨子里的，比如在许多对历史事件的回忆中，突然蹦出“当代话语”，让人忍俊不禁。写作过程中，你有没有感觉到语言上的困难？

**李洱：**我相信，从来没有单独存在的历史。就像我曾经说过的，历史是在讲述中形成的，今天的讲述和明天的讲述。如果当代语言没有进入历史讲述，那它就是不真实的。我遇到的难题在于，用什么样的语言写出经验的复杂性，同时把叙事和伦理打通。有批评家说《花腔》是最花哨的小说，我一点也不同意这个看法。我认为这是一部非常朴实的小说。它进入你的客厅的时候，就像你的朋友一样平易朴实，然后坐下来和你交谈，没有一点花架子。

**阿伦：**你如何看待人们所说的文学越来越边缘的说法？

**李洱：**这几年，对于文学有很多争议，我觉得有些争议毫无价值，一些已经取得的认同也价值不大。比如关于文学越来越边缘的问题，这是一个伪问题。中心和边缘，这两个词也只有我们的一些评论家和作家才能想出来。这是一个简单的二元对立的问题。提出这个问题的人，是不是想进入他所说的“中心”？那个“中心”到底又是什么？有什么好？真的那么好？对这些问题的讨论，占据了本来就非常有限的文学类报刊的不少版面，可它们跟文学价值却一点关系都没有。文学的基本价值，说白了就是语言的责任感，就是潜移默化地丰富我们的语言，我们的思维。

**阿伦：**我是文学系毕业的，当时写毕业作品的时候，很多同学都写了农村题材，但是他们都没有任何关于农村生活的体验，这样就有了很大的虚构空间，但这样做的结果往往是无效的。你说你在写《石榴树上结樱桃》的时候并没有深入农村、体验生活，不懂的时候，就打电话给在河南的父亲，你是如何处理小说中写实与虚构之间的关系？

**李洱：**现在的乡村和二十年前的乡村已经很不一样了。各种现代的文化符号都可以在乡村看到，各种现代的生活方式，也深入影响到了乡村。但是所有这些东西又和他们最基本的生存方式紧密联系在一起，并且产生各种变异，形成比城市还要复杂的状态。各种冲突会变得很激烈，各种戏剧性情景成了日常生活的写真集。我想，这些状况构成了一种新的现实，我对这些现实很敏感。因为篇幅的限制，我觉得我还没有能够写出我感受到的那种复杂，以后我或许会再写一部乡土小说。

**阿伦：**现在的作家觉得阅读文学作品的人少了，读者也觉得好作品比以前少了。你觉得今天的作家和读者是一种什么样的关系？作家还有能力掌握当下吗？

**李洱：**现在的读者分流了。以前，人们认为文学是真理的最重要的表现形式，是情感表达的最重要的渠道。但现在人们不会这么看了。八十年代的时候，任何一部作品都会有很多读者，这是因为在那之前是愚昧的七十年代。我跟读者的关系，就是对话关系。我把写作看成对话，是作家与读者、书中的人物的对话，是作者和读者在交流对生活的感受、看法。这不是取悦读者，也不是献媚，而是对读者的尊重。

**阿伦：**作为一个当代作家，你如何自处？悲观还是乐观？

**李洱：**我给自己的一本小说集写序，里面提到，日常生活中我特别容易轻信，很容易上当，但在写作上我却很少轻信。阎连科先生曾建议我出文集的时候，在文集的封面上标明，这是“一个怀疑主义者的文集”。打个比方，日常生活中有人告诉我公鸡会下蛋，我肯定会说，对，会下蛋，运气好了还会下个双黄蛋。但同样的事情放到小说里，我就要怀疑了。不光公鸡下蛋要怀疑，连母鸡下蛋也要怀疑了。母鸡下蛋？难道是只母鸡都会下蛋，都必须下蛋吗？既然上帝允许有些女人不生孩子，为什么就不允许有些母鸡不下蛋呢？具体到某篇小说，即便已经写了一多半，即便已经画上了句号，我还是会怀疑：这个故事到底有没有意思？故事中的那个家伙真的值得一写吗？这个故事到底有没有人写过？中国人没写过，外国人也没写过吗？别人是“下笔如有神”，我呢，是“下笔如有鬼”，所谓疑神疑鬼是也。你说，这种情形下，我怎么能够“著作等腰”呢？但我毕竟还是写下了一百多万字的作品。尽管怀疑主义情绪如同迷雾一般无处不在，但我每天还是要在那迷雾中穿行。帕斯捷尔纳克说：“我写作，因为我有话要说。”他讲得真好。“有话要说”这个伟大的动机，几乎会在每个作家的写字台前闪光。但对这个时代的写作者来说，更重要的可能是要说出自己的话，以自己的方式说出自己要说的话。这很难，它需要激情、勇气和学识，也需要作家在想象力、表现力和认知力方面进行严格的自我训练。拦路虎很多，每一只拦路虎都可能把你吃掉。但我还是写下了这么多作品。在午后时分，如果那迷雾尚未散去，它就会延续到深夜甚至黎明。时光漫长，与其等着给拦路虎吃掉，还不如趁着大雾弥漫穿越密林。如果能够侥幸逃生，那当然很好。如果无法逃生，我毕竟也做过逃生的努力，这总比坐以待毙要好一些吧？

**阿伦：**那么你是个怀疑论者？

**李洱：**是的，我不会轻易地肯定，也不会轻易地歌颂。如果我肯定，那是我在怀疑之后的肯定；如果我歌颂，那是我在怀疑之后的歌颂。没有经过怀疑的肯定和歌颂，在我看来是没有价值的。我是一个有底线的怀疑论者。

## 四、文学是一种义务性的工作

**阿伦：**之前，一条德国总理默克尔把您的长篇小说《石榴树上结樱桃》的德文版赠送给温总理的消息，成了媒体的焦点。听说在挑剔的德国图书市场上，《石榴树上结樱桃》已经卖出了一万本。在西方读者的眼里，这本书打开了中国社会的大门，是了解现代中国农村的钥匙。东西方文化氛围不同，你认为西方读者在阅读您的小说的时候是否能够在真正意义上了解中国的乡土文化？

**李洱：**我想他们可以看到一个正在急剧变化中的乡土中国，一个不同于“文革”期间，也不同于改革开放之初的乡土中国。至于我写得是否准确，我只能够说，我写的是我自己眼中的现实，是我感受到的现实。城市人看乡村，和老外看中国一样，看法往往是两极的。西方有一个调查，你如何看待中国，调查显示，人们对中国的看法要么是理想化的，古老的历史，万里长城，宁可食无肉不可居无竹，到处都有香喷喷的东坡肉，张艺谋创造出来的那个用来敲脚心的小木槌，每天啵啵地响个不停，一脱鞋是白净的天足，一穿鞋又是三寸金莲，还有穿旗袍的美女每天都噘着嘴唇等着呢；要么是妖魔化的，落后苦难的中国，吃了上顿没下顿。当然还有很多人认为，中国的首都在上海，行政部门金融机构都设在外滩，人们和狗都随地小便。对此，请你不要吃惊，你也不要笑。中国的城市人对乡村的理解水平，不会比这高到哪里去。这方面文人当然起了很大作用，也是要么妖魔化，要么理想化。我很想看到中肯地描述现实的小说，不光是写乡土的小说。苦难当然是有的，否认这一点，你的良知会受到折磨。其中最应该警惕的是，我们不要把苦难当成一种美去写。如果我们没有能够成功地消除苦难，那是每一个人的责任，文人不应该给苦难赋予一种道德、美学的意义，我觉得这很恶心。

**阿伦：**默克尔送书事件对你的生活有没有影响?

**李洱：**默克尔博士主要想通过我们了解，从改革开放至今的三十年里，中国社会究竟在哪些方面发生了深刻的变化，中国对中西方文化交流是什么样的态度，中国民众对西方国家的看法。我对她说，你很难想象，中国的农民坐在田间地头的时候，他们会谈到中美关系、海峡两岸关系、中东战争，很多农民喜欢谈这些问题。他们现在就像老一辈人喜欢谈三国，谈曹操谈刘备一样，谈奥巴马、萨达姆、陈水扁。中国农民的生活一方面很现代，另外一方面还比较原始。他们既用现代化的播种机和收割机，也用西汉时期的农具，他们也看美国好莱坞的电影，中国乡村是后现代、现代和前现代的混合。谈到中国农村，中国人总是从不同文化当中选择他需要的那一部分，然后为我所用。当然这说明了中国人对于不同文化的包容和开放心态。这些现象对西方人来讲，大概难以理解。其实跟默克尔博士见面，对我没有影响。怎么会有影响呢？我的小说原来多么好，现在还是那么好，原来多么不好，现在还是那么不好。对我未来的小说写作，当然更不会有影响。

**阿伦：**听说你在欧洲还经历了一桩未展开的官司？

**李洱：**有一个法国人在翻译《石榴树上结樱桃》的时候，翻译了一半，突然受不了了，不翻了。原因是他是在“文革”时候学的汉语，他非常喜欢“文革”，就像喜欢一九六八年的法国学生运动。他认为我写的东西从骨子里是反“文革”的，现实、语调、态度，尽管我这部书里基本上没有提到“文革”。而在此之前，他已经翻译了很多有关“文革”的中国小说了，那些写苦难的中国小说，让他觉得有一种苦难的美，落难公子独立寒秋，纯情村姑橘子洲头，子非鱼安知鱼之乐？多好啊。这些他都能接受，乐于接受。但这部小说他却接受不了。出版社没有办法，合同眼看就到期了，怎么办？只好赔了我一笔钱。我可能是第一个从国外出版社拿到违约金的中国作家。别人可能说，算了算了，但我给出版社讲，我非常想见到这个翻译。为什么？因为他亮明了自己的观点，我甚至喜欢他，真的喜欢他，希望有机会可以在一起讨论。

**阿伦：**你在国外做过小说朗诵，他们能理解你的作品吗？

**李洱：**没有跟西方的读者接触之前，我怕我的作品他们理解不了。但当我用中文朗诵小说的时候，当德国朋友用德文朗诵小说的时候，我突然发现，中国读者和西方读者感兴趣的地方，几乎是一致的，笑、不笑，皱眉、展眉，茫然、释然，那种情绪的曲线没有太大差别。如果有差别，我想是一些我们习以为常的处理问题的方式，他们会感到奇怪，他们会把它看成是中国哲学的一部分。而我们经常会把它看成是世故，其实世故不也是哲学吗？

**阿伦：**《石榴树上结樱桃》虽然写的是乡村，但其背后却隐藏着知识分子的视角。在小说的线索上，繁花作为主人公参加换届选举，一波三折，这样的构思，不会是凭空想象的吧？根源从何而来？你为什么要选取乡村换届选举这样的一个角度？

**李洱：**对我来说，关注乡村，跟自己对乡土中国的认识有关。我总觉得中国是个超级的农贸市场，是乡土中国。这样一种说法，住在上海、北京这些大都市里的一些人，可能会有异议。从政治中心北京看中国，是一个中国，从经济中心上海看中国，又是一个中国，从中原看中国，也是一个中国。我碰巧在这三个地方都生活过，我的突出印象是，中国就是个农贸市场。中国的乡村选举，我当然非常关心，我觉得它跟我们的生活关系密切，我认为需要我们关注。我想说的是，至少在参与政治生活的深度和广度方面，农村走在了城市的前头。所以，将故事放在乡村背景下讲述，对我来说就成了一种必须之举。乡村急剧的社会变革，首先是我关注的焦点，其次是我表达和做出诉求的载体。我乐于承认，我是以自己所期望的知识分子的立场来写这部小说的。我或许表达出了乡土中国在现代性进程中可能遇到的许多问题，比如传统伦理与民主实践的复杂纠葛，比如“知”与“行”之间存在的错位，比如外来文化与乡土文化的博弈。我想再说一遍，这些问题不仅存在于乡村，也存在于城市，存在于知识分子之间。你和地道的农村人喝顿酒，他能满嘴国际政治，萨达姆、奥巴马，不见得说得准确，但你知道他们的话语方式、兴趣观念都急剧变化了。《石榴树上结樱桃》中就用如今农村人的真实语言方式，表现中国乡土社会在现代化进程中遇到的种种障碍，反映农村人当前一种“杂交式”的、有些颠倒着的思维变化。

**阿伦：**中国有许多乡土文学，你是如何定义乡土文学的？

**李洱：**沈从文写“桃花源”式的《边城》，是他对那个时代的有力回应。一个作家，肯定要对他生活的时代做出文学上的回应，《石榴树上结樱桃》是我的回应。纯粹的一种符号化的乡村生活已经很难找到了，它在这个时代出现了很多变异。就像我们以前说的杂烩是一种纯中国式的杂烩，现在的杂烩却是狗肉火锅 + 可口可乐 + 西洋参鸡汤 + 热狗。中国的乡土文学应该从固定的符号化的状态中走出来，对我们遇到的困难做出回应。我隐约地觉得，至今还没有其他文学作品关注到这种变化，描绘这种变化。对于正在变化中的乡土中国，我的感情很复杂。我不能说它变得越来越好了，良心告诉我不能这么说。我当然也不能说它越变越坏了，因为历史告诉我不能这么说。乡土中国逐渐地走向民主，这一点是我感到欣慰的。

**阿伦：**你在《石榴树上结樱桃》的前言中说，这部小说是一部悲喜剧。悲喜剧是创作的顶级表现，你为什么要通过悲喜剧的方式来描摹现代的乡土中国?

**李洱**：我住在香山一个朋友家里看书、写作，我感觉到我是有地方可逃的，但农村人是无地方可逃的。而且我们所有的痛苦、恐惧，是可以通过媒体说出来的，但农民们的痛苦、恐惧、无奈以及面对现实的无能感是说不出来的，因为他们没有代言人，他们的痛苦、恐惧远远高于城市人。就喜剧性而言，只要有过短暂的乡村生活经历的人，都会知道乡村生活处处充满着喜剧性。这种喜剧性是农民在对抗严酷生活的过程中，必然产生的一种精神要素。鲁迅的乡土小说，那里面就有很多的喜剧性。

**阿伦**：《石榴树上结樱桃》似乎是借助了《老子》的观念及相关阐述?

**李洱**：我其实是在一种非常焦虑的心情下动笔写农村题材小说的。我想在人物身上更多地展示现代文化因素怎么改变了农民的话语方式。比如语言中会出现美国总统选举、全球化、可持续发展战略等。关注农村就是关注现实、关注城市。《石榴树上结樱桃》所写的乡村生活，可能跟迄今所有小说所表现出来的乡土生活不同。老子的理想国从来没有实现过，以后也不会实现。从这个意义上，几乎所有描述现实生活的小说，都与老子的理想相悖。在所谓的全球化的时代，某种现代的，干脆一点说，是西方的，那样一种制度化的设计，与中国乡村的古老现实结合在一起，就形成了一种前所未有的新的现实，一种意外的果实。淮南为橘，淮北为枳，但那种果实既不在淮南，又不在淮北，而是长在河心的那个荒岛上，所以它非橘非枳。这样一种现实，在我试图描述中国乡土的时候，非常顽强地要从字里行间凸显出来，它要说话，要发出声音。只要到现在的乡村走一走，任何人都会发现，它与鲁迅的未庄、沈从文的湘西相比，已经有了很多变化。沈从文的湘西只存在于旅游画报。我必须写出这种变化，很多乡土小说，喜欢去写所谓的永恒的人性，这个去写人性恶，那个去写人性善，当然是中国人的人性善，可以获国内的奖。我一想，好像还真的是这样。但我不喜欢这样写。我喜欢写出文化上的复杂性，喜欢去探究复杂语境中的人的存在状态。

**阿伦：**您在创作上有没有一些个人的习惯，比如有的作家喜欢听音乐，这样可以唤起超经验的世界的一些东西。

**李洱：**格非写过一篇短文，写到我早年写《导师死了》的时候，经常念叨一个词，凌空欲飞。他疑心小说就是由这个词衍生而来。这是他的回忆，我自己倒不大记得。不过，类似的现象也确实时常发生：一个词、一个场景、一个广告牌，都可以迅速引起你的许多联想，一些故事、情绪、人物的形象、命运感，转眼间会纷至沓来，在头脑中形成一篇小说的雏形。你刚才说的音乐，其实就是小说和现实之间得以打开的一条通道。我一旦开始写一部作品，哪怕是一部短篇小说，也会像上班一样，早上九点半左右，准时坐到电脑跟前。我白天写作，写一天，晚上看书，或者和朋友聊天。以前不用电脑的时候，我用五百字的方格稿纸来写，稿纸上面的格子最好是虚线。一张稿纸如果写错一句话，这张纸就得作废，需要从头抄起，否则心里就不舒服。而我偏偏又是一个喜欢修改的人，这意味着我把写作当成重体力劳动去做。现在有了电脑，我终于从这个繁重的劳动力中解脱出来了。

**阿伦：**到目前为止，您在创作上有没有什么遗憾？

**李洱：**我早年的一些作品，我现在对它们还是有很多不满意。主要原因是觉得它们并没有跳出日常生活，就是没有能够“出乎其外”。只有“出乎其外”了，才能够与现实构成对话的关系。而且当时我还有些心慈手软，没能真正地直面虚无，然后刺穿它。再有，我觉得每一篇小说的背后，都应该有一个大的文化背景，小说要能够部分地揭示这个文化背景，通过人物、人物关系以及必要的修辞，使读者得以理解我们所处的困境。

**阿伦：**如果不从事写作，你如何改变自己的命运？

**李洱：**我可能会重干老本行，回学校当老师。

**阿伦：**你对自己未来的写作有确定的目标吗？

**李洱：**现代生活侵蚀着我们的创作模式，今天的文学创作环境使小说的写作受到威胁，我总在寻求新的写作可能。但我想清楚了，文学是一种义务性的工作，我愿意为它铺路、打底子。

# 写作可以让每个人变成知识分子
## ——答傅小平

**“巴尔扎克的那句话依然有效，作家某种意义上就是时代的书记员。”**

**傅小平**：因为《应物兄》与《花腔》都是以知识分子为主角的长篇小说，并且在写作时间上有承续性。我在读《应物兄》的过程中，会不自觉地以《花腔》作对照。我的感觉是，同为具有丰富性和复杂性的两部小说，我刚开始读《花腔》时读得一头雾水，但读着读着就觉得慢慢敞亮起来。读《应物兄》，没觉得像有的评论家说的难读，反倒是读得挺畅快、明白的，但正因为读着畅快、明白，越是读到后来就越是多了一些困惑。我的困惑在于，我看似明白，但我真明白了吗？或者说，我局部看了个明白，是否小说整体上有我不明白的东西？所以，我跟评论家潘凯雄的感受一样，觉得以你的能力，你一定在这些明明白白后面藏着一些什么，但非要我猜是什么，我又说不好。我只是隐约感觉到，你写《应物兄》应该有着很大的雄心，应该包含了诸如为时代命名之类的意图。

**李洱：**作家可以对文学现象、文化现象说话，但不应该对自己的某部作品说得太多，因为这会对读者构成干扰。《花腔》《石榴树上结樱桃》出版的时候，我就提醒自己要少说话。本质上，我是一个害羞的人。公开谈论自己的作品，总让我有一种严重的不适感。因为工作关系，我每年要参加多场作品研讨会，但直到今天我仍然很排斥给自己的作品开研讨会。当年在河南文学院，我担任着文学院创作部主任一职，说白了，就是给大家组织各种研讨会。但直到调离河南，我也没有开过自己的研讨会。

关于给事物命名，你知道，这几乎是每个作家的愿望。巴尔扎克的那句话依然有效，作家某种意义上就是时代的书记员。那个著名的开头，你肯定记得，就是马尔克斯《百年孤独》的那个开头。很多人都注意到小说第一句的三维时空，其实接下来马尔克斯又写道，河床上有许多史前巨蛋般的卵石，许多事物都尚未命名，提到的时候还须指指点点。

这句话，其实透露了马尔克斯的豪情，他是在用自己的方式给事物命名。没错，小说是一种特殊的命名方式。《应物兄》里有一首短诗，芸娘写的：这是时间的缝隙，填在里面的东西，需要起个新的名字。这是我所崇敬的芸娘的自诉，当然也可以说是我隐秘的愿望。

**傅小平：**其实我一开始想说，《应物兄》是学院知识分子题材小说，但转念一想这么说也不恰当。小说尤其到了下半部，各种社会力量介入儒学研究院，实际上已经大大溢出学院了，那还说什么学院知识分子题材呢？如果认为是这一题材，学院外那些为官、为商、有文化的人物，也应该算是知识分子的。也因为此，我觉得这部小说，也给我们提出了一个在当下何谓知识分子的问题。

**李洱：**说它是学院小说，似乎也能说得过去。不过，局限应该是有的。按照这种说法，《红楼梦》就是官二代小说，《水浒传》就是土匪小说，《三国演义》就是高干小说，《阿Q正传》就是神经病小说。其实，学院中人，在小说里只占了三成，肯定不到四成。更多的人，生活在学院高墙之外。当然我承认，我确实关心知识分子问题，关心他们的处境，也比较留意他们头脑中的风暴。我愿意从写作的角度，谈知识分子问题。这里只说一点，这也是一个容易被人忽略的基本常识：任何一个写作者，即便他是个农民，是个下岗再就业的工人，是个保姆，当他坐下来握笔写东西的时候，在那个瞬间，他已经脱离开了原来的身份，变成了一个知识分子。他在回忆中思考，他用语言描述，他怀揣着某种道德理想对事实进行反省式书写，并发出诉求。所以，写作可以让每个人变成知识分子。

**傅小平：**虽然上下部都围绕济州大学拟引进海外儒学大师程济世，筹建儒学研究院这一核心事件，但两个部分是有明显区别的。如果说上部表现内容在学院围墙之内，下部则充分社会化了，但要说下部重在通过建研究院这一事件，反映当下社会问题，我看也未必。这样会给人半部学院知识分子小说、半部社会问题小说的感觉。你自己怎么看？在你的构想中，上下部有着怎样不同的诉求？

**李洱：**写的时候，没想到要分上下部。我很少考虑小说的篇幅问题。《石榴树上结樱桃》本来是中篇，写着写着变成了长篇，就是这个原因。我的所谓成名作《导师死了》，本来是个短篇，让程永新拧着耳朵捏着鼻子修改，改着改着变成了中篇，也是这个原因。刘稚（责任编辑）曾建议，出版的时候不分上下卷，我基本同意了。但后来有朋友说，应该分为上中下三卷，不然读起来不方便，眼睛累，胳膊酸。那就折中一下吧，分成上下两卷。我同意你的说法，后半部分，非学院的人物出现得更多。这是故事情节决定的，所谓与时迁移，应物变化。

**傅小平：**显而易见，你在小说里写到的学院要比钱锺书在《围城》里写到的学院复杂多了。把《应物兄》放在一个参照系上，拿来对比的作品应该还有《儒林外史》、《斯通纳》、《红楼梦》以及戴维·洛奇、翁贝托·埃科的小说等等。但再深入对比，会觉得其实《应物兄》和这些作品都没有太多可比性。或许是面向的时代不同，作品自然也应该不同吧。再说，你大概也想写一部原创性很高的小说，也未必希望听到这部小说像其他什么作品，它为何就不能像它自己呢。虽然如此，你应该是借鉴了一些叙事资源，只是小说里提到了那么多书，也像是无迹可寻，不如直接请教你吧。

**李洱：**我愿意用最大的诚意来回答你，但愿你能感受我的诚意。你提到的那几部小说，我都读过。对《围城》我当然是熟悉的，他的《管锥编》我也拜读过。但我不知道，甚至压根都没有想过，这部小说与《围城》有什么关系。既然有朋友把它和《围城》相比，我想那应该有某种可比性，但我本人不会这么去比。开句玩笑，把它与《围城》相比，就像拿着猪尾巴敬佛，猪不高兴，佛也不高兴。但朋友们要这么比，我也没办法。坦率地说，在漫长的写作时间里，我再没有翻过《围城》，再没有翻过《儒林外史》。埃科的小说，我很早就看过，后来也读得较为认真，并参加过关于埃科的学术对话。埃科的符号学研究其实没什么原创性，但小说写得确实好。我对他的小说评价很高，高过很多获诺贝尔文学奖作家的作品。《红楼梦》我当然比较熟悉，下过一点功夫，后来我去香港讲课，讲的就是《红楼梦》。中国作家四十岁以后，或多或少都会与《红楼梦》《金瓶梅》相遇。我想，我可能受到过它们的影响，但我不知道我在哪种程度上受到了影响。或许在方法论上有某种影响？但我本人说不清楚。林中的一棵树，你是说不清它是如何受到另一棵树、另几棵树的影响的。听到有人把《应物兄》跟《斯通纳》比较，我才找来看看，看了几十页。说真的，我还没有看出《应物兄》跟它有什么相似之处。那本书写得很老实。我的书好像比它要复杂得多。

**傅小平：**当然，我们说到叙事资源，也未必非得是文学作品。像应物兄的代表作《孔子是条“丧家狗”》，是很容易让人想到北大学者李零的畅销书《丧家狗》的。王鸿生认为，李零对孔子及其门徒（包括他儿子孔鲤）的细致梳理，对《论语》的当代化解读，显然给了你不小的启发。他也因此认为，你不回避小说跟现实的对位关系，甚至有意为之。是这样吗？

**李洱**：我开始写这本书的时候，李零教授的那本书好像还没有出版吧？我后来看了李零教授的著作，写得很有趣。我没有注意到他怎么去梳理孔子与门徒的关系。几种主要的儒学流派，我还是略知一二的。

**傅小平**：要深入理解这部小说，评论家王鸿生的《〈应物兄〉：临界叙述及风及门及物事心事之关系》，恐怕绕不过去。当然了，他对这部小说的一些赞誉，还有待时间检验。他同时还把现当代知识分子题材小说捋了一遍，说了这么一段话："《围城》精明、促狭，《活动变人形》辩证、直露，《废都》沉痛、皮相，《风雅颂》因隔膜而近似狂乱，这些书写知识分子的经典杰作和非杰作，都可以作为《应物兄》的文学史参照。当然，也正是它们的成就、经验和教训，为《应物兄》的诞生提供了不可或缺的前提。"他同时还说："至少，在汉语长篇叙事艺术和知识分子书写这两个方面，《应物兄》已挪动了现代中国文学地图的坐标。"我想借他的话问问你，他提到的这些作品，你是否做过分析式解读，以期吸收它们的成就、经验和教训？你怎么理解他说的“挪动现代中国文学地图的坐标”？

**李洱：**王鸿生先生的那篇评论，当然是一个很重要的评论。我不知道是不是他本人最重要的评论作品。他的那几句话，如果我没有理解错的话，是想梳理一个微型的写作史，一个知识分子生活的写作谱系。这是批评家天然的权力，我作为被批评的人，只能表示尊重。在我看来，《围城》和《废都》都是杰作，已有定评，而《应物兄》还有待于读者和批评家和文学史家的检验。《活动变人形》，我应该还是在华东师大图书馆阅览室看的，那时候我还在上大学呢，当时看得不是太明白，后来没再看过。我很喜欢王蒙先生的中短篇小说，比如他的《杂色》和《在伊犁》，我在杂志社当编辑的时候，曾约复旦的郜元宝为《在伊犁》写过评论。我或许需要再重复一遍，写作《应物兄》的时候，我没有再去分析过那些“经典杰作”和“非杰作”的经验与教训。王鸿生教授所说的“挪动现代中国文学地图的坐标”，到底是什么意思，你应该问他。按我的理解，他或许主要是想说，这部小说或许触及了写作者可能遇到的一个根本性问题：在这个时代，汉语长篇小说的抒情如何可能？

**“百科全书式小说，与其说是一种文类，不如说是一种道德理想。”**

**傅小平：**说《应物兄》是一部百科全书式小说，大概是最不会有分歧的。以“百科全书”一词来形容这部小说的丰富性和复杂性，再合适不过。但我还是疑惑，在如今这个信息发达的时代里，“百科全书”还值得那么推崇吗？要是福楼拜活过来，我想他或许会再写一部二十一世纪的《庸见词典》，但会不会乐意再写《布瓦尔和佩库歇》呢？当然，我们也可以说，你了解的信息再多，说不定你的盲点更多，更不代表谁都能当自己是百科全书，所以更需要有百科全书式的小说。依你看，在我们的时代里，写出百科全书式小说，有何必要性？

**李洱：**哦，福楼拜要是活过来，肯定会接着写《布瓦尔和佩库歇》。百科全书式小说，首先是一种认知方法，是作家应物的一种方式。百科全书式小说，也有各种类型，比如《红楼梦》是百科全书式的，《傅科摆》是百科全书式的，你甚至可以把王安忆的《长恨歌》、阿来的《尘埃落定》、金宇澄的《繁花》也看成百科全书式的。百科全书式小说，与其说是一种文类，不如说是一种道德理想。借用罗兰·巴特的话说，那是一种仁慈。

在小说中，各种知识相互交叉，错综复杂，构成繁复的对话关系，万物兴焉，各居其位，又地位平等。大狗叫，小狗也要叫。狗咬狗，一嘴毛。你之所以认为《应物兄》是百科全书式的，大概因为它涉及很多知识。但你要知道，没有一部小说不涉及知识。知识就是小说的物质性，就是小说的肌理和细节。愈是信息发达的时代，这种小说越有其合理性：我们被各种知识包围，就像被四面八方的来风吹拂。它们本身就是百科全书式的。当然，我也同意你的说法，更多的信息有可能形成信息盲点，但这是小说值得承受的代价之一。

**傅小平：**百科全书式小说，是该强调知识含量的。但小说并不是辞典，不应该是知识的罗列。所以，我比较关心，在这样一部有着丰富知识的小说里，你怎样在知识之间建立联系，又怎样把知识转化为见识，把见识转化为小说的叙述？

**李洱：**那我就再多说两句吧。我同意你的说法，小说不是辞典，不是知识的罗列。任何一部现代意义上的小说，尤其是长篇小说，不管从哪个角度说，都是古今一体，东西相通，时空并置，真假难辨，并最终形成一个多元的共同体。简单地说，它忠实于真实的生活经验，当幕布拉开，它必定又同时是梦幻、历史和各种话语的交织。在这里，朴素的道德关切从未被放弃，梦幻般的道德诉求已经被艰难提出。最终，小说叙事与真实的生活以及生活所置身其中的文化结构及历史结构之间，形成一种若明若暗的同构关系。或许需要进一步说明，真正的现代小说家，无一不是符号学家，他必须熟悉各种文化符号，必须被训练出对文化结构和历史结构的直觉。而作为一种叙事话语的小说，这个时候，怎么能够离开各种各样的知识。所以，我倾向于认为，小说家的准备工作和案头工作，在这个时代显得格外重要。那种靠所谓的才气写作的时代，早就过去了。

**傅小平：**从知识构建的角度看，说“《应物兄》的出现，标志着一代作家知识主体与技术手段的超越”是不为过的。对于小说写作来说，难就难在怎样把“对历史和知识的艺术想象”“妥帖地落实到每个叙事环节”。这就难了，太难了，弄不好“观念大于小说”“思想大于形象”。我估计你应该深思熟虑过这个问题。

**李洱：**对于“观念大于小说”“思想大于形象”一类问题，我关心的角度可能不太一样。比如，我可能更关心，一部小说有没有观念，有没有思想。二十世纪以来，有观念、有思想的小说，两只手都数得过来，当然我说的是属己的观念和思想。事实上，如果观念和思想是属己的，那么就不存在观念和形象分离的问题。

**傅小平：**《应物兄》的故事时间，如王鸿生所推断，设置在二十一世纪第二个十年的某一年内。但前后延展开来的时间，要长得多了，可以说涵盖了二十世纪八十年代以来中国思想史变迁的全过程。用评论家臧永清的说法，在具有现代性的哲学观照下，怎么把知识和思想史这种看不见摸不着的东西化为一部小说所必需的行为描述，李洱做出了极有价值的建构。这让我联想到你在小说里写到的李泽厚先生的两次出场。八九十年代时，他的到来让人激动不已。到了近些年，李泽厚到上海某大学演讲，他刚一露面，女生们就高呼上当了，她们误把海报上的名字看成李嘉诚先生的公子李泽楷。你应该不是在小说里为了写思想史而写思想史，那到底要通过梳理思想史流变表达一些什么呢？也可能不只是反讽。

**李洱：**因为考虑到读者接受问题，我对小说中涉及思想史的内容，已经主动做了大量删节，包括对李泽厚思想的一些讨论。小说中提到的那两个场景，前一个场景，我当时就在现场，当然在具体描述上，在时间、地点和出场人物上，我做了些变形处理。我其实并没有太在意做什么思想史的梳理。思想史方面的内容，简单地说，都是人物带出来的，是叙事的需要，因为那些人都有自己的文化身份。你提到的这两个场景，怎么说呢，我无非是想说，萧瑟秋风今又是，换了人间。

**傅小平：**说到思想，我就想起十来年前思想界和文学界的那场争论。部分思想界人士提出“当代文学作品脱离现实，缺乏思想乃至良知”，“中国作家已经丧失了思考能力、道德良知和社会承担”，文学界部分作家指出思想界也有“三缺”：常识、阅读量、感知力。我印象中，你被认为是当下少有的，有思想能力的小说家之一。不妨说说，你怎么理解作家得有思想，或有思想能力？

**李洱：**对于那种笼统的、大而化之的指责，我不可能发表看法。作家得有思想能力，这是对作家很高的要求，我不敢说自己做到了。我只想从最简单的问题谈起，就是一个作家，你应该写出只有你能写的小说。做到这一点，可能会带出一些思想性问题，因为你自己就是一个世界，你忠实于经验，又与自己的经验保持一定的距离，那个距离就是思想的发祥地。

**傅小平**：赞同王鸿生说的：写这部小说，李洱必须眼睁睁地盯着瞬息万变的“当下”，不断想象着“以后”，回忆和筛选着“过去”，并将其编织、缝入流动的“现在”，而这样摇曳、动荡的内在时间意识，将注定这部小说是难以终结的，是永远也写不完的。他这样一种偏哲学化的表达，倒也说出了一个明白不过的道理：写当下是困难的。这部小说迟迟写不完和你写当下直接相关吗？但你最终把它写完了，那写完了，是不是意味着它并不是一本像卡夫卡《城堡》那样注定写不完的小说？当然认为这部小说“难以终结”也有道理，应物兄被一辆车掀翻在地的时候，虽然小说结束了，但里面很多故事实际上还没展开，也还没结果……

**李洱**：当下是最难写的，尤其对中国作家来说。原因就像王鸿生先生说的，这个“当下”瞬息万变，变动不居。这个时代的作家面对的问题，不知道比曹雪芹和卡夫卡当初遇到的难题大出多少倍。你知道，因为变化太快，你的生活尚未沉淀出某种形式感，它就过去了。所有的器物，更新换代太快了，它尚未进入记忆，就已经淘汰了。而贾府门前的石狮子，是千年不动的，它已经成为稳定的心理结构的一部分。只要粗略想一下，你就知道这对惯常的写作会构成多大的影响。对作家提出指责当然是容易的，提出要求当然是应该的，但比指责更重要的是，要从写作角度提出对策，比如我们的修辞应该如何做出必要的调整。在我看来，这样的批评可能是更负责任的批评。

具体到这部小说，我想不出还有别的结束方式。

**傅小平：**说到写当下，很多作家都试图找到一种叙事，可以容纳五光十色的经验，但似乎被碎片化的现实困住了。不少作家都只能抓住一个或几个点，由此写出一些小长篇聊以自慰。但难就难在能穿透现实，给予这个时代一个总体性的观照。应该说，《应物兄》做了一次很值得一谈的试验。用评论家李敬泽的话说，这部小说很可能是一个正好和这个时代相匹配的巨型叙事。那这到底是一个怎样的巨型叙事，又怎样与我们的时代相匹配？或者换个问法吧。在你看来，与时代匹配的长篇小说或巨型叙事，该多长，多巨型，又该怎么长，怎么巨型？

**李洱：**只要与你的经验表达相适应，就行。该多长就多长吧。

**傅小平：**说来也是这些年的老生常谈了。因为对小说等虚构作品失望，现在不少读者转而对非虚构写作抱有很大的希望。似乎非虚构代表了未来文学的主流。我注意到，不少写小说的作家，也在一些场合声称自己越来越少读小说，看得比较多的是非虚构作品。不知道你的阅读怎么样？我看你在这部小说里提到的作品，也大多是非虚构作品以及学术著作。说说你怎么看这个问题吧。

**李洱：**就文学读者而言，看虚构作品的人，或许还是比看非虚构的人要多。你不妨去做个调查。人们对非虚构作品的兴趣，或许有所减弱，但不可能消失。这是因为虚构作品与人类的梦想有关。我前面好像提到了，小说既是真实经验的表达，又是对梦想、现实的重组，对反省和诉求的重构，这涉及人类的心理模式和行动动机。所以，从根本上说，认为小说会消失的观点，是难以成立的。确实有些小说会消失，我是说它在文学史的意义上会消失，但小说作为一种虚构叙事作品，作为一种认识方法，它不可能消失。我自己的阅读历来比较庞杂，我读过很多非虚构作品，比如历史学和社会学著作，但也读小说。

### “《应物兄》试图以反抒情的方式，实现抒情效果。”

**傅小平：**据我所知，这部小说曾考虑过《焰火》《风雅颂》等书名，到最后才正式命名为《应物兄》。而对于为何《阿Q正传》之后，中国作家不敢以人名作为小说的题目，你做过一个解释。你说，在一个社会兴旺发达，每个人成为自己的主体的时候，作家才敢于以人名作为书的题目。这个解释很有启发。不过，在西方文学传统中，以人名做书名是很早就有了。比如塞万提斯的小说大多都以人名为书名，但他生活的年代，应该很难说每个人都成了主体。我的意思是说，中国小说不以人名为书名，或许还有别的原因。另外，不知你这里说的每个人是特指每个作家，还是说泛指社会上的每个人？所以，还有必要再进一步问问你为何在这部小说里，以人名为书名？而且我印象中，这在你写作生涯中也是首次吧。

**李洱：**这个问题，我以前好像回答过。用人名做书名，二十世纪以前比较常见，《包法利夫人》《大卫·科波菲尔》《安娜·卡列尼娜》《约翰·克利斯朵夫》《简·爱》《卡门》等等，太多了，数不胜数。它们通常都是现实主义作品，常常会讲述一个完整的故事，来对应某个历史时期，来描述某个人在历史中的成长。在这些书中，主人公带着自己的历史和经验向读者走来。这个主人公同时还是一面镜子，主人公、作家、读者，同时在那面镜子里交相辉映。你写了这个人，你就写了那段历史。也就是说，人物的生活和他的命运，自有他的历史性，自有他的世界性。但在现代主义文学运动之后，这种情况就比较少了。其中原因非常复杂。简单地说，最主要的原因，可能就是福山所谓的“历史的终结”，人物的历史性和世界性大为减弱。当然在中国，情况比较特殊。中国的古典小说，一般不用人物的名字来命名。反倒是以鲁迅先生为代表的现代小说家，开始用人物的名字来做书名，比如《狂人日记》《阿Q正传》。个中缘由，同样复杂。因为历史时空错置，鲁迅式的命名方式与西方现代主义小说其实有着异曲同工之妙：它虽是人物的名字，但那个名字却具有某种概括性、寓言性或者说象征性。鲁迅之后，这种命名方式就几乎不见了。为什么？非常值得研究。当我以《应物兄》这个名字来做小说题目的时候，我想，我表达了我对文学的现实主义品格的尊重，表达了我对塑造人物的兴趣，同时我觉得它也具有某种象征性。

**傅小平：**但对于应物兄，是否成了自己的主体，我是有所保留的。他对社会，对自己承担起了责任吗？总体看下来，他是有所逃避的，他难能可贵的一点是，保持了某种像王鸿生所说的“间距性”。他虽然是局内人，但多少保持了一种旁观色彩。你怎么看？估计不少人都会问应物兄有没有你自己的影子？王鸿生就在他那篇文章里写道：“要知道，应物兄额上的三道深皱，无意识地把别人的打火机装入自己口袋的积习，冲澡时用脚洗衣服，喜欢看‘双脚交替着抬起、落下，就像棒槌捣衣’，实在与生活里的李洱严丝合缝啊。”有意思的是，不少媒体都不约而同给你的名字也加了前缀，李洱顺理成章成了“应物兄”李洱。

**李洱：**应物兄是虚己应物，他当然有担当，他比大多数知识分子都有担当。说他没担当，说他逃避，这是你作为读者的权力。你有你这么说的权力，但我同样作为一个读者，不敢苟同。

**傅小平：**应该说，王鸿生对应物兄这个人物做了深入的解析。他说，你创造出了一个公正的、悲天悯人的叙述者。我的阅读感觉略有不同，倒像是从这个人物身上读出了一点加缪笔下默尔索式冷漠的气息。你是怎么设想这个人物的？

**李洱：**他不是翻译过来的默尔索。他一点也不冷漠。或许应该指出一点，法语中的默尔索，与汉语中的默尔索，是两个默尔索。法语中的默尔索，生活在悖谬之中。这也是加缪不认为自己是存在主义作家的原因。

**傅小平：**通篇读下来，赞同王鸿生说的，应物兄虽然对全书至关紧要，但在作品中并不占有中心位置。那是不是说，这部小说实际上更像是一部群像小说。而要从整体上考量你写到的这么多人物，倒像是应了评论家付如初说的："《应物兄》虽然没有写出个体的悲剧感，却写出了一个群体，一种身份的大悲剧。"我想说的是，你似乎以喜剧的方式，写出了一种悲剧性。也就是说小说局部是喜剧的，有各种戏谑、饶舌、荒诞、反讽，诸如此类，但整体上看有悲剧性。

**李洱：**我同意王鸿生的看法。付如初的看法也值得尊重。我本人倾向于认为，这部小说试图以反抒情的方式，实现抒情效果。

# 知言行三者统一，是我的一个期许

## ——答舒晋瑜

李洱出版了近百万字的《应物兄》，很快引发了不同寻常的热议。

话题比较分散，有评价说这是一部“当代的《儒林外史》”，也有评价认为是“一本专门写给评论家，以至于可以让评论家借题发挥自己理论知识的小说”，还有的在李洱为写这部长篇十三年间用坏了多部电脑上做文章。无可争议的是，仅在“豆瓣读书”，二〇一九年五部茅盾文学奖获奖作品中，《应物兄》的关注人数最多，短评和长论最多，也是五星评价最多的。

拿到《应物兄》，我最初也有点望而生畏。读完后反观整部大书，有适度的幽默、自嘲或反讽，缓解了偶尔可能产生的沉重或沉闷。看着阅读中随手折起的书页，想起谢丽尔·桑德伯格的一句话："每次读完一本书，我会看看自己折了多少页，这也是评判自己有多喜欢这本书的标准之一。"如此，也可"评判"我对《应物兄》的喜爱。

小说中承载了太多的信息和思想。比如济州大学的学术报告厅取名"巴别"。巴别，即巴别塔。据《圣经·旧约》，古巴比伦人齐心协力建造通天塔，为扬自己的名，耶和华不愿意了，使他们的言语彼此不通，巴别塔因此功亏一篑。其实，不用上帝来干预，人类的交流、文明的沟通是无比艰难的。程济世先生将济大儒学院取名为"太和"。和，本指歌唱的人相互应和，后引申出平衡、相辅相成、多样性统一等意思。所谓太和，就是最和、极和。"巴别"与"太和"，是小说所喻指的两条道路，也是济州大学从文化自卑开始转向文化自觉的道路。然而，从巴别到太和，两条路能否相交？能否走得通？路曼曼其修远兮。

在这个意义上，《应物兄》就不仅是一部呈现、探索当代知识生活的百科全书，而且可以被视为一个关于当代文明困境的隐喻。作者心事浩渺，思想潮涌，令人惊叹。

"以不同的视角去感应事物，接纳它们并让它们产生摩擦和争吵，这也许是李洱式的幽默、戏仿和反讽，这也是他结构的生存法和关系学，他忠实于自己的经验，同时也接受他人的经验。"评论家程德培认为，所谓李洱式的东西，实际上就是不断变化中的认知方法。

《应物兄》就是从各种不同的视度考察文明、历史、思想，既梳理知识又解构知识，它是各种观点的对话形成的场域，它既充满了高度的质疑精神，又最终在全书中形成了饱满浓烈的情感和理想主义气质。

《花腔》之后的第十三个年头，应物兄带着他额头上与生俱来的三条皱纹，和我们见面了。

## “知、言、行，三者的统一，是我的一个期许。”

**舒晋瑜：**《应物兄》的整体架构，一开始就确定了吗？在漫长的写作过程中，有没有调整过？

**李洱：**总的架构，包括这种标题方式、故事走向，很早就定下来了。小的调整当然有很多，直到交稿的最后一刻还在调整。我写东西，不管是中短篇还是长篇，脑子里有个大致线索，对于第二天要写的东西，也会大致想一下，但从来没有详细提纲。我比较忌讳想得太细，因为那样写的时候会失去新鲜感。但写的过程中，我习惯反复修改。

**舒晋瑜：**毫无疑问应物兄是主角，有多重身份：济州大学著名教授、济州大学学术权威乔木先生的弟子兼乘龙快婿、济州大学筹备儒学研究院的负责人，还是济州大学欲引进的哈佛大学儒学泰斗程济世的联络人……几乎所有人物都与他有关。有人说应物兄就是您，比如额头上的皱纹、沐浴时洗衣的细节，和生活中的李洱比较吻合。当然回应是现成的：小说就是小说。出场那么多人物，我觉得写得最成功的是应物兄。他的孤独，他的忧患意识，他的思想，他的善良（见到蝈蝈的尸体居然也有疼痛感），当然也有知识分子的软弱，在喧嚣纷乱却又生动可信的现实中，他营造了一个自己的世界，也有一套与世界和平相处的方式。我想知道的是，应物兄身上，寄托了您怎样的理想和期待？

**李洱：**知、言、行，三者的统一，是我的一个期许。你知道，我们常说，知无不言、言无不尽，常说言行一致，常说言必行、行必果，但一个做事的人，要做到这一点，非常困难。我昨天晚上看费孝通的日记，看到他说了一句话，是他年近九十的时候说的，说他这一辈子遇到的所有人当中，言行一致的人，不超过十个。我顿时有一种大绝望。我看林默涵的自传，在自传的最后，他谈到一生的教训竟然是，他在很小的时候，父亲对他说过，为人不要太老实，遇事不要说实话，他后悔自己没听老人言。要知道，这可以说是中国顶级知识分子的心声。看到这样的话，你怎能不有一种彻骨的悲哀？我想，这部小说用了很多篇幅，来讨论知、言、行的关系。具体到应物兄，我想，他活得确实不容易。但又有谁活得容易呢？都不容易。在我们的生活哲学中，在我们的民间智慧中，有一句话，叫宁愿得罪君子也不得罪小人。君子的道路为什么越走越难，就是这个原因。而我们的应物兄，就是个君子。当然，小说要处理的主题，比我说的这些要复杂得多。

**舒晋瑜：**寻找并养殖蝈蝈，寻找在城市版图上消失了的仁德路，寻找在济州餐桌上从来没有听说过的仁德丸子，成了济州市筹建儒学研究所的重要工作。还有小说中先后出现的宠物，对于宠物的赔偿简直是一场闹剧……能谈谈您的思路吗？在最初构思这部大作的时候，是否这些具体细节已经出现在计划中？

**李洱：**小说的细节，有的是事先想过的，更多的则是写作的时候临时闪现的，目不暇接，挡都挡不住。宠物，是的，小说里出现了很多宠物。相信我，在中国任何一个高档小区，宠物的数量都超过常住人口。只要你稍加留意，你就会知道，小说里写到的那个场景，其实是比较常见的。

**舒晋瑜：**儒学院在您写作之初还没有出现，但在您写作的过程中遍及世界。这种超前的预见，不会是偶然的巧合吧？还有一处巧合是《孔子是条“丧家狗”》，您写作时《丧家狗》这本书尚未出版，《应物兄》出版时，这本书已是旧有的出版物了。您和李零认识吗？交流过吗？

**李洱：**写一部长篇小说，从准备到完成，需要很长时间。如果从冒出那个念头算起，时间就更长了。在写《花腔》的时候，我就已经写下了一些关于《应物兄》的笔记，当然那个时候，这部预想中的小说还没有定下题目。《花腔》中，关于葛任与儒家的关系，已经有一些讨论。葛任其实也是无家可归，无枝可栖，就像只丧家犬。鉴于儒学在中国文化传统中的特殊地位，我一直想写这样一部小说。所以，这不是巧合。如果我告诉你，我在三十年前的一部小说中，就描写了智能手机对人的影响，你是不是也要说，那是一种巧合？不，这只能说，写作者对文明发展的趋势，常常会有一种强烈的想象，或者说直觉。至于你所说的李零教授，我至今没有见过。这部书与李零教授没有一点关系。听到有人说，这部书对李零教授有影射，我真的感到无奈。

## “人物是穿梭的，故事是推进的，悬念一环套一环。”

**舒晋瑜：**您的小说布满关系之网，师生关系、男女关系……在写作的时候，是否有一张人物关系图？书里的人物，有些是和现实生活中人物能够对得上号的，真真假假，虚虚实实，而且还出现了众多我们熟悉的人物，您在写作中需要把握虚实结合的分寸和技巧。能谈谈您的原则吗？还是兴之所至？

**李洱：**你说的那些人，当他们出现在小说中，他们就已经不是他们个人了，而是公共的文化符号。让虚构人物和他们生活在一起，只是为了增加小说的现实感，或者说营造非虚构的幻觉。有一个基本的事实，在大众传媒时代，人们对虚构作品的兴趣大为减弱。这时候，小说修辞学需要做出某种应对。用非虚构的方式写出虚构作品，是我这些年的一个探索方向，在《花腔》的一些中短篇小说中，我已用过多次。其实，小说修辞学的要义，就是直抵真实的幻觉。

**舒晋瑜：**小说中涉及的“事实”，比如“早在一七四三年，《纽约时报》就在头版位置刊登了一篇关于孔子的文章，题为《孔子的道德》”，还有七〇九页注释中，“应物兄改定后的文字，见于《从春秋到晚清：中国艺术生产史》第一〇八章”，我竟然真的去百度搜索验证真伪（可见我是多么迂腐的读者），我想了解您为这部作品写作所付出的准备和艰辛。比如您是否阅读了海内外儒学家的主要著作？能否简单谈谈在您看来海内外儒学著作有何区别？

**李洱：**海内外儒学家的主要著作，确实看了不少，包括一些自传、对话录。倒不全是为了写这部小说，我对此本来就有兴趣。海内外儒学的对比分析，我在小说中借人物之口，从不同角度多次提到。有一点可能需要说明，至少到我回答你这个问题之前，就我视野所及，还没有一本名叫《从春秋到晚清：中国艺术生产史》的著作。

**舒晋瑜：**为什么采用这样的标题？《论语》是这样的标题，《应物兄》要首先完成形式上的某种对传统的致敬吗？还是认为，非此类标题莫属？

**李洱：**《诗经》也用这种标题方式，第一篇叫《关雎》。这种方式，意在让言行与万物得以自在流转，互相组合。作者的主体性暂时后撤，所谓虚己应物。你当然可以理解这是在向《论语》《诗经》致敬。对这部小说而言，我觉得这种方式是必要和妥当的。

**舒晋瑜：**小说中涉及大量经史子集知识。尽管马尔克斯用“小说有多长，它的注释就应该有多长”来解释自己的写作，但是好像中国的作家，没有太多人真正实践。据您了解，马尔克斯这么做过吗？如果做过的话，效果如何？

**李洱：**马尔克斯不仅是这么说的，也是这么做的。他的每部小说，都要做很多案头工作。他这么说，不是为了谦虚，实在是对写作这项工作的尊重，是他对这项工作的要求。效果如何，众人皆知。

**舒晋瑜：** 小说没有回避社会中的不良现象和现实生活中遭遇的各种问题，也不回避文化发展中令人棘手的部分。但是写作的时候，有时候却是调侃的、反讽的、荒诞的。很想知道您在写作时的状态。

**李洱：** 我知道你这句话的潜台词。关于我与反讽的关系，已有论文问世，这里我不妨顺便多说两句。中国第一个反讽大师是鲁迅，最伟大的反讽艺术家也是鲁迅。鲁迅本人深受克尔凯郭尔的反讽观念的影响，《应物兄》对此也有讨论。在中国新文学史上，反讽就像一只狐狸，时常出没于各种文本。你在鲁迅绝大多数小说和杂文中，在老舍的《猫城记》、钱锺书的《围城》以及张天翼的小说中，都可以经常看到其身影，甚至在沈从文的很多小说中，你也可以感受到。反讽不同于幽默，他是一种看待世界的方式。反讽在很大程度上，是现代主义和后现代主义的一个标志，也是现实主义文学向现代主义文学转变的一个标志。它带毒，是草药的毒。一种可以称为反讽现实主义的方式，在一定程度上可以被看成我处理现实和面对文学传统的方式。

**舒晋瑜**：有一些描述感觉可有可无，比如《钢化玻璃》一章，应物兄远远看到一只狗对着一棵树撒尿，撒尿抬的是左腿还是右腿？比如对狗的揣测，它在思考什么问题呢？比如在医院里看到一个截肢女孩，仅存的玉足趾甲上涂着的蔻丹……这些细致的描写，在小说中起到怎样的作用？

**李洱**：我曾经写过一个中篇就叫《玻璃》。玻璃在存在主义哲学中，是一个重要的“物”。萨特和加缪对此都有描述。小说中本来有一段话，引用了加缪的话，后来删掉了，因为我不想让人对应物兄与存在主义的关系产生过分联想。对这部小说来说，写到一些看似无用的细节，是为了无限地逼近现实，包括那些看似微不足道的现实，包括那些心理现实。昨天我在飞机上看到新闻，李安用一百二十帧的方式拍电影，我觉得与《应物兄》的方式有点类似，就是无限地接近现实。还有，应物兄看到什么，都会站在对方的角度想问题。至于那只小狗，此时此刻，应物兄就在揣摩撒尿的小狗在想什么。至于截肢少女玉足趾甲上的蔻丹，是为了突出强烈的反差，一种残酷的反差。

**舒晋瑜**：《应物兄》揭露了一些现象和现实中的丑闻。您怎么评价知识分子精神气质的变化？书中有一句“那家伙”的警句：“中国知识分子，最他妈的像犹太人！”

**李洱：**犹太人时刻处于文化的延续、撕扯和断裂之中。作为一个公共文化符号，犹太人不仅被看成生意精，还常常是无家可归的象征。用我们的话说，就是“丧家犬”。

## “我是八十年代之子，它深刻地塑造了我。”

**舒晋瑜：**应物兄在劝费鸣加入儒学研究院的时候说：“八十年代学术是种理想，九十年代学术是个事业，二十一世纪学术就是一个饭碗。”您本人怎么看待学术自八十年代以来的变化？

**李洱：**那句话，只是应物兄站在费鸣的角度在劝费鸣，应物兄本人可能并不是那么看的。正是因为有了八十年代，在很多方面，至少在精神层面，我们无法后退。

**舒晋瑜：**《朝闻道》中对儒学对于马克思主义的贡献有辩证的思考，对于知识分子为何会普遍接受马克思主义，小说中处处充满机锋、智慧和思考，这对于当下有怎样的意义？

**李洱：**一个显见的事实是，中国人比别人更多、更持久地与马克思主义保持着密切联系，即便他已经移民国外，即便他对马克思主义发出异样的声音。这跟儒家传统有很深的关系。我记得小说中有一句话，马克思也可以看成儒家。

**舒晋瑜：**最终筹办儒学研究院成了一场闹剧，分管文化的副省长栾廷玉倒台，儒学研究院何去何从小说没有明确交代。您有意留有这样一个尾巴？

**李洱：**各地的儒学研究院，不都建起来了吗？作为一部小说，意思表达清楚了，该说的话说完了，就应该果断地停下来。我想过别的结尾方式，但还是觉得，眼下这样做是合适的。

**舒晋瑜：**在《巴别》一节，双林院士拒绝在济大讲座，但校长葛宏道仍将海报贴出去。结果是，双林未到场，主办方只好播放相关视频。一些人认为双林院士的演讲都是大白话，最大的问题是“不思考”。这一节的讨论，您希望表达什么？

**李洱：**那是人文学者的看法。在后面还有一节，应该是在小说的第九十八节，我用较大的篇幅讨论了人文之思与科学之思的差异。有人说，科学并不“思”，科学不像人文那样“思”是由科学的活动方式决定的。这不是它的短处，而是它的长处。只有这样，才能保证科学以研究的方式进入对象内部并深居简出。科学的思是因对象的召唤而舍身投入，人文的思则是因物外的召唤而抽身离去。你提到的场景，发生在小说的开篇部分，这里只是埋了根线头。正如你知道的，更多的故事会在后面徐徐展开。

**舒晋瑜：** 应物兄回答陆空谷的疑问时说："每一个对时代做出严肃思考的人，都不得不与那种无家可归之感抗衡。"这是否也是当下知识分子普遍的一种状态？

**李洱：** 小说讲得很明白，这里指的是"对时代做出严肃思考的人"，是时刻要做出选择的人，是很想在某种文化内部安身立命的人。

**舒晋瑜：**《譬如》一节中，济大在筹建儒学研究院上煞费苦心，但他们考虑更多的是如何在细节上恢复程济世记忆中的济州场景，而非学术。这一节的最后引用了关于"觚不觚"的一段话，是否有您更深刻的暗示？

**李洱：** 我自己认为，"觚不觚"是孔子发出的最深重的浩叹。借小说中的那只"觚"，我有很多讨论。那节讨论，我反复修改了很长时间。程济世先生既然想落叶归根，当然很自然地想生活在童年的场景中，回到记忆的出发点，梦境的最深处。但时代变了，国在山河破，城春草更新。这也算是一种"觚不觚"吧。

**舒晋瑜：**儒学是我们也是小说中人物大为推崇的，故事正由此展开。但是小说中，卡尔文对于《论语》中有些看上去自相矛盾之处的质疑，以及程济世儿子程刚笃的美国太太珍妮将写的儒学论文的题目定为“儒驴”，让人感到对儒学的某种不恭敬，甚至是挑战。这么处理，我想您自有深意吧？

**李洱：**一瓶不响，半瓶晃荡。这对男女，都学了个皮毛。这是从人物之口说的，是他们的看法，不是我的看法。

**“话语生活是知识分子生活的重要形态，从来如此，只是现在表现得更加突出而已。”**

**舒晋瑜：**小说中的性描写，直白又含蓄，新鲜又陌生。既有引经据典的解释，又有思想上隐秘的斗争和对无法战胜的欲望的妥协，既有风趣略显粗俗的语言（当然是符合人物性格的语言），又有抽象到不能理解的隐秘描写。您如何看待性描写在小说中的作用？

**李洱：**古今中外的小说，除了儿童小说，可能都会描写到性。四大名著里，哪个都有。《金瓶梅》里当然有更多的性。没有关于性的内容，《包法利夫人》《安娜·卡列尼娜》《复活》《红与黑》《阿Q正传》都不能成立。福科说，在当代生活中，性与一切有关，只与性无关。这是对当代人的刻骨嘲讽。但在小说叙事的意义上，性与一切有关，可能只与性无关，却是极有道理的。我的意思是说，写性其实不是为了性，而是为了塑造人物，揭示人的某种危机和困境，透露人的隐蔽的感觉。我注意到有些批评，不过，其中有几篇批评其实另有所图，很有心机。我没有说他们心机很深，是因为那几篇文字，一眼就能看出他们在搞什么。这么说吧，与其说我是在写性，不如说他们在写性，他们无非是要以此博个眼球，招徕顾客。算了，不说也罢。

**舒晋瑜：**小说中，双林院士、何为老太太逝世，芸娘久病，副省长栾庭玉被双规，华学明疯了，应物兄从教授成长为学术明星，最后却遭遇车祸……《红楼梦》的感觉扑面而来。您觉得这是小说人物必然的归宿吗？写到这里，您是怎样的状态？

**李洱：**那是你读出来的感觉。你有这种感觉，也很正常。关于这部小说与《红楼梦》的关系，人们已经说了很多，我自己不便多言。我想说，在具体的写作方式上，在语言感觉上，以及各自面对的问题，与《红楼梦》有极大的不同。但《红楼梦》的写作智慧，确实对我有很大的启发。

**舒晋瑜：**被砸向车窗玻璃的黑猫、对主人无比忠诚却突然被杀的母狗，小说中血淋淋的描写令人恐怖。这些描写我想应该都是您观察所得吧？不亲历似乎很难写得这么真实。包括对飞到陆空谷面前的鸽子，对一条高大精瘦的狗，对蚂蚁在埋葬死者……都有不厌其烦的细腻描写。而乔木先生的“木瓜”和季宗慈的“草偃”都有具有“儒学背景的名字”。不只是《应物兄》，在您以往的作品中，如《花腔》《你在哪》《我们的耳朵》等等，狗也出现频率较高。为什么？您对动物有怎样的感情？它们在小说中承担什么功能吗？

**李洱：**小时候我养过狗，前后养过两只，是母子俩。所以对狗，我应该是比较了解的。我都没有意识到，我写过那么多狗。我是看了程德培先生的评论，看到他的罗列，我才知道这么多年我一直跟狗过不去。我前面好像提到了，小说中写到各种动物，是为了写出那种万物兴焉、各居其位，同时又有狗咬狗一嘴毛的感觉。哦，我又拿狗打比方了。

**舒晋瑜：**小说里处处是机锋，处处是伏笔，似乎每个章节、每个句子后面都隐藏着您的忧思。但是，有多少读者能耐心去体会这其中的深意呢？如果体会不到，写作又有多大的意义呢？不知您在写作的时候，考虑过这些吗？

**李洱：**我这次在法国、西班牙转了一圈，出乎我的预料，国外的很多读者，其中有些是学汉语的老外，他们都能很深入地理解这本书。有的人看得很细，有的人看了几遍，真的让我大为吃惊。这个事例可能进一步说明，不管是国内的读者还是国外的读者，他们比你想象的还敏锐，还认真。所以，永远不要低估读者。作者的任务，就是准确地写出你想写的。准确地表达，就是对读者的尊重。

**舒晋瑜：**作品出版后，褒贬不一。您如何看待这些不同的声音？

**李洱：**只要是从文本出发，只要是认真讨论问题的，什么样的声音我都可以听进去。现代小说的一个重要标志，就是它是对话的产物。在写作方式上，它意味着你要在小说中设置各种对话渠道。在小说发表之后，它当然更应该欢迎对话。补充一句，事实上我把《红楼梦》看成中国第一部对话主义小说，里面的对话关系繁复得不得了。我知道你是想说，我怎么看待那些负面评论？其实，我可以说得再明白一点，只要不是恶意的文章，我都是可以接受的。我唯一不能接受的，是那种以道德为名，行不道德之实，故意寻章摘句、断章取义，哗众取宠来面对文学的文章。你可能认为我不够大度。但你看过米沃什痛骂波伏瓦的文字吗？米沃什说，我从未见过波伏瓦，但我对她的反感与日俱增，即便她已死去，并迅速滑入她那个时代的历史注脚。为什么这么说呢？因为米沃什不能原谅她与萨特联手攻击加缪时表现出的下作，这是道德主义故事中的一幕：一对所谓的知识分子以政治正确的名义朝加缪吐唾沫。米沃什追问：是什么样的教条，导致了她的盲目？所以，与其说我反感他们，不如说我反感他们由于某种教条而导致的盲目，而且是更可卑的故意的盲目。

**舒晋瑜：**《应物兄》获得茅盾文学奖，是否是预料之中的事情？能否谈谈这部作品在您创作中的独特价值？

**李洱：**你是职业记者，你应该比我清楚评奖过程。我在获奖感言的第一句话就提到，文学倾向于描述那些珍贵的时刻：它浓缩着深沉的情感，包含着勇气、责任和护佑，同时它也意味着某种险峻风光。《应物兄》能够获奖，就源于评委对文学的勇气、责任和护佑。说到它的价值，我只能说，对我而言，它代表我目前所能达到的高度和深度。

**舒晋瑜：**获得茅盾文学奖之后，您最想把这个消息告诉谁？第一个分享快乐的是谁？

**李洱：**最想告诉我父亲，不过他老人家好像比我还先知道，因为我提前一天关机了。

**笔名缘自小说《中原》里的人物。李洱经常想起这部未能发表的小说，就用书中主人公的名字做了笔名。**

**舒晋瑜：**您的写作从什么时候开始？为什么给自己取了“李洱”的笔名？

**李洱：**受父亲的影响，我很小就喜欢文学，但正儿八经开始写作，是从大学二年级开始的。用李洱这个笔名，已经到了九十年代了。当时我写了一部中篇，叫《中原》。这部小说后来寄出去了，但没有收到回音，我也没有留下底稿。小说有某种自传性质，里面有一个人叫李洱。我后来经常想起这部小说，就用书中主人公的名字做了笔名。

**舒晋瑜：**您说过除了博尔赫斯，很少受到别的拉美作家的影响。能否具体谈谈，你们之间是怎样的气息相近？

**李洱：**我不记得自己这么说过。我早年很喜欢博尔赫斯，也喜欢马尔克斯，还有资深读者才会迷恋的胡安·鲁尔福。相对而言，早期我可能受博尔赫斯影响更大一点。坦率地说，直到现在，理解博尔赫斯的人并不多。博尔赫斯并不是一般中国读者眼中的博尔赫斯，比如他改良了西班牙语，他的小说与拉美现实也存在着极为紧张的关系。我后来的写作，与博尔赫斯关系不大。我早已走出了博尔赫斯。

**舒晋瑜**：您的处女作发表，是格非帮忙推荐的？在文学创作的道路上，对自己产生重大影响的人有哪些？

**李洱**：处女作是我自己投给宗仁发的，当时他是《关东文学》的主编。他来华东师大的时候，我见到过他，不过当时我是学生，他对我应该没有什么印象。《关东文学》是地区级刊物，但当时在先锋文学的圈子里影响很大，是先锋批评家、诗人和小说家的集散地。我发表的第一个中篇《导师死了》，是格非推荐给《收获》的程永新的，它原来应该属于短篇，将近两万字。程永新觉得有点意思，让我改。当时我已经离开了上海，又到上海改稿子。格非帮我找了个宿舍。每天下午五点钟左右，格非会过来，问我的进度。我们会坐下来讨论。他经常会提一些意见。他提意见向来很委婉，你得仔细听才能明白他到底是什么意思。程永新有时候晚上也会过来谈稿子。后来，改来改去，它就变成了五万多字的小说。小说最后定稿是在郑州完成的。九十年代初期，我写了一篇小说叫《加歇医生》，给格非看。当时我住在格非家里看世界杯。格非把它寄给了《人民文学》。等我回到郑州，我在传达室看到《人民文学》的信封，用手一摸，很薄，不是退稿。我心头一颤。信中说，我是李敬泽，看了你的小说，准备发表在第十一期，你不要再投寄别的刊物；若还有别的小说，也可寄我一阅。我哪里还有别的稿子啊，那些稿子都寄出去了，都没影了。我就又写了一个中篇《缝隙》寄了过去。李敬泽又发表了这篇小说，还约著名作家、当时的河南省作协主席田中禾先生写了一篇评论，在《人民文学》同期发表。所以，我觉得，任何一个作家的成长，都不仅是他个人的事。改稿的过程、与好编辑交往的过程，对作家的意义，一是让你找到自己，二是帮助你丰富自己。

**舒晋瑜：** 二〇〇二年出版《花腔》，二〇〇四年出版《石榴树上结樱桃》，二〇一八年出版《应物兄》。这十几年间，您觉得自己的创作观念发生了怎样的变化？

**李洱：** 任何一部小说总是你在某个阶段思考的产物。任何一部作品，说到底都是你的经验的外化形式。这也是我写得比较少的原因吧。重复自己，是我最不情愿的事情。我的创作观念当然发生了很多变化。这种变化，还是让读者和批评家来说为好。

**舒晋瑜：** 小说虚构的济州大学，很容易让人联想到您的老家济源。您对家乡怀有怎样的感情？您认为地域对创作的影响有多大？

**李洱：** 济源是济水的源头，它现在实际上成了地下河。在中国文化中，只有一条河被称为君子之河，它就是济水，济水三隐三现，独流入海，与长江、黄河、淮河并称为“四渎”。远朝沧海殊无碍，横贯黄河自不浑。它洁身自好，穿过黄河，水还是清的，所以被称为“清济”。我对这条河，寄寓了很深的感情。

**舒晋瑜：**在《莽原》当主编，发现了哪些好作家、好作品？共当了几年编辑，编辑生涯对自己有什么意义？

**李洱：**我做的是副主编。张宇当主编的时候，说只借用我两年，可两年之后我就走不掉了，竟然待了十年。我在《莽原》其实不占用编制，我的编制还在河南省文学院，是专业作家编制。这也算是虚己应物吧。不夸张地说，我是个很有眼力的编辑。哈金最早在国内发表的小说，就是我发表在《莽原》上的，也是我写的评论。红柯早期的小说，包括他的第一部长篇小说，是张宇发现的，发表在《莽原》上。周洁茹的代表作《你疼吗》，是李敬泽推荐给我，发表在《莽原》上的。《莽原》其实推了很多作家。这是一份格外低调的刊物，非常实在，可能过于低调了。

**舒晋瑜：**您对目前的生活和创作状态满意吗？

**李洱：**太忙了，实在太忙了，而且越来越忙。我最大的愿望，是可以有足够的时间读书写作。

**《应物兄》里有一个人物文德能，谈到自己一生想写的一本书是“沙之书”。沙子，它曾经是高山上的岩石，现在它却在你的指间流淌。李洱呢？**

**舒晋瑜：**您看得最多的书是什么？

**李洱：**与哲学和社会学相关的书。我最近刚看完《费孝通晚年谈话录》，很精彩。费先生真是个重要的、有趣的、说真话的、令人尊敬的人物。

**舒晋瑜：**您的枕边书是什么？

**李洱：**今天吗？今天还是阿甘本的《巴特比，或论偶然》。阿甘本是当代最重要的哲学家。他对“同时代人”的解释，现在终于成为常识。

**舒晋瑜：**让您感到了不起的是哪本书？

**李洱：**《圣经》和《论语》，它们告诉我们什么是文明。

**舒晋瑜：**您最希望和哪位作家对话？在世的或已故的都可以。为什么，您最想和他（她）谈的是什么？

**李洱：**我很想问加缪，如果默尔索的母亲只是病了，如果默尔索结了婚，《局外人》该如何写？我也想问帕斯捷尔纳克，如果他写叶夫格拉夫的生活，他该如何写？叶夫格拉夫是小说中编辑出版《日瓦戈诗选》的那个人，算个小职员吧。这样的一个人，阿赫玛托娃不会注意，曼德尔施塔姆不会注意，所以帕斯捷尔纳克不仅是诗人，还是小说家。

**舒晋瑜：**如果您可以扮演一个文学人物，您想演谁？

**李洱：**《花腔》里的葛任，他至今仍是理想人物；还有一个就是应物兄，他是现实中的人物。

**二〇〇八年底，媒体报道称德国总理默克尔将德文版《石榴树上结樱桃》送给当时的中国总理温家宝，并点名要与李洱对谈。**

**舒晋瑜：**二〇〇二年出版的《花腔》，十七年来被翻译成各国文字，您有统计吗？为什么这部作品在版权输出上如此成功？是有政府部门推动还是民间个人行为？

**李洱：**《花腔》已经被译成了德语、法语、韩语、英语、捷克语、西班牙语，意大利语正在译。我刚从法国回来，到了法国才知道《花腔》的法语版已经再版多次了，已经出了袖珍版。我在马赛的一个很小的书店里问了一下，那里竟然卖了五本。戴高乐机场书店的《花腔》也卖完了。很遗憾，

《花腔》的日文版没能出版，中国台湾版也未能出版。除了中国大陆，它最应该被日本和中国台湾读者看到。知道原因吗？因为它写到了日本侵华，写到了国民党。我去年在日本，跟日本汉学家提到此事，他们只能苦笑。《应物兄》接下来可能会有些翻译。我这次在法国和西班牙，遇到很多《应物兄》的读者，有些是留学生，有些是汉学家。他们这么快就看到了这本书，而且看得如此认真，如此仔细，让我吃了一惊。

**舒晋瑜：**在和翻译家们交往的过程中，有什么感动人的故事吗？

**李洱：**这两天因为跟意大利方面联系，我想起了与意大利有关的事。意大利翻译家腊兰，最近她刚翻译出版了《导师死了》。几年前，她曾在国内到处找我。她对我的作品，对相关的评论，都熟悉得不得了。有些只言片语，都被她搜集到了。比如，她曾拿着陈思和先生关于我的一段话，让我解释那段话到底有何所指。我以为她认识陈思和先生，其实她并不认识。她对《应物兄》很感兴趣，但她的上课任务好像特别紧。《花腔》的意大利语译者李莎，十几年前就说要翻译《花腔》，这么多年过去了，她把手头的活儿做完之后，终于可以翻译了。我感动于这么多年过去了，她还挂念着这本书。当然，与此同时，我也想起意大利最著名的一个出版社，曾经取消了《石榴树上结樱桃》的出版合同，原因是他们经费有限，又申请不到我们这边的赞助。当然，人家最后赔了我一笔钱，这也让人感动。

**舒晋瑜：**翻译要删节您的作品时，您本人有什么原则吗？

**李洱：**我们对翻译家的指责，其实是不了解情况。大致上，我们可以把欧美的翻译看成两个流派。欧洲的翻译家，更强调忠实于作家。如果他觉得读者可能对有些知识不够了解，他就会加注释。美国的翻译家，更强调忠实于读者。法国的杜特莱教授与美国的葛浩文教授，可以说是这两个流派的代表。美国的翻译家，兼有职业编辑的功能。在美国，再大牌的作家，像索尔·贝娄、厄普代克，他们的作品也必须经过编辑加工。最典型的就是卡佛，他的小说甚至是编辑删改出来的。美国翻译家对待法国作家，也是这么干的。我本人尊重翻译家的处理方式，真的不需要过分敏感。

**舒晋瑜：**翻译过程本身是流失的过程。翻译是充满冒险的创造性活动，一定要在外文中找到翻译作品独特的对应物。对翻译家来讲，故事并不重要，难度最大的是语言风格。您理想中的翻译和作家的关系是怎样的？

**李洱：**不要担心，好作品都是经得起翻译的，而且经得起误译。

**舒晋瑜：**您还记得自己的第一部作品被翻译到国外的情况吗？

**李洱：**第一部被翻译的作品是《花腔》。我是在郑州的出租车上接到翻译家的电话。德国翻译家夏黛丽在没有找到出版社的情况下，自己掏腰包买下了《花腔》的德文版权。但她后来首先译完的却是《石榴树上结樱桃》。我后来去德国参加了这两本书的朗诵活动。国外出版社的推销方式主要是请作者朗诵，与读者直接见面，与读者对话，而不是开研讨会。德国的奥迪公司，为朗诵会提供了赞助，共五万欧元。我这才知道，德国的大公司有义务为文学出版提供赞助，而且不需要作家为公司做广告，而且你还不能在随后的活动中提到这一点。这是合同里的规定。这一点，我们现在好像做不到。那么，这五万欧元，主要用来做什么呢？一是聘请朗诵艺术家，二是买机票。一位非常杰出的朗诵艺术家朗诵德文，我朗诵中文。其实我一眼就认出了这位女演员，因为我看过她的电影，她的朗诵带也在商店有售。我们去了柏林、慕尼黑、汉堡等地。有一天，在著名的红色沙龙朗诵，临时被安排到旁边的一个酒店，住下之后才知道那是个男同性恋酒店。还有一次，竟然与妓院同在一幢楼，鸽子可以从妓院的阳台上散步到我的阳台上避雨。这些情景，我后来写进了《应物兄》。